▲ 大型电视音乐舞蹈史诗《邓小平之歌》开机仪式，全国人大常委会副委员长王光英、全国政协副主席杨汝岱、全国政协副主席万国权出席揭幕。

▶ 王蔚桦在人民大会堂召开的出版座谈会上发言

▲ 在中国历史博物馆，中央电视台著名主持人虹云和国家话剧院一级演员王显正在朗诵《邓小平之歌》。

▲ 三个版本的《邓小平之歌》及部分衍生产品

◀ 上世纪九十年代在街头签名售书

▶ 首位当选"纪念改革开放三十年·贵州省十大影响力诗人",省领导颁奖祝贺。

◀ 首位当选"纪念改革开放三十年·贵州省十大影响力诗人",省领导颁奖祝贺。

▶ 王蔚桦与黄金搭档贾盛云采访中洞小学支教教师王东灵

▶ 王蔚桦与黄金搭档贾盛云采访中洞小学支教教师王东灵

◀ 与老友们登上贵州最高峰——韭菜坪

▶ 新疆吐鲁番

◀ 在新疆领会骆驼跋涉的艰辛

王蔚桦作品自选集

又见红梅绽放时

王蔚桦 著

贵州出版集团
贵州人民出版社

图书在版编目（CIP）数据

　　又到红梅绽放时 / 王蔚桦著. –– 贵阳 : 贵州人民
出版社, 2016.8
　　（王蔚桦作品自选集）
　　ISBN 978–7–221–13441–7

　　Ⅰ. ①又… Ⅱ. ①王… Ⅲ. ①诗集 – 中国 – 当代
Ⅳ. ①I227

　　中国版本图书馆CIP数据核字(2016)第201542号

又到红梅绽放时——王蔚桦作品自选集

王蔚桦　著

出 版 人　苏　桦
责任编辑　黄　冰　杨　礼
书名题签　王祖纯
装帧设计　唐锡璋

出版发行　贵州出版集团　贵州人民出版社
地　　址　贵阳市观山湖区中天会展城会展东路SOHO办公区A座
邮　　编　550081
印　　刷　贵州兴隆印务有限责任公司
规　　格　787mm × 1092mm　1/16
字　　数　250千字
印　　张　16.25
版 印 次　2016年8月第1版第1次印刷
书　　号　ISBN 978–7–221–13441–7
定　　价　32.00元

杜鹃花（代序）

阮建华

荣誉之获得在乎把一个人所有才德和真价无损无伤地显露出来。

——弗·培根

杜鹃花是山野的骄傲，它热烈深情。杜鹃花具有火红的风姿，火辣辣的性格，仿佛直接从太阳那里承受了火的洗礼，才给大地增添无数的画幅。

每当我看到杜鹃花，不由使我想起我的恩师王蔚桦。王老师少小从军，曾是刘邓麾下的一名小兵，他的少年时代是在军号声中度过的。王老师现为贵阳学院教授、瑞典斯德哥尔摩大学和丹麦哥本哈根大学客座教授、省管专家、中国作协会员、贵州省现当代文学学会会长、贵阳市作协名誉主席。

我虽与王老师分别十五年了，但他认真负责的教学态度和笔耕不辍、锲而不舍的精神，仍历历在目，无时不在激励鞭策着我，并且催我自新，增长我的勇气和希望。王老师当时上我们的文学概论、古代文学课。他走上讲坛，一举手一投足间都展现出一种令人倾倒的学养和风度，那不是刻意的追求，那是物我交融的自然流露，只有智慧和人格同时抵达的人才会拥有那样一种深刻的魅力。王老师和蔼可亲，对学生关怀备至，和他说话一点也不感到拘束。坐在这样一位和蔼的老师面前听他说话，就好像幼时坐在慈爱的长辈面前听故事一样，不仅感到分外亲切,而且会被深深地吸引住。他在教学上不仅传授给我们文化知识,还传授给我们教学方法。他上课循循善诱、旁征博引、绘声绘色、深入浅出、活灵活现,简直是种艺术享受,为人生得到这样的好老师授课而自豪。王老师常说教学是授之以渔,还是授之以鱼的问题。渔,即教学方法、学习方法、分析问题和解决问题的能力。真是令人有"书山有路勤为径,学海无涯苦作舟。寻得驾舟开路法,学海书山乐悠悠。"之感。学生喜欢老师,老师更爱学生。王老师从不耽误我们一节课。当时,王老师正在写电视连续剧《黄齐生与王若飞》,许多材料需要采访核实,王老师只有利用星期天进行。

王老师积极鼓励和热心辅导在校学生和社会文学青年的写作。王老师说:"文学这劳什子,从某个角度讲,和鸦片白面差不了多少,一旦染上瘾,总是难以戒除。古往今来,不知有多少仁人志士为它呕尽心血,为它坎坷潦倒,为它妻离子散,为它粉身碎骨,为它受尽九九八十一难之后依然如初,一如屈原说的'亦余心之所善兮,虽九死其犹未悔!'"王老师是一个不可救药的"文学鸦片"吸食者。他不但自己"吸",而且还鼓励和支持别人"吸"。王老师一来上课,同学们纷纷把自己的习作交给王老师,有些多到五篇,少则一篇。王老师离开教室,提着装满学生习作的公文包,满载而归。即使自己再累再苦,心里也是甜的,并为文学事业后继有人而感到欣慰。为了鼓励学生写作,王老师从电视剧《悠悠赤水河》的稿费中抽出五千元为学生开设"写作奖励基金"。好的稿件,王老师就推荐到省市级报刊和《贵阳学院报》上发表。王老师热心扶持后来者,为推动诗歌创作,批阅了黔西北众多作者的作品。耗费了一个多月的时间审读了黔西南作家两百多篇散文作品,并一一加以修订,同时为散文集写了序言。近年来王老师还为赵亚明、王大卫、王黔生、袁华、李敏克、罗文亮等五十余位作家写的书稿进行校阅并撰写序言,评介文章。王老师仗义执言,上下奔走,四处奔波,为困难作者排忧解难,解囊相助。英年早逝的青年作家黄晓延生前曾发表过数十篇小说,他的同学想为他编一部遗作选,但经费没有着落,于是找到王老师,请他想想办法。尽管王老师与黄晓延素昧平生,但他依然四处奔波,终于为黄晓延的遗作找到了出版经费。画家黄键住房困难,王老师写信给市委书记为他要房子,后来黄键不幸患上癌症,他不但多次送钱资助,而且还为黄键欠下的巨额医疗费上下奔走，最终促成了问题的解决，使黄键能死而瞑目。云南作家骆文心生病，经济困难，王老师为其送去四千元；我省一位作家生病，为其头约送去四千元。对有困难的文学青年送钱送书送稿纸更为家常便饭。王老师富有同情心，为去世作家开纪念会，看望其家属并解决存在的困难。

　　在其位谋其政。王老师将他所任会长的贵州中国现当代文学学会的学术活动开展得蓬蓬勃勃，有声有色，已是贵州省现当代文学研究领域学术层次最高的一级学会。王老师组织编写出版会员文集，这年头，写作难，发表难，出版书就难上加难。王老师为学会出书，绞尽了脑汁，到处奔走，看脸色、受冷遇、遭嘲弄、碰钉子……总之，领略了若干酸甜苦辣。在出版学会文集第三集《燃烧的希望》时，王老师说："本书书名，它既是现实，又是象征，中国现当代文学的研究，有许多领域没有探索者的足迹，它期待会员们去勘探，去开掘，去筛选，去冶炼……然而，只要有燃烧的期望，我们就会鞠躬尽瘁，奋力向前。"积极鼓励本学会会员创作。迄今为止，学会会员龙志毅出版长篇小说《政界》《王国末日》，罗大胜出版长篇小说《金三角风云》，欧阳黔森出版了短篇小说集《味道》，袁曙霞出版了理论专著《港台文学概论》，陈锐锋出版论文集《现代文学论文集》等四百余部作品。很多会员曾单次或多次获全国性大奖，阮建华获首届中国散文精英奖和首届真情人生全国纪实散文征文二等奖，论文连续二次在国外获奖。朱伟华博士曾一举夺得贵州省第六届社科奖一等奖和贵州省第二届文学理论一等奖。贵州省第一届和第二届文学创作一等奖分别是本会会员王蔚桦和欧阳黔森取得。

　　王老师坚持教学写作两不误。他在繁忙的教学之余，还坚持业余创作。正如王老师的恩师冯牧所言："他热爱文学创作，却始终让自己以业余作者的身份，始终利用工作之余的时间来进行写作，这使他在三十多年来，不论处于何种境遇之中，都能够一直默默地为终身热爱的文学事业做着力所能及的贡献。"冯牧又说："凡是执著地拥抱生活的人，凡是能够以坚韧不拔的精神投身到深厚的生活沃土中去，并长期地学习不辍的人，后来大都坚强地成长起来，他们的劳动获得了令人欣慰的成果。"这是我国当代著名作家、文艺评论家冯牧评论王老师的一段话，也可以说是王老师的人生写照。王老师创作丰盛，硕果累累，在我省乃至全国作家群中是少见的。一九九四年，适逢邓小平九十岁的诞辰，他经过多年磨炼的六千余行的经典政治抒情诗《邓小平之歌》也随之应时而诞生了。《贵阳晚报》以全国报刊少有的气魄,连续十版全文刊登这一划时代的经典著作。接着贵州人民出版社出版发行了长篇巨制《邓小平之歌》,并在人民大会堂举行首发式,引起中央、贵州省党政领导和中国作协的重视。时任贵州省委书记胡锦涛同志赞赏道:"王蔚桦同志的诗写得好……"中国作协副主席张炯说:"这是我国出版界和文学界值得庆贺的一件大事"中国作协书记处书记高洪波说:"《邓小平之歌》算得上一部精心、细心加上耐心、热心的作品"著名诗人雷抒雁说:"作者娴熟地驾驭了这一题材,取得了可喜的艺术成就"原《世界文学》主编高莽说:"我读过苏联和别国的一些长诗,觉得《邓小平之歌》并不亚于那些被称为二十世纪的经典作品"著名评论家、中国驻南斯拉夫前文化参赞郑恩波说:"《邓小平之歌》敢与世界上任何一个国家的抒情长诗的规模比肩。"中央电视台、《人民日报》《文学报》《文艺报》《中国文化报》等四十多家新闻单位作了宣传报道。《邓小平之歌》给王老师带来了巨大的声誉。两年过后,王老师对《邓小平之歌》进行大量的增删修改,在原诗的基础上增加了三分之一的篇章,使全诗更加完善优秀。贵州人民出版社又重新出版发行修订本《邓小平之歌》。同年,又在人民大会堂与中国历史博物馆举行修订本的出版发行仪式和研讨会。紧接着王老师又将《邓小平之歌》改为配乐诗朗诵,并于二〇〇〇年十二月二十日在人民大会堂举行拍制开机仪式。这一大型长篇政治抒情诗就这样四次在北京频频亮相,赢得了同行的赞誉与广大读者的青睐。作为作家的王老师获此殊荣,这在贵州文学界实属首位,为贵州文学界争了光。王老师已出版发行小说集《鹰的故乡》等四部、散文集《销魂集》等五部、文学论文集《电视的美学特征》等二部、剧本集《茅台魂》等四部,电视连续剧《黄齐生与王若飞》荣获国家"五个一工程奖",《黄金高原》获贵州省"五个一工程奖"。而今,王老师老当益壮,又在创作大型电视连续剧《山高海阔》,将于近期与观众见面。

王老师声名大振,进而被瑞典斯德哥尔摩大学和丹麦哥本哈根大学聘为客座教授。王老师在北欧讲学期间。又受瑞典学院之邀,与瑞典学院院士、诺贝尔文学奖评委马悦然教授就中国文学走向以及有关文学评奖问题交换意见,受到马悦然教授的高度赞赏。王老师在瑞典讲学期间,正值仲夏时节,那是真正的白夜,连半个钟点的"黑夜"都没有,昨天和今天交接的时刻,天幕只是微微暗淡片刻,刚落下不久的太阳随即就升起来了。在一次夕阳刚落、朝阳将升的时刻,王老师来到诺贝尔的长眠之地,站在诺贝尔的墓前,不由自主地陷入沉思,思想的闸门陡然敞开。王老师这样久久地站立着,用心灵同九泉之下的诺贝尔无声无息、无拘无束地交流,跳出本土的井底,从全球视角来看,就察觉当代中国文化圈的许多部位还存在若干致命的硬伤。新中国成立以来,中国若干领域已经没有或者很少出现具有世界声誉的大师级人物,平心静气地讲,当今中国才刚刚步出文化意义上的亚侏儒时代……

回国后,王老师以自己的亲身见闻写过一系列文章,探讨中国文学与诺贝尔文学奖的是是非非。国内许多大学和文学团体也经常邀请王老师去讲学,他渊博的知识,新颖的观点,严密的逻辑,生动的比喻,抑扬顿挫的语调,常常语惊四座,使听众受益匪浅,充分展现了他的学识功底和学者风采。

王老师是个奇迹,他的心里总有炽热的熔岩喷涌,身体里仿佛蕴藏着无穷的能量。

王老师仿佛穿越历史而来,汇集了我们民族一代知识分子和一切热爱祖国的人们所具备的几乎全部元素,无论大起大落,无论环境怎样风云变幻,无论工作怎样繁忙辛苦,他的心里总留着一块温暖的绿洲不会干涸。所以人们从未听他说过低调怨叹话语,从未见他潦倒沮丧过。

王老师,你五十多年来痴心不改,在你的内心深处,始终蕴藏着一个革命战士对领袖的由衷爱戴,蕴藏着一个作家对祖国对人民的热爱之情,蕴藏着对党的教育事业的忠诚,蕴藏着一种难能可贵的红色情结。

王老师,你五十多年来,耕耘不辍,像农夫一样默默耕耘,像农夫一样默默收获,你的串串诗行,犹如树枝头的阳光,犹如草尖的露珠,犹如田园里的稻谷、高粱、麦穗……你在众多的荣誉和累累硕果面前,从不居功自傲,从不自我满足,而总是以谦虚的态度,把自己视为一个老兵,不断地追求真、善、美。

王老师,当我想起你的时候,不由想到你写过的杜鹃花。"站在杜鹃花团锦簇中,我常常思绪如泉,我在寻找一种精神、一种哲理,这风餐露宿而不怨,甘居荒野而自乐的杜鹃花,它向大地索取的甚少甚少,它向人们贡纳的却甚多甚多。

它多么像我们生活中的一些人啊!"

王老师,你向人民索取的甚少甚少,向党和人民贡纳的甚多甚多。你对事业、对人民、对生活是那样的热情,充满活力。王老师,你不是成了一朵杜鹃花了吗?

愿王老师这朵杜鹃花永远盛开在贵州高原上,其花灼灼,其叶蓁蓁!

目录

冯牧的驿站

春末夏初,山城贵阳寒未消,暑未至,正是不湿不燥、不冷不热的时节。

中国作协副主席冯牧就在这个美好的季节来到贵阳。三十五年前,他曾经到过这个城市,那是解放初期,他由川至黔,不幸半路翻车受伤,被人抬到贵阳治疗。后来他开玩笑说,提到你们贵州,我就有点心惊胆战。

三十五年后,冯牧同志旧地重游,这一次,他的心惊胆战却变成了心旷神怡。这除了贵州美丽的湖光山色和贵州各界对他的热情接待以外,还因为在这里见到了他的几位老战友。

冯牧同志到达贵阳的第二天就告诉我,赶快和省军区的王争司令员和原增禄政委联系一下,约定一个时间见见面。

我拨通了电话,王司令员一听说冯老来筑,喜不自胜,连说:"我和原政委马上就来,马上就来!"不一会,两位首长就赶到了宾馆。

三位老战友又重逢了,握手、拍肩,打听对方家人和其他战友的近况,一时话如泉涌。笔者曾分别在三位首长领导下工作过,对他们都很熟悉,但却不知他们三人又有着密切的"横向联系"。

在淮海战役期间,冯牧同志曾以战地记者身份,冒着炮火到围歼黄维兵团的南平集前沿一个英雄营采访。这个营屡建奇功,营长就是王争,王营长打仗身先士卒,勇猛顽强,冯老到达英雄营不久,王争即率领战士们从侧翼出击。后来,王争同志在战斗中负了伤,被人用担架抬了下来,但这次战斗却取得了胜利。这一切,冯牧同志都亲眼看到。四十年过去了,如今他们谈起往昔的生活,仿佛还像昨天一样贴近。

冯老和原增禄政委，也是在解放战争期间相识的战友，至今，冯老还记得原政委哪几个部位曾经负过伤。在"文革"期间，冯老在北京被造反派揪斗，只得逃往云南，当时原增禄在某军担任政委，便把冯老接到军队内隐藏起来。冯老当时被江青一伙视为文化界的重要黑线人物，因此，原政委保护冯老所冒的风险是可想而知的。

在离开贵阳前的一个风雨之夜，冯牧同志到省军区去回访王争和原增禄同志。正巧原昆明军区副司令员徐其孝也在座，徐老和冯牧同志也是故友，两人一拉起手就不肯放。省军区的新任领导听说冯老来了，也都前来拜望。会客室里，有长征时期的老战士，有抗日和解放战争中的战斗英雄，有几位将领则是自卫反击战中才显露锋芒的"新秀"，老中青济济一堂，欢声笑语，绵绵不绝。

在归来的车上，冯老的情绪十分激动，给我讲当年在战场上，战友们怎样前仆后继，怎样扑在他的身上抵挡弹片，怎样用生命去换取胜利……

车过南明桥，甲秀楼影影绰绰，微风中飘着细雨，车窗上凝积着无数珍珠。南明河里，波光闪动，浸泡着满河灯火。冯老突然沉默下来，两眼微闭，若有所思。

过了片刻，我轻轻地问道："您在想什么……"

冯老睁开眼，答非所问："今夜，我仿佛又回到了往昔的岁月……"

琅嬛胜地瑶池境

在熟人圈子里,中国作协副主席冯牧不但以文思敏捷著称,而且也以脚力矫健闻名,六十多岁的人了,翻山越岭如履平地,前几年登黄山,他把白桦和刘宾雁都抛在后边。

最近,笔者陪他到贵州西线风景区游览,路上把我们也折腾得够呛。无论是登黄果树的石梯,还是探龙宫后山的虎穴,他总是一马当先,很轻松地就攀到了山顶。

冯牧同志矫健的腿脚是在战争中练就的。在延安时代和解放战争中,冯老常以战地记者的身份在前线奔波,在进军西南途中,冯老虽然配备得有马,但他却愿步行和战士们聊天,其间还有一则轶事:部队过江以后,他拾了一个孤儿,就放在马背上带到了云南,这个孤儿就是后来在《西安事变》和《四渡赤水》等影片中饰毛主席的胡涛学(艺名古月)。

五十年代,冯牧同志在云南军区担任文化部门的领导人,他带领一批创作人员,率先进入当时还没有公路的西双版纳和阿佤山,历程数千里,创作出了大批文艺作品。六十年代,他又攀过靠近中缅边境的高黎贡山,进入荒无人烟的独龙江地区考察,成为第一个到达这一片"冲秘土地"的作家和记者。他在散文集《滇云揽胜》里曾写到这一次探险中的艰难和乐趣。

近年来,冯牧同志以中国作家代表团团长的身份访问过许多国家,参观了这些国家的若干风景名胜,但到了贵州西线旅游区以后,他宣称自己"完全被征服了!"在黄果树的水帘洞内,他惊呼"简直美得不可思议",他说就这一处景观,要是在国外,每年的收入不会低于一座钢厂的利润。他说国外虽有比黄果树更宽大的瀑布,但没有水帘洞,没有白水河上下的瀑布群,因此在世界几个大瀑布中,黄果树别具风采。

在龙宫内,冯老激动得啧啧称奇,他举着相机,东拍西照,才游了两座大厅就用完了一筒彩色胶卷。

冯牧同志原来以为西线旅游区看了龙宫和黄果树瀑布后,高潮就已经过了,谁知到了织金天宫,才发现真正的"压轴戏"在这里。

天官这个巨大的古岩溶洞府,全长近七公里,最宽处近二百米,使人想起足球场,最高处有一百五十米,相当于一座摩天大楼的高度。在这高大的钟乳石穹窿上端,悬吊着各种形态的石笋和石质的刀枪剑戟,有的地方则光滑如砥。石质红白间杂,酷似晚霞映照的天空,其壮观神奇,简直使人难以想象。在洞内高旷宽阔的空间里,各种岩溶堆积物得以充分发育,它几乎包括了世界上所有岩溶堆积类型,可称得上世界第一流的岩溶博物馆。走在洞内,身前身后,那些螺旋型的、莲蓬型的、卷曲型的,以及锥型、柱型、多棱型的钟乳石,大的如山,小的如盘,有的精巧,有的宏伟,它们各赋特色。一些有色彩的岩溶,在暗处闪闪发光,宛如谁打开了神话中的万宝宫,使人惊讶大自然的造化竟然会达到如此绝妙神奇的境界。冯牧同志叫我们想一个形容词,我和中国作协的杨流昌同志首先否定了那些陈腐的,诸如"鬼斧神工"呀,"天造地设"呀,"美不胜收"呀等词汇,但绞尽了脑汁还是想不出一个新词,最后觉得还是北京土话"盖帽了"恰当。

冯牧同志沉吟了半天,也没想出更恰当的比喻。天下洞府,他也看了不少,但没有哪个比织金天宫更美更奇。明末文士张岱在碰到绝妙景物无可名状时便说:"徒呼奈何!"冯牧此时两手一摊:"身历此境,我也只好像张岱一样'徒呼奈何'了!"

当晚,我们住在织金天宫招待所,天宫风景管理处的同志备下纸笔,请冯牧同志题词。冯老略略思忖,写了四句七言:

> 黄山归来不看岳,
> 织金洞外无洞天。
> 琅嬛胜地瑶池境,
> 始信天宫在人间。

波罗的海的一片羽毛

从瑞典斯德哥尔摩到芬兰的赫尔辛基，客轮在波罗的海中要航行十四个小时，但在瑞典海域的千岛区就要绕行三小时左右。

瑞典有92000个湖泊已经查清了，但到底有多少个岛屿却无人能够说清，仅大斯德哥尔摩省就不下5000个。据说瑞典国王古斯塔夫悬赏万枚金币，谁要查清了瑞典的岛屿就奖给谁，可至今无人领到这笔重赏。

我先后从飞机上和客轮的甲板上观赏过这些星罗棋布的小岛，大的几平方公里，小的几平方米，岛上大都长满绿树，稍大一点的岛上都有人修建别墅，桔红色的屋顶，龙胆紫或翡翠绿的墙壁，在树丛和开满蒲公英草地的掩映下，色彩格外鲜明，岸边系着各式各样的游艇，天鹅三五成群绕着小岛嬉戏，白毛浮绿水，红掌拨清波，那树丛，那岛影，那蓝天，那碧海，实在使人悠然陶然，恍如进入一种神话境界中。

远观无限美，近赏又如何呢？我决定登临一个小岛参观。友人介绍我游览羽毛岛。

羽毛岛离斯德哥尔摩一小时航程。全岛被树林覆盖，大约只有一平方公里，沿岛绕一圈，只需四十分钟，岛上虽然只有十多幢房屋，但却有一个博物馆，陈列着几百年前瑞典维京时代的一艘海盗船。那时统治瑞典和挪威的维京人经常越海到芬兰甚至到俄国去抢劫财物，他们在海上称霸数百年，像成吉思汗的铁骑一样征服过波罗的海沿岸的国家。博物馆内陈列着海盗船的原物，还有桅杆、缆绳，海盗们用的刀剑，火铳、罗盘、装金银的皮囊，以及海盗们的食品和衣物。

羽毛岛虽然不大，岛上却有两家环境非常别致的餐馆，其中一家是中国餐馆,有趣的是这家餐馆设在一个铁匠铺前,老板列维托二十多岁,一头金发,他原是瑞典皇家剧院的美工师,他喜欢打铁,沉醉于把通红的铁块"雕塑"成各种黑色的工艺品,例如精巧的铁锚,锋利的猎刀,憨态十足的北极熊,略带夸张的马和犀牛等等,很难说开餐馆和打铁哪样是他的主业。有趣的是他就在铁匠炉上给顾客炒菜,他的烹调技术是在泰国学习的,因此,一见中国人光临,他不但倍加热情,而且还要请我们多多指教,不知谁教他两句中国话,他一边炒菜一边念叨:"好好学习嘛!天天向上。"引得我们哈哈大笑。

艺术家、铁匠、厨师三者有机地集合在列维托身上,因此,给人一种宾至如归的温馨感。说真的,列维托炒的中国菜并不地道,但他那间只有十个座位的小餐厅却座无虚席。有时他忙不过来。顾客就来帮忙,顾客如果有兴趣,还可以在他的铁匠炉上一显身手,那天我们同来的一位中国女士就自告奋勇炒了一道四川麻婆豆腐,列维托在一旁打下手,并用录像机将烹调过程录了下来。

临别,我们和列维托已经有一种依依不舍的感觉了,他坚持要送一头他锻造的麋鹿给我作纪念,这样的餐馆,恐怕全世界都不多见。

岛上的另一家西餐厅坐落在羽毛岛的尖端,三面窗户都映着碧波,天鹅和一些不知名的水鸟就在窗外等待食客抛掷面包。瑞典人不爱高声喧哗,满屋的食客大都闭着眼品尝啤酒。不多会,天空传来马达声,一架水上飞机平稳地降落在餐厅旁边的小码头边,从飞机上下来一男一女,都在五十上下,两人走进餐厅找了一张靠窗的桌子坐下。餐厅经理告诉我们,这是一对挪威夫妇,他们经常驾飞机来羽毛岛吃晚饭,是小岛餐厅的常客。我们顺便打听了一下这里的消费情况,得知每人最高消费不会超过一百五十克朗(约合人民币一百八十元)。

使人惊喜的是羽毛岛的树林里,还栖息着野兔、麋鹿和松鼠。岛上的野兔全是白色,你可以走到它的面前,甚至可以去抚摸它光滑的绒毛,这些小动物,从来没有感到人的威胁,因为瑞典人是最懂得爱护生态环境的。

还有一件事使我们大感意外,在岛的北端,我们发现了一大片蕨菜,而且蕨菜周围长满了只有在贵州山区才常见的苦蒜,我们每人都采了一大把,准备带回斯德哥尔摩去大吃一通。

夜晚十二时半我们才离开小岛。若在中国,此时已是深夜,但此地邻近北极,眼前正晚霞似火。在霞光中我频频回头张望,天鹅、古船、水上飞机、小岛餐厅、多才多艺的列维托,还有那些与人和睦相处的小白兔,都留在波罗的海的暮霭里,留在那充满诗意而又令人难以忘怀的羽毛岛上……

献给自行车的玫瑰花

丹麦首都哥本哈根素有北欧巴黎之称,白天,车水马龙;入夜,华灯璀璨。街头的各种雕塑鳞次栉比,几乎每座雕塑都可引出一串故事,它像一部凝固的史书,昭示着丹麦古今的世事沧桑,只有少数雕塑是淡化了人文内涵的装饰物。

一个夜晚,我们在哥本哈根迷了路,鬼使神差地将车驶入一个陌生的地方,停车一看,路牌上写着:罗莱沃德大街。因为并无急事,不必到处问路寻归,何况城市周围都临海,方向也错不到哪里去,由于心情闲适,竟然想起唐人司空曙的一首绝句《江村即事》:"钓罢归来不系船,江村月落正堪眠,纵然一夜风吹去,只在芦花浅水边。"

汽车在马路上不徐不疾地行进,清风习习,空气中弥漫着一只帕西尼的小夜曲,使人心旷神怡。我们边听音乐边欣赏着两旁的街景,突然,我们发现前方的街心花园中耸立着一座形状怪异的塔状建筑物,线条歪歪斜斜,"塔"身七凸八凹,有的部分闪光,有的部分晦暗,来往的车灯,把"塔"的身影时而撕碎,时而聚合,令人好生奇怪。

汽车驶到建筑物前,我们下车观看,才发现这是一座用上千辆废旧自行车焊接的铁塔,足有五层楼高。

这座独具一格的铁塔引起了我们的好奇心,我们绕塔一周,细细考究它的构造工艺。构成塔基和塔身的自行车成色不等,各式各样,男车、坤车、赛车、童车、载重车无一不备,车的牌号上千,遍及世界各国,塔的东西底层第三辆竟然是中国出产的"飞鸽"牌,这一发现引起我们极大的兴趣,我们弄不清楚这辆"飞鸽"是怎样来到丹麦的,它是只身出访? 还是结队而来? 如今又是怎么在这座车塔之下充当一块"砖石"？周围没有守护者，问过往行人，也都不得要领。

突然，我们在塔西发现一块木牌，牌上有文字说明，这座铁塔是丹麦自行车协会所建，塔上的车都是流落街头无人认领的"流浪汉"，由于它们"年轻力壮"时都曾为主人立过汗马功劳，所以自行车协会将他们集中起来建成铁塔以资表彰。

接着我们发现，塔身上还有一块木牌，上边写着一首两百行的长诗，题名《献给自行车的玫瑰》，署名是西班牙诗人狄亚尔。诗中把自行车比作白鸽，比作骏马，比作神牛，比作上帝赠给人类的足下之翅……称颂之词，溢于言表，从诗中我们得知，这座车塔的设计者，就是诗人狄亚尔。

同行者中，有人曾走访过欧美的许多国家，可谓见多识广。据说在全世界，这是唯一的自行车塔。后来，我们在与丹麦朋友交谈后，才知丹麦人对自行车情有独钟，政府和人民团体都鼓励人们骑自行车，以减少汽车废气给环境带来的污染，同时也可节省能源和锻炼身体。丹麦女王玛格丽特二世经常与王子们骑自行车郊游，有时，人们还发现女王陛下骑一辆紫红色的坤车在哥本哈根街头选购图书和鲜花，于是若干妇女也都跟着仿效，使紫红色坤车成了市场上的紧俏商品。丹麦商家为了使自行车的品牌和样式不拘一格，几乎和全世界的名牌自行车厂家签订了购货合同，据说中国有三种名牌自行车进入丹麦。

从官方的统计数字看，丹麦每百户人家拥有汽车七十三辆，而拥有的自行车却是一百九十八辆，几乎达到了人均一辆的程度。在哥本哈根的街头和公园、图书馆、博物馆等公共场所，都停放若干自行车供市民使用，你不用登记，不用交费，也不用给谁打招呼，骑上就走，骑完后送回来。有关方面在街头投放的数百辆自行车，年终清点，竟然一辆未丢。一些退休工人还经常到各自行车停放点义务擦车和修车，所以这些公益自行车的车况一直很好。笔者在哥本哈根期间，也曾尝试过骑免费自行车的乐趣，我用几个小时，转遍了哥本哈根的主要街市，然后把自行车归还离我住所最近的停放点。

从街头存放的免费自行车这一事例，使我对丹麦人的社会公德意识有了进一步的认识，它使我敬重，又使我惭愧，因为笔者在国内，曾创造过一年之中被盗三辆自行车的纪录，从那以后，就不敢再买自行车了。

赫尔辛基的微笑

微笑没有国界,不限男女,不分民族,不拘老幼,是人类社会最好的开心果和通行证。在赫尔辛基,我经常见到的就是这种微笑。

在北欧访问,虽然瑞典人的热情、丹麦人的开朗、挪威人的淳厚,以及他们的彬彬有礼和幽默风趣都给我留下深刻的印象,但真正给我留下宾至如归感觉的,是芬兰,是令我感到亲切和友善的芬兰人。

欧洲人很注重自我宣传,无论是使馆的签证处,还是旅行社的营业室,或是酒店的大堂,都存放着介绍本国风情和本地特产的宣传资料,有的是画报,有的是折页,有的是单篇,文图并茂,印刷得十分精美,人们可以根据自己的喜好任意拿走。这些宣传品有英、法、德、日和本国文字的版本,令人不快的是没有中文版本,一下就把我和这些国家的感情距离拉开了。但芬兰不同,它的宣传品不仅有中文版本,而且许多旅行社和宾馆的大厅里都挂着中国万里长城和故宫的图片,在芬兰国家博物馆里,竟然陈列着若干中国殷商以来的青铜器。

我们从斯德哥尔摩登船,在波罗的海中航行了一夜,早晨八时到达赫尔辛基。上岸第一件事便是问路,找谁问呢? 正好沿港的街道有一个三岔路,路旁站着一位身材高大的警察,我们决定找他问路。这位芬兰警察面带微笑,首先向我们问好,然后非常和蔼地在我们的交通图上指点着我们要问的地址的位置,顺便给我们介绍赫尔辛基的著名景观。话犹未竟,他的手机急促地响了起来,他满怀歉意地说:"有紧急公务,请等一下。"接着,他便走到交岔路中心去指挥来往车辆暂停行驶。一会儿,一辆插着芬兰国旗的凯迪拉克轿车驶了过来,警察向轿车立正敬礼,待轿车沿港口大道驶去之后,他又才过来继续为我们指点迷津。临了,他告诉我们,刚才过去的是芬兰总统阿赫蒂萨里,他到前边的总统官邸广场去接受国书,不妨去参观参观。

我们朝总统专车渐隐去的方向奔去,远远传来军乐声,穿过一座石桥,顿见总统官邸前的小广场上,一排雄伟的仪仗队在乐声中变换队形,而我们刚才看见的阿赫蒂萨里总统正接受两位非洲大使递交国书。仪式片刻即完,阿赫蒂萨里总统和两位大使都面带微笑,分别向周围的市民挥手致意。没有森严的戒备,更没有紧张的氛围,使人感到友善祥和,平易亲切。

在赫尔辛基的大街上,只要你拿着交通图东张西望,就会有人走上前来微笑着问你是否需要帮助? 使你感到异常温馨。一次,我们按图索骥,想凭自己的判断去寻访芬兰著名音乐家西贝柳斯的纪念碑,据说纪念碑是用若干铸铁管焊接起来的,形成多组排箫,造型异常别致。可我们弄错了方向,正在左顾右盼时,一位满头银发的老太太在我们的身前停步,我们知道又是询问是否需要帮助的,谁知道老太太竟然用中文问道:"中国? 北京?"我们大喜若狂,立刻与老太太攀谈起来。原来,她是芬兰国际关系学院的教师,曾到过北京,并参加过国际红十字会在中国培训护士的工作。在她的指引下,我们不但找到了西贝柳斯纪念碑,还参观了世界著名的寺院广场教堂。我至今依然记得老太太和我们挥手告别时的微笑,它总使人想起"天涯若比邻"的诗句。

又一次,我们经过赫尔辛基火车站广场,只见几个教徒站在一辆卡车上,弹着吉他用歌声传教。虽然围观者寥寥无几,但传教人却十分认真,我们好奇地驻足观看,立刻就有两位女教徒微笑着上前来劝我们入教,当得知我们只是匆匆过客时,又表示愿为我们充当导游,去参观一下北欧著名的建筑物路德大教堂。

在赫尔辛基,很多地方都有介绍中国文化的文字和图片,而且不少芬兰人都具有东方人的黄皮肤。据芬兰汉学家高歌介绍,十二世纪瑞典"十字军"三度东征,统治芬兰六百五十年,所以部分芬兰人含有瑞典血统,而土著芬兰人的祖先则是从亚洲迁入,属黄种蒙古族的支系,连芬兰语中的一些词汇也和蒙古语有相近的地方,有了这个久远的人文背景,就不难理解芬兰人对中国文化怀有浓厚趋同感的缘由了。

在安徒生的故乡

有时,一个国家或一个民族,无论它疆域多么狭小,人口多么稀少,只因出一个杰出的人物,便可名扬于世,便可在世事的纷争和历史的进程中,永远留下自己的声音。例如:安徒生之于丹麦,易卜生之于挪威,诺贝尔之于瑞典,肖邦之于波兰,塞万提斯之于西班牙,贝多芬之于德国,莫扎特之于奥地利……

有些人是先认识安徒生后才认识丹麦的,有些人可能认识了安徒生也不认识丹麦,但不管怎样讲,安徒生的名字已经和他的祖国的名字联在一起了。一位英国政治家说过:"英国宁肯失去海外所有的属地,也不愿失去莎士比亚。"那么丹麦人是怎样看待安徒生的呢? 丹麦作家卡普斯特说:"安徒生是丹麦的太阳,他不但照亮了他的祖国,也温暖了世界各国孩子的心! "

我是带着朝圣的心情进入安徒生的故乡的。当我们的汽车从瑞典驶近丹麦国境,我的心里充满激动和喜悦,我们从车窗里把入境签证递给一位身材魁梧的边防警察,他看也不看,面带微笑右手一摆,做了一个欢迎光临的手势,我们在车上向他挥挥手,就这样,我们踏上了安徒生的故乡。

丹麦只有4.4万平方公里,人口五百万左右,在北欧,算是小国,其面积仅为瑞典的1/10,挪威的1/8,全国由406个岛屿组成,在本土,没有一个丹麦人居住在离大海52公里之外的地方。当十一世纪之时,丹麦声势显赫,曾征服英格兰和挪威,丹麦女王玛格丽特率军攻占瑞典,又兼任瑞典国王,是当时欧洲的一个强国。如今的丹麦,拥有规模庞大的商船队和渔船队,农业十分发达,也是世界上有名的鱼类和肉类罐头出口国。

丹麦境内多为平原和丘陵,最高的山海拔不过一百五十米。每一个丹麦人和大海都有千丝万缕的联系。在安徒生笔下,大海不但成为人物经常出没的场景,而且还把大海塑造得具有人格魅力。

在北欧,无论是街头、广场、车站、码头、皇宫……到处都可见到神态各异的人物铜像,这些铜像除了国王就是文学家、音乐家、剧作家、科学家,几乎没有政要。在丹麦,安徒生的塑像到处都有,但最著名的却是安放在安徒生纪念碑前的那一座。纪念碑坐落在哥本哈根皇家公园里,安徒生安详地坐着,左手捧着一本书,右手高高扬起,仿佛正在向周围的忠实读者讲述他的弥漫着真善美芳香的童话。我虔诚地走到纪念碑前,献上一束带露的玫瑰,以一个中国读者的身份,向这位伟大的童话作家深深鞠躬。

安徒生虽然以童话创作名扬于世,但是在他的著作中,长篇小说和戏剧却占着很大比例。他从三十岁出版长篇小说《即兴诗人》开始,先后出版了六部长篇小说和数十部配戏作品。安徒生以童话征服了世界各国一代又一代的读者,目前已有一百零八个国家出版了安徒生的童话,他凄惨的身世和坎坷的经历,也给了世人不少感叹和同情。安徒生的父亲是一个鞋匠,家庭十分贫困,十一岁时父亲病故,十四岁便流浪到首都哥本哈根来寻找生计。他干过各种杂活,受过许多屈辱,这些经历和在民间文学中吸收到的精华,在他头脑中得到有机的融合,使之成为一种"奇异的合金",他的童话,就是由这种合金铸造的。最近,有人宣称他们已考证出安徒生是某某国王的私生子,但我接触过的丹麦学者都抱着姑妄说之,姑妄听之的态度。安徒生的出身是贵胄还是平民并不重要,人们看重的是他的作品。安徒生的故乡奥登沙市的市长说:"到这里来的游客,几乎都是冲着安徒生来的,安徒生不但给丹麦带来荣誉,也带来金钱。"

行走在哥本哈根的大街上,人们已难寻觅安徒生笔下的踪迹,如今的丹麦,已成为世界上福利最好的国家之一。十年前,丹麦的人均收入就超过一万美元,居世界第七位,丹麦人每年还享有五个星期的带薪休假,每年出国旅游的人次已经接近人口的总数。安徒生笔下那个卖火柴的小女孩的影像,已留存在往昔岁月的镜框之中。

安徒生离开我们已有一百多年了,他逝世前,在一份英国报纸中读到一篇文章,说他的童话是世界上拥有读者最多的读物,还说仅是一篇《皇帝的新衣》,

就足以使他获得社会讽刺大师的称号。看到这篇短文,七十高龄的安徒生面呈微笑,并喃喃地说道:"看来,童话是永远不会死的!"

是的,童话是永远不会死的,我从遥远的东方来到地处北欧的丹麦追寻安徒生的足迹,正是从另一个侧面证实:童话是永远不会死的。

永远记住今夜的琴声

——访著名音乐家贺绿汀

　　最近,著名音乐家贺绿汀,以八十三岁的高龄到我省访问。贺老对贵州人民素怀深情,去年,笔者曾在上海拜访过贺老,彼时彼地的情景,久久萦回在脑际——

　　傍晚,黄浦江上送来了微风,沿江的行道树欢快地拍打着绿色的手掌,整个大上海顿时从炎热中解脱了出来。我向着著名音乐家贺绿汀的住所走去,心里也充满了夏夜的清凉。

　　在我心目中,他永远是这样年轻,这样丰富,像一眼舀不尽的泉水。你若问他:"这一生您的门下有多少桃李? 您曾谱写过多少歌曲? "他总是摇摇头,微笑着回答你:"记不清了,真的记不清了。"

　　不同时代和不同经历的听众,会记下他们各自喜爱的作品。在贺绿汀的百宝囊中,既有大江东去的雄浑,也有小桥流水的秀巧。对于我,记得最清晰也最使我感动的,则是《游击队员之歌》中的那些优美的旋律和富有魔力的诗句:

我们都是神抢手

每一颗子弹消灭一个敌人

我们都是飞行军

哪怕那山高水又深……

如今，那些血与火的年代虽然已经逝去，但他的歌曲却随时都能把那逝去的岁月召映回来，让人们去咀嚼，去回味，去思索……

贺老的客厅并不宽敞，一架钢琴占去了四分之一，客厅的正墙上，是一尊周总理的画像。每当贺老看到画像上总理的亲切面容时，许多往事，便涌现心头。贺老一九四一年奔赴革命圣地延安就是周总理亲自安排的。当时贺老在重庆从事抗日救亡活动，在周总理安排下，贺老从重庆经贵阳，到广东湛江，再乘船至苏北，最后到达延安，完成了他一生中最伟大的转折。

采访时，贺老的老伴姜瑞芝也在座，姜老今年七十八岁，比贺老小四岁，也是一位音乐家。她与贺老是同乡、同学、同志。从1932年结婚以来，两人一直相濡以沫，风雨同舟。解放后贺老任上海音乐学院院长，姜老任上海音乐学院附小校长，他们相互配合，为国家培育了不少人才。"文革"期间，上音成了江青爪牙的老巢，贺老首当其冲，被诬为中国音乐界的一面"黑旗"，他和姜老分别在牛棚和监狱被关押了七年。

贺老膝下共有四个女儿，二女儿在"文革"中被人逼死，三女儿在胡宗南进攻延安时牺牲，大女儿在南京工作，只有小女儿贺圆圆继承了父母的事业，现在上海电影乐团拉小提琴。

在我们谈话时，贺老五岁半的外孙女思敏一直坐在钢琴边，轻轻地弹奏着车尔尼的钢琴练习曲，姜老不时停止谈话，为小思敏纠正一两个音，有几次还起身为小思敏示范指法。

上前年，上海有关方面为贺老从事音乐事业六十年举办了一系列活动，王首道同志写了一副对联送给贺老：

满腔战斗乐章；
一身革命正气。

这短短的十二个字，正是贺老一生的最好概括。著名画家赖少其题赠贺老一首七绝："岁月峥嵘苦日短，憎恨蹉跎是非多，躲进小楼成一统，骨鲠安能唱浩歌。"

　　这首七绝,从另一个角度写出了贺老一生的坎坷历程和忠贞向往。贺老知我在贵州工作,便和我大谈贵州的湖光山色。贺老对贵州在乐坛上有成就、有希望的人才了若指掌,给我详细介绍了贵阳姑娘詹曼华在国际声乐大赛中夺魁的经过,又介绍了被外电誉为"小号王国的魔术师"贵阳青年聂影的情况。贺老还特别向我推荐了上音附中的手风琴手杨曼。小杨曼是贵州的苗族姑娘,一九八一年元旦广东省委举行团拜会,小杨曼当时随上音附小的老师前往演出,虽然琴大人小,却奏得不同凡响,在场所有的艺术家都只表演一个节目,但包括叶帅在内的观众,都一再鼓掌欢迎小杨曼加奏曲目……

　　夜已经很深了,我依依不舍地告别了两位老人。走到里弄口,我在一株小树下停住脚,再度回望一下贺老的小屋,透过稀疏的桐叶,还清晰地听到小思敏在叮叮咚咚地练琴。也许,再过三年五载,我还能再来到这株小树下,那时,小树已经长大,而小思敏在外祖父和外祖母的指导下,也许会弹得使我大吃一惊。不过在我的心灵里,永远会记住这个夜晚,记住这个夜晚听到的琴声……

守住一片净土

——访北京人民艺术剧院

每次到北京，不论日程安排得多么紧，都要生方设法挤时间去看一场北京人民艺术剧院的话剧，而每看一次，都陶陶然有点孔丘在齐闻韶乐，三月不知肉味的感觉。

宋任穷同志在北京人艺成立三十五周年时题过两句话："第一流的艺术家，世界水平的剧院。"这话，道出了许多人的心声。

提起北京人艺演员的大名，如雷贯耳者竟有一二十位。朱琳、胡宗温、于是之、英若诚、郑榕、苏民、吕齐、周正、李婉芬、张瞳、黄宗洛、牛星丽、李翔、田春奎……他们当中任何一位的艺术生涯，都可以写成一本书，这些艺术家不仅精于话剧表演，而且其中大多数还是书法家、作家、画家、翻译家。

老舍夫人胡洁青说北京人艺舞台上"不管主角配角，几乎人人有好戏，人人有看头，人人有滋味，人人有各自的特点，整台都是戏。"北京人艺征服观众的武器不是脸蛋，不是名气，不是故作多情地大喊大叫，而是靠精湛的艺术和高尚的艺德。

谈到艺德，人艺的艺术家们可以堪称艺术界的楷模。目下，一些被传媒捧红的歌星和笑星，在台上笑容可掬，在台下架子十足，上场先论价码。出台争抢排名。而人艺的艺术家们，虽然非常清贫，但在金钱面前却十分高傲，老一辈的艺术家中出去走穴的极少，大家都非常爱惜自己的"羽毛"。

人艺的艺术家们对于观众可真算得谦逊至极。最近在演出一组新剧时，剧院议定请十几位老艺术家在开演前到休息厅和观众见面,为观众签名和合影留念。我原以为每天只会来几位应应景,谁知十几位老艺术家全部到场,黄宗洛告诉我,他一晚上就写干了四支签字笔。朱琳说:"来到人艺看戏的都是我们的朋友,为朋友签个名、合张影,是我们的幸福。"

北京人艺虽然是世界级的艺术团体,但上边每年只拨给基本工资,房屋维修、医疗保健、服装布景等等全都靠自己解决,经济已经到了捉襟见肘的地步。

北京人艺地处寸土寸金的王府井大街,这里店铺门面里的柜台月租高达三千元一米,北京人艺的外墙有五十多米长,他们全部用来做广告宣传,玻璃镜框里张贴着人艺若干保留剧目的剧照,如《茶馆》《雷雨》《北京人》《家》《蔡文姬》《狗儿爷涅槃》《王昭君》《关汉卿》等。这些剧照记录着人艺几十年走过的旅程。有人给人艺领导建议,把这些宣传栏改为十五个铺面,每个铺面每月租万元,那么人艺每年就可增收近两百万元,这笔巨款,不但解决了剧院的现存困难,而且演员们也能收入可观的奖金。

但人艺的领导和艺术家们却摇头说:"不!"

带着这个问题,我拜访了北京人艺副院长谭宗尧同志。

谭宗尧同志说:"每年近两百万元的收入是诱惑人的,但北京人艺更看重的是自己的光荣传统。宣传剧院和剧目,便能争取观众,如果我们忘了观众,观众也将忘了我们,为了尊重观众,保持艺术的尊严,我们不愿开肠破肚拆掉围墙上的宣传栏修建铺面,宁愿勒紧裤带也要守住这片净土!"

老谭的这番话,给我很大的震动。在经济大潮推动下,一些省市剧团纷纷砸锅卖铁,不但把剧场出租作商场,甚至连剧团的招牌都不知去向。虽然"幸福的家庭都是相似的,不幸的家庭各有各的不幸",但北京人艺的艺术家们在钱欲横溢的年代提出要"守住一片净土",这种精神境界,确实令人肃然起敬。

白鹤的家乡

　　不久前,在报上读到一篇文章,说当代诗人应当学习一些现代派诗歌的表现手法,例如"感官的互换就是一种新式武器"。兼收并蓄,奉行"拿来主义",这无疑是正确的,但"感官的互换"中国古已有之,李贺、李商隐的诗且不说,近人林则徐诗中就有"吹落山泉作钟磬,秋色落岩云有声!"视觉和听觉互换之后,产生了通感,才能听出云的脚步声。林则徐的这两句诗出于何处,一直未曾查对,直到最近参加"四月八"民族节日文物活动,访问黄平名胜飞云崖,才知道这诗是赞美黄平飞云崖的。

　　在历史上,黄平飞云崖曾经名扬遐迩,由于湘黔古驿道就从它门前经过,所以过往的官商士庶都能瞻仰它的胜景,自明清以来,留下了大量称颂它的诗文。

　　明代学者王阳明对黄平飞云崖的评价很高,他说:"天下之山聚于云贵,云贵之秀萃于斯岩,云岩之秀,可比灵隐。"把黄平飞云崖和杭州灵隐寺相提并论,绝非无稽之谈。

　　飞云崖四周长满古松古柏,岩系钟乳石组成,崖上有若干蜂窝似的洞穴。崖脚有一石碑,上书"云梯自在"。沿着陡峭的石壁,人们凿出了一道曲曲弯弯的石路直登崖顶。这些"云梯"的陡峭程度,简直可与华山的千尺幢和百尺峡相比。沿山的钟乳石穴彼此相连,只要游人高兴,可随意在这些石洞内钻出钻进,和登华山比起来,又另具一种乐趣。

　　我们访问飞云崖的那天,适逢当地苗民在那里举行"四月八"节日集会,到处都是人山人海,所以未能细细观赏。第二天早晨再度访问时,才发现飞云崖"可比灵隐"的地方。

云崖半腰，有一座接引阁，倚岩而筑，半边檩柱都以崖石代替，楼阁与山崖融为一体，这种木石的"嫁接"，极为和谐，在人们的感觉中它们已经完全"成活"，具有很高的艺术价值。

我们只注意欣赏地下的景观，但同行的几位摄影记者却发现天空三五成群的白鹤在一株高大的梓木花前缭绕，趁他们抢拍这个珍贵镜头的时候，我数了一下，在林间盘旋和嬉戏的白鹤，竟然有二十四只之多，苗族诗人潘俊龄告诉我，如果是傍晚和清晨来这里，白鹤的数量就难以数清了。

难怪有人说，飞云崖是白鹤的家乡。

飞云崖始建于明正统八年(1443年)，尔后又不断增修扩建，其间曾遭两次兵燹，到了清末又重新整修。然而，在解放前，却遭到国民党驻军的破坏。飞云洞竟被用来储存军火。解放后虽经修缮，但在十年内乱时，又遭到浩劫。

如今，政府拨出了巨款修复，仅仅半年时间，就修复了许多楼台亭阁和两座艺术价值很高的牌坊。来参观飞云崖第一期修复工程的省内外客人对飞云崖的自然景观和人文景观，给予了很高的评价。贵州书法家协会主席张一凡同志一时兴起，挥毫写了四句诗：

> 一片飞云落方舟，
> 鬼斧神工雕玲珑。
> 仙女翩翩舞东风，
> 不是瀛洲胜瀛洲。

飞云崖正是苗族人民欢度"芦笙会"的地点，每年四月八，苗族人民来到这里，赛歌、赛舞、赛芦笙、赛马、斗雀。在飞云崖对面的山林里，挂着几百个鸟笼，参加斗雀的除画眉外，还有地麻雀和黄豆雀。别处的画眉以善唱为佳，这里的画眉则以善斗为上。实行生产责任制后，农民的生活有了改善，许多农民特别是老年人爱上了栽花养鸟，让单调的生活增添了色彩。四平乡毛梨坡寨的田大爷是养雀能手，他的画眉是斗雀场上的常胜将军。当我们向他请教怎样鉴别画眉的优劣时，他告诉我们："嘴像锥子眉像线，身像葫芦尾像箭，脑顶要平，胸脯要宽，眼睛要鼓,脚爪要干。"这段韵文又精要又好记,实在是经验之谈。

在赛歌场上,姑娘们还在暗中赛服饰。苗族的银饰是有口皆碑的,一顶凤冠,要费二十多两银子,工匠精雕细缕,要花费一个多月才能做成,在凤冠上有龙,有凤鸟、白鹤、蝴蝶、猴子、鳌鱼,以及各种花卉、四时水果等。过去穿金戴银是高门大户才能办到的事。三中全会以后,苗族农民逐渐富裕起来,所以在飞云崖前,满身银饰的苗家少女数不胜数。

清代诗人吴中蕃游罢飞云崖之后,觉得这里的钟乳石与山间的白云难以区分,于是诗人只好"从今逢石作云看",云邪? 石邪? 简直使人真伪莫辨。这些描写,虽属夸张,但从另一方面也可印证出"云""崖"二字联在一起的原因。诗人在诗中还写道:"螺甲忘肩混沌残,谁能过此不停鞍?"南来北往的人们,在这迷人的"黔南第一洞天"面前,怎么能够不为之停步、停车、停鞍呢?

勇于开拓生活道路的人

——记著名书法家费新我

　　许多书画家都爱用闲章来表达自己对政治、人生和艺术的见解。郑板桥很崇拜明代画家徐青藤,便刻了一颗闲章:"青藤门下走狗";国画家李可染以画牛称著,便刻了一颗闲章叫"师牛堂";画家谢孝思在解放前常用这样一颗闲章"不为人妍,岂受人怜",以告诫自己作画为人要不卑不亢。在欣赏著名书法家费新我的作品时,我们会发现,他用得最多的一颗闲章,大概要数"我行我素"这一颗。"我行我素"在费老看来,就是不随波逐流,不向逆境低头,也不为别人的讥笑讽刺所动摇,我走我的路,向着一个既定的目标,一往无前走到底! 这包含着费老对人生和艺术的深刻见解,可以说,"我行我素"就是他人生的路标。

　　一九○三年,费老出生在浙江省吴兴县的双林集。也许是应了"人杰地灵"这句话,他自幼就爱上了书画,憧憬将来能遨游于艺术之海。但命运之神并没有给他安排一条人生的坦途,刚满十六岁那一年,他就为谋生到一家商店去当学徒。他整天接触的是往来不息的顾客、算盘和账单。这一切,与书画艺术相去十万八千里。就这样,一晃眼就是十六个春秋了,他也已经成了三个孩子的父亲。然而,那深深地埋藏在心底的理想——他对艺术的苦苦追求,并没有为岁月的流逝所冲淡,他也许是对艺术太痴情了,后来终于决定弃商学画,开始他人生新的跋涉,去寻找他憧憬的艺术圣殿。

　　当时,有人笑他痴,有人说他傻,但他却"我行我素"一笑置之。他的名字原叫"省吾",就是那时改为"新我"的,以示决心要创造出一个新"我"来。

费新我开始学的是西洋画,当时上海有个"白鹅画校",分成日夜两班,由老画家陈秋草等人教授素描、水彩、油画等科目。费新我如饥似渴地日夜两班连着学,两年的课程他一年就学完了。当他以优异的成绩毕业后,就被一家书店招聘去当了编辑。

由于有了较扎实的功底,再加上合意的工作环境,费新我更加努力去丰富自己。他兼收并蓄,辗转多师,善于消化古人和今人各派画法,很快就形成了自己独特的风格。在此期间,他用辛勤的汗水浇灌出丰硕的果实,先后出版了三十多种画册。特别是《怎样画铅笔画》一书,由于写得深入浅出,很受读者欢迎,成为当时印数最大的美术书籍,连海外也纷纷翻印。

费新我学而不厌,锲而不舍,对艺术的追求永远没有止境。他通过学习和实践,深深感到国画也是一个伟大的艺术宝库,于是在解放后又攻起国画来。在别人看来,有了西洋画烙印,是学不好国画的,但费新我还是"我行我素",不信那一套。他勤于探索,勇于创新,不久,在国画上就取得了可喜的成就。一九五六年,费新我跨过长江,北上到辽阔的内蒙古大草原去体验生活。面对着一望无际的辽阔草原,如云簇拥的羊群,似风飞驰的骏马,艺术家的身心仿佛与大自然融为一体。这一次,他深深受到祖国壮丽河山和蒸蒸日上的社会主义事业的感染,一回到苏州就挥动彩笔,用了整整七个多月的时间,画出了一幅长达十五米的巨幅国画——《草原图》。这幅巨作轰动了整个画坛。当时上海国画院院长、著名画家丰子恺,甚至将费新我的这幅《草原图》和我国美术史上最著名的《清明上河图》相提并论,还专门题词和撰文赞扬。

正当费新我精神勃发,创作欲望越来越旺盛,画风也日趋成熟的时候,一场意料不到的灾难迫使他搁下了画笔。一九五八年,由于患腕关节结核,他的右手成了残肢。在某些人看来,一个画家失去了握笔的手,就如同海鸥折断了翅膀,夜莺嘶哑了喉咙,艺术生命就要从此完结了。

但是,在弱者感到绝望之际,强者往往能找到生机。费新我并没有被不幸压倒,他决定改用左手运笔,专攻书法。这时,费新我已经五十六岁了。

用左手写字,等于从头学起。当他第一次提笔蘸墨时,恐怕连两岁娃娃也比他强。人老骨头硬了,习惯乍改,手腕飘忽,笔锋虚晃,上下左右不听使唤,不知从何处落笔,真是难、难、难。但是,有志者事竟成,一股"傻劲"干下去,正是费新我以往成功的秘诀。在那些和命运搏斗的日子里,他常常是三更一过就起床,挑灯伏案练字读帖。天亮了,他合砚搁笔,到公园里打上几路太极拳,既放松精神又增强臂力。到午后,他便一头扎进博物馆里,对着无数碑帖书简,一抄就是半天。一年后,正值苏州网师园布置厅堂,请费新我试写一幅题词,只见他左手挥毫运笔如行云流水,一款"新我左笔"写罢,惊得满堂喝彩,同道们都赞他的左笔敦厚遒劲,独具风韵。从此,在当今书法界就杀出了一位"左撇子"。

费新我常常用"我行我素"的精神来激励自己,在艺术风格上,刻意求新,另辟蹊径。他学习书法,不但十分重视历代著名的书画金石,而且还注意收集民间的秦汉竹简、砖瓦和墓铭。他认真琢磨上面的书体,将民间书体中那古朴自然、劲直峻快的笔触,融化进自己的书法中去。

他常说:每见万类,皆可入书。他留心于身边的一切,观察生活中万物竞华的道理来滋润自己的艺术之花。他参观书画展览,漫游园林亭阁,都尽量领悟其中的笔墨情趣和花木扶疏、曲径通幽的意境,连工人挥锤猛击,他也要仔细琢磨运力的道理;每日打完太极拳,他还要细细品味太极拳的形和意,将太极拳的圆转如意,外柔内刚的气势吸收到自己的书体之中。难怪书法界说他的书法,"字里行间有山石突兀之态,群山奔腾之势"。日本书法界更惊叹他的书法"异峰突起,一新面目"。

费新我虽然名播遐迩,但治学却非常严谨。中华书局创办七十周年之际,派人来请费老题字,他题了一联相贺:"广搜历代遗编百城富有;嘉惠艺林后学千古长留。"贺联寄出多日,费老觉得"广搜"不如"广刊"全面,"艺林"不如"儒林"恰当,于是又重题了新联补赠,中华书局的同志对此非常感动。

费新我今年已经八十高龄了,但在事业上还是保持着一股锐气。他现在是中国书画家协会理事、江苏书法家协会副主席、"荣宝斋"的特约书法家,功成名就,年事已高,但他仍然过着"三更灯火五更鸡"的学艺生活,每天伏案练字十余小时。费老还打算利用有生之年编写《我的写字生活》一书,还要写一本《怎样画毛笔画》。此外还要把过去发表的一些书法杂谈,补写和增订成一本书。看到八旬高龄的费老还有这种伏枥壮志,难道我们后一辈还不该加倍努力,奋发向前吗?!

爱的彩虹

巴尔扎克说过,十八岁的女人要你的一切却什么都不愿给你;三十岁的女人愿意给你一切却只要你的一片真情……

她一直期待着。然而时光呀,那时而穿着灰色衣装,时而穿着彩色裙裾的时光,一天又一天,聚成月,汇成年,像流水一样从她身边匆匆过去。

如今,她步入中年,头顶开始绽出了第一星白发,额上刻下了疏疏朗朗的皱纹,记忆里有泪水的迹印,心灵中有往事的创伤……一想到那噩梦般的十年,她不是惊魂未定,而是余怒未息。唉! 一切都被耽误了,国家、人民、事业、爱情……

从干校重新回到农科所后,她把全部心血都献给了良种小麦,有时,竟忘记了还有另一个世界。

一个早晨,她正蹲在试验地边观察小麦的分蘖情况,他气喘吁吁地跑到地边,刚把雨伞递给她,大雨就洒了下来。

记不清有多少次了,所里的食堂已经关了大门,她还坐在地埂上写观察数据。于是他提着水,拿着饭盒来到地边,她吃着,他代她抄着,话题也只谈小麦。

这位新来的副所长,她过去曾在干校的批斗会上见过。那时,他被打得鼻青脸肿,那些人叫他交代罪行,三天三夜他一言不发;只是轻蔑地哼哼鼻子。于是他被当成态度顽固的典型押去"从严处理"了。

后来,他又受了多少折磨? 又怎么来到这里? 她一概不知,反正"同是天涯沦落人,相逢何必曾相识?"

自己的工作受到别人的重视和关怀,心中总是充满温暖和感激。而他,只是默默地为科研人员创造条件,分忧解难,很少谈到自己。还是从别人口中她才知道,他的妻子竟是死在斗争会上……

好像他已把痛苦寄存在遥远的过去,好像在忙碌中才能寻觅到欢乐……这个人呀!像个谜。

渐渐的,她觉得当他来到她的身边时,心湖里会出现层层奇异的涟漪,困惑伴随着愉悦,常常使她语无伦次。而他,还是不断地和她谈着小麦、小麦、小麦……但眼中流露出的光彩,却有比小麦更广阔的东西。

国庆前夕,他来到她的实验室,谈完小麦之后,递给她一张票,约她进城去听音乐会。青年人喜欢用鲜花、誓言、泪水和单音词去表达感情,但中年人,那饱经忧患的心灵,那洞晓世事的眼睛,能诠释人生甘苦的全部密码。对于他们,即兴的誓言和浮浅的答问,竟像第六个指头一样多余。

参加音乐会前,她换了一件久藏在箱底的衣服,在梳头时,她觉得手指在微微颤抖,一种甜蜜的慌乱使她几乎把钥匙锁在屋里。

这一天,似乎花格外红,草格外青。那晴空的晚霞啊,竟是那样多姿多彩、绚丽动人,她的血管里,仿佛又沸腾着青年时代的血液,一个美妙的声音在她耳畔回响:把生活中失去的一切重新收回吧!理想、青春、事业、爱情……

"鬼城"去来

世界上根本没有鬼,可中国,偏偏有一座鬼城。

本来,我以为"鬼城"的恶谥,是那些心怀偏见的人给丰都强加的,几年前,我还在一篇短文中为丰都人大呼不平,及待我访问丰都之后,才发现我实在是多此一举,人家丰都人还因被"誉"为鬼城而感到自豪哩!

在丰都城的大街小巷,你简直数不清有多少店铺是与鬼城连在一起的,诸如"鬼城饭店""鬼城旅社""鬼城发廊"……用鬼城作商标的商品就更多了,诸如"鬼城牛肉干""鬼城豆腐乳""鬼城天寿糕"等。几城区足球赛,定期在丰都举行,争夺的是"鬼城杯"。妙不可言的是丰都矗立在长江边上的城徽,就是一个大鬼头,据说这个鬼头城徽,是经过丰都县的人大代表和政协委员们几经讨论后才通过的。

为了渲染出鬼城的气氛,丰都城内的路灯全部用红布做灯罩,那式样酷似无常的高帽子。由于有红布密封,亮度大为减弱,悠悠忽忽,给人一种神秘阴森的感觉,可丰都人习以为常。

其实,真正称为鬼城的地方,是丰都城郊的一座山,这里有人们从未见过的另一个世界,它能使你大受刺激,大开眼界,让你白日见鬼。"鬼城"入口处,有一幅长联,那上联讲得颇为清楚:"世惊阴曹奇,到鬼城、游鬼街、下鬼狱、人鬼殿、见鬼王、对鬼卒、查鬼史渊源,原来人间无鬼,鬼由心造……"

正式进入鬼国,要通过一座被称为阴阳界的铁索吊桥,过了阴阳界,游人可向鬼城管理员购买"路引"(通行证),向鬼国的幽冥银行兑换货币,然后通过黄泉路,跨过奈何桥,登临望乡台。那奈何桥下便是血河,游人从那里通过,是要往血河里丢钱的,河里既有一角两角的小票,也有五元十元的大钞,有时还有港纸、卢布、美元、英镑。据说,海外华人对鬼神的虔诚程度,比大陆游客更胜一筹。

使人惊心动魄的是参观十八层地狱,地狱中的鬼卒,全是一些如真人般大小的泥塑,造型十分生动,看后使人毛骨悚然。那里有剥皮抽筋、刀山火海、炮烙油锅、钉版肉锯、冰窟人磨、五马分尸、挖心割舌,凡是人间见不到的酷刑,在阴曹地府一应俱全,但全都是为作恶者而设的。地狱门前有一对联写道:"任尔盖世奸雄到此亦应丧胆;凭他骗天手段入门再难欺心。"

据说阳间所有的人,死后也要受十殿阎王的审察,并根据其人的善恶决定赏罚,即使贵为帝王,在阴间也不能特殊。在鬼国,最高的统治者是阴天子,他手下除有十殿阎王外,还有专管赏罚的八大判官,分为赏善官和罚恶司,有道是:"赏善官无私情私贿;罚恶司有公道公平。"在鬼国,没有半点人情可讲,善有善报,恶有恶报,即所谓"任尔奸猾总难逃丰都十二殿;由你霸道都要过地狱鬼门关"。在这里,那些在人世受尽盘剥欺凌的弱者,可以得到一丝慰藉,那些恶贯满盈的吸血鬼,也可能受到一些震慑。

有趣的是,那些在地狱受酷刑的恶鬼中也有蓝眼金发的外国佬,导游小姐开玩笑说,那受剐刑的洋人,可能是火烧圆明园的英法联军的首领。

丰都被称为鬼城,由来已久。远在唐代,李白就写道:"下笑世上士,沉魂此丰都",意思讥笑那些生前追名逐利的人,死后亡魂免不了沉沦丰都。千百年来,关于鬼城丰都的传说越传越玄,改革开放以来,丰都人化腐朽为神奇,利用"鬼"的优势,大做文章,先后召开了五届鬼城灯会,海内外前来参观的人数达数十万之众。进入鬼城和鬼洞参观,每人总计需购门票十多元,仅此一项,丰都每天就要收入十多万元。

每届鬼城灯会开幕式,除有地方文艺节目外,还有阴司鬼神上街游行,丰都人认为这并非是在宣传宗教迷信,而是阐释鬼文化。鬼文化中固有其落后的一面,但它的核心是宣扬因果报应,是提倡赏善罚恶,这些都和中国传统道德中的有益成分密切联系,何况当今科学发达,进入鬼城的游人,未必都会尽信鬼神,大多是姑妄言之,姑妄听之,所以不必大惊小怪。

骊山夜雨

站在华清池畔眺望骊山，似乎只有一箭之地，山石、树木、殿阙，仿佛举手可触。谁知攀登起来却峰回路转，曲曲弯弯。才到山腰的"捉蒋亭"前，我已经累得汗流浃背了，只得把棉大衣脱下来抱着，不禁使人想起一句藏族民谚："望山跑死马！"

在"捉蒋亭"的石阶下，有一个茶水摊，卖茶的是一位满头银发的老大娘，她旁边还坐着一个七八岁的小姑娘，正聚精会神地在看连环画册。此时，我已经口干舌燥，走到茶水摊前，端起一碗琥珀色的凉茶咕咚咕咚痛饮起来。大娘见我满头大汗，便拍了拍小姑娘的肩头："妞，让叔叔坐下休息休息！"

小姑娘马上将小凳子让出来，有礼貌地说："叔叔请坐！"

我谢过大娘和小姑娘之后，便坐下和大娘拉起家常来："大娘，您在这儿摆了多久茶水摊？"

太娘没有立即回答，一下陷入回忆当中，嘴里低声数着，并用手指帮助计算那逝去的年月。小姑娘见奶奶没有立即回答，便对我说："俺奶奶在这儿卖茶水，老久老久啦，那时，我……还没出世哩！"

"哦！老久老久啦，蒋介石逃上山那天，你奶奶也在这儿卖茶水吗？"我逗小姑娘。

小姑娘把头一歪，嘴一撇："他要来呀！给金子银子俺也不卖水给他喝！"

我和大娘都一齐大笑起来。我浏览毕"捉蒋亭"，又喝了一碗茶，便决定继续登山。看来，棉大衣是穿不住了，可抱在手上也妨碍走路，于是我决定把大衣寄存在大娘的茶水摊上，下山时再来取。行走在骊山的盘山石径上，简直像在翻阅一部卷帙浩繁的中国史册。

据说当年女娲曾在骊山炼石补天，死后就藏在骊山之阳，在她的炼石处，后人修起了女娲祠，如今香火不绝。在名观老君殿旁有长生殿旧址，传说唐玄宗和杨贵妃曾在这里海誓山盟："在天愿作比翼鸟，在地愿为连理枝。"沿山一带尚有战国时赵国宰相蔺相如墓和名医华佗墓。但最使我神往的，还是山顶当年周幽王烽火戏诸侯时留下的烽火台。

由于沿途名胜古迹太多，简直使人目不暇接，我虽然只是走马观花，但还是花费了几个小时。等我登上烽火台时，已经暮色苍茫，游人都纷纷下山了，只有我独自在此浮想联翩。

突然，从八百里秦川刮来一股凉风，我不觉打了一个寒噤，凉风里还夹着细细的雨丝，天逐渐黑下来了，雨也逐渐紧起来了。上山时汗湿的衬衫，凉飕飕地贴在背上，像一块铁板。这时，我才突然想起我的大衣还寄存在"捉蒋亭"下的茶水摊上。

随着夜幕降临，我的身上越来越冷。我想到明天一早我就要登程，在这西北的深秋不能没有大衣，忙加快脚步，一溜小跑，好容易赶到"捉蒋亭"，里外一看，空无一人，我的心一下子凉了下来！我疲乏地坐在小亭的石栏上，周身瘫软无力，刚才山路泥滑，我跌了几跤，到现在才发现足踝已经扭伤，一落地就火烧火辣的痛。坐了一会，想不出办法，只好一瘸一拐狼狈不堪地回到旅馆。我询问服务员，她们都不知卖茶水的老大娘住在何处，但可以肯定，山上卖茶水的都是临潼郊区的农民，我束手无策，只好自认晦气。由于在山上受了凉，夜里，我迷迷糊糊发起烧来，便蒙住被子昏昏大睡。

夜半，我隐约听到有人敲门，凝神一听，是服务员的声音："同志，快开门，您的大衣送来了！"

我急忙打开门，见服务员身后站着卖茶水的老大娘和小姑娘。大娘一见我喜出望外，忙把大衣交给我："同志，总算把您找到了！"

小姑娘已经在红毛衣上罩上了棉衣："我和奶奶已经找过七家旅馆了，这是第八家。"

我感动得不知说什么好。原来，大娘和小姑娘一直等到天黑，已经下雨了还不见我的踪影,她们以为我从另一条路下了山,这才收拾摊子。回到家里匆匆吃了饭,加了一件衣服,祖孙俩立刻冒雨到临潼街上各家旅馆来找我。

我坚持要请大娘和小姑娘进屋坐一坐,喝口热茶,大娘却执意不肯:"俺鞋上带满泥,就不进来了。同志出差在外,千万别闹病,俺们走了!"大娘撑开雨伞,祖孙俩一头便穿入了蒙蒙的雨帘当中。顿时,我的两眼模糊了,心里百感交集,我虽然不知老大娘和小姑娘姓甚名谁、家住哪里,但在茫茫人海之中,她们留给我的印象却无比清晰。

"名字"的妙用

在生活里,认识人的方法是多种多样的。有时,甚至可以从人们的名字去揣测取名字者的政治理想和审美标准,还可从中看出社会伦理和时代特征。

《红楼梦》共写了四百多个人物,其中丫头小厮占了一百多个,曹雪芹为他们取名字是煞费心机的。这些丫头小厮的名字,大都和他们的主子的性格和喜好相符。例如贾母的丫头名字显得富贵而又俗气——琥珀、珍珠、翡翠、鸳鸯、鹦鹉;李纨的丫头名字则显得雅淡——素云、碧月;探春的丫头名字显得清奇——侍书、翠墨;惜春的丫头名字显得稚朴——八画、彩屏;王熙凤的丫头名字伧俗之气迎面扑来——平儿、丰儿、彩明、善姐……宝玉的丫头小厮最多,他们的名字则大都显得清雅别致,反映了贾宝玉特具的美学情趣,特别是小厮们的名字,连起来竟像一幅画的文字提示,引起人的艺术遐想——扫红、锄药、引泉、培茗、桃云、伴鹤……

从人物的名字也可以看出时代和社会的一些影子。在封建社会里,取福、禄、财、喜之类的名字的人是较普遍的。解放前,北方农村连年遭受天灾战乱,疠疫流行,人丁锐减,孩子的名字常取"拴柱""拴保"之类,以致同姓同名的人不少。在林彪、"四人帮"极"左"路线肆虐的那些年代,则取"红卫""卫东"之类的名字成风,在一个住宅院落里叫一声,多少个孩子都同声答应。安徽有几个无耻文人,为了向江青献媚邀宠,写攻击、诬陷一些革命作家的文章时,还署名"安学江""宛(皖)敬青"。

用名字来区别人的好坏,在林彪、"四人帮"卵翼下孵出来的那些作品中显得最为明显,你光看名字就能识别出作品中的正反面人物,好像这些人生下来就好或生下来就坏。正面人物的名字都是什么钢呀铁呀,剑呀锋呀;反面人物不但名字寓贬,连姓也是刁、胡、钱、黑之类。如果照他们的分法,公安机关的工作将变得异常简单,只需在户口册上照着名字抓捕"坏人"就可万无一失。

当然,在文学作品里,作家完全可以把自己的理想寄寓于刚劲有力的正面人物的名字和含意深远的反面人物或中间人物的名字,但这和林彪、"四人帮"形而上学地机械划分是两回事。怎么可以庸俗地用取名的方法来判定一个人的好坏呢?

"一"的启示

平时,"一"这个数词很不惹眼,它似乎既简单又平凡。

然而在中国古代文论中却另有看法。《淮南子》中认为:"一也者,万物之本也,无敌之道也。"《汉书·董仲舒传》中则说:"一者万物之所从也。"老子说得更清楚:"道生一,一生二,二生三,三生万物。"老子说的道是指从一切具体事物中抽象出来的法则,是先验的东西,但"一生二,二生三,三生万物"却包含着事物由小到大,由少到多,由简单到复杂的变化规律。这样一说,"一"又变得无比丰富,其他的十、百、千、万都是由她孕育派生而成。

泰山不让粒土故能成其大,江河不择滴水故能成其深。合抱之木,生于毫末,九层之台,起于累土,千里之行,始于足下。那艰辛劳苦的万里长征,也是一步一个脚印走出来的,社会主义的高楼大厦,也是一砖一瓦盖起来的,世界上一切巨大的事物都可集中若干"一"而造就,也可以用若干"一"去加以分割。

工业战线曾发起过"节约一厘钱、节约一度电、节约一尺布、节约一寸钢"运动,结果聚沙成塔,集腋成裘,给国家节约了巨大的财富。上海纺织系统在"万米无疵布"的劳动竞赛中,青年挡车工冯金英创造了"五十万米无疵布"的高纪录,如果不是把住一分一寸这个关口,那么"五十万米"就成了空中楼阁。

在学习上尤其要注意"一"的作用,离开了"一",知识就成了无源之水,无本之木。吃饭要一口一口地吃,知识靠一点一点地积累,在某种意义上来说,"一"就是基础,就是起步,就是开端。想一口吃成胖子,想一锄挖地三尺,心愿可谓雄矣,可惜实践起来却要大碰其壁。其实,最负重名的画家也是从最基本的素描开始的,攀上高峰的钢琴大师也曾经穷年累月地练过基本音阶。没有基础,就是沙上建塔;没有功底,只能蜻蜓点水。打好基础,练好功底,初看似慢,但寓慢于快,如果囫囵吞枣,浮光掠影,将长期陷入一种不甚了了,欲速不达的被动境地,想快,反而适得其反。人们常说磨刀不误砍柴工,打好基础,才能深造,才能登堂入室掌握知识的内在联系,才能逐步达到举一反三、精益求精的境界。

在井冈山革命时期,虽然"敌军围困万千重",但毛主席高瞻远瞩,认真分析了国内外的形势后说道:"这里用得着中国的一句老话'星星之火,可以燎原'。这就是说现在只有一点小小的力量,但是它的发展是会很快的。"当时井冈山的一点星火,二十年后燃遍了神州大地的南、北、东、西;井冈山这一小块革命根据地,发展成为九百六十万平方公里的广阔国土。这里的"一",就是新生事物,就是最先破土的参天大树的幼芽,就是各行各业的"星星之火"。

由此看来,"一"最具有生命,最具有希望,在建设具有中国特色的社会主义的今天,我们更应该学会在纷繁复杂的革命和建设中,发现"一"的火星,爱护"一"的幼苗,发展"一"的成果,促进"一"的变化。

界河巡礼

我们在离边境不远的地方停了下来,面前就是南康河,河上横着一座独木桥,过了桥的正中,就是邻国的土地。

如今正值旱季,河床里只剩下涓涓细流,只有在雨季来临的时候,滂沱大雨洒遍阿佤山的重峦叠嶂,那时的南康河,整日波涛滚滚,挟着枯木朽枝,挟着阿佤山的草叶和泥沙,浩浩荡荡地向萨尔温江奔去。

陪伴我们访问的是边防军的刘连长,他是三天前才由排长提升成连长的,看样子,不过二十挂零,唇边只有一圈软软的绒毛,在生人面前说话,还略带腼腆神色。不知为什么,我总感到在我心目中的边防军连长不应是这样文静的人。

我们沿着界河漫步,山坡上,阿佤人正在忙着收旱谷,这里那里,到处都是砰砰的打谷声。阿佤人说话喜欢高声大气,因此,我们在河边都能清晰地听到山坡上这家隔着块地询问那家收成情况的声音。一切都显得这样平静。

牛羊是没有国界观念的,它们常常越过浅浅的界河,哪里水草肥美,就在哪里停留。在界河拐弯处,有一泓较深的积水,一群牧童正在河里捉鱼,弄不清他们是哪国的牧童,我不禁想起一首著名的歌曲:"朋友来了有好酒,要是豺狼来了,迎接它的有猎枪!"

我们顺着山路,来到民兵队长岩拉司的旱谷地。队长全家正在忙碌地收割,在他们身后的谷垛旁,靠着一支步枪、一支猎枪和两把长刀,在谷垛上,放着一个报警的牛角。刘连长用佤话和队长一家打了招呼,便接过镰刀和队长并排割起旱谷来。

我拿起牛角,只见已经被人摩挲得发亮了。那系牛角的皮条也被磨擦得光光滑滑,可见时日已经不短。我拿起牛角想试着吹一次,刚靠拢嘴边,刘连长连忙过来制止。连长说,只要听到牛角报警,整个公社的军民在几分钟之内就会进入情况……

我知道"进入情况"这个军事术语意味着什么:那是说在牛角声中,每个山寨都将变成一座兵营,每个山头都将变成一所巨堡,阿佤族男女老少的刀枪弓弩,都将变成无法逾越的藩篱,而我眼前这位静如处子的边防军连长,就会动如脱兔、勇如猛虎,整座阿佤山就会变成使来犯者闻风丧胆的扣林山……

小议酸派诗

一般情况下，一个人不雅似乎还无妨，因为不雅与不文明还不完全等列，贬称谓之俗气，溢美谓之朴拙。只有那些俗不可耐却又附庸风雅者，假惺惺、酸溜溜，不但可笑，而且可厌。

本来，那些存心作"酸"的人，也并不妨碍别人生活，但对这种"酸"态忍不住要放一两支冷箭的人却实在不少。近读《李煦奏折》，发现里边颇有不少抨击"酸"味的文字。李煦是曹雪芹的祖父曹寅的妹丈，他明为苏州织造，暗为康熙的密探，凡有所闻都要向皇帝密报，其中就有禀报江苏巡抚张伯先酸言酸行的奏折。张为清代著名理学家，康熙曾表彰过他为官"清正"，但接李煦奏折后却用朱笔批道："令人闻之酸鼻，而犹可笑。"可见这种"酸"味，不但是平民百姓，甚至连皇帝也反感。

在《红楼梦》里，呆霸王薛蟠的形象是很生动的。这个整日只知斗鸡走马，眠花宿柳的花花公子，有时也要逞能参与吟诗作对的雅聚，他那四句描绘女儿悲愁喜乐以及"一个蚊子哼哼哼、两个苍蝇嗡嗡嗡"的"诗"，不知逗得多少人为之捧腹。

在"酸派"诗人中，人们还爱举出张打油作代表。此翁虽然在下层生活，却爱附庸风雅，硬要学骚人墨客写点咏雪之类的闲适作品，传为佳话的是一首五言诗："天下一笼统，井上黑窟窿，黑狗身上白，白狗身上肿。"有人认为张打油把不能入诗的东西硬塞进诗里，颇有点山前砌高楼、花上晒裤子的味道。想雅，结果反而显得更俗，因此判定他和薛蟠是一丘之貉。

本人与张打油虽无远亲近缘，但对他的这首诗却并无太大的恶感，而且还觉得过去对他的评价略显不公。张打油的这首诗虽然俚俗,但也未必没有可取之处。这首五言,少有因袭前人的痕迹,他自辟蹊径,起句"天下一笼统",把大雪纷飞时的氛围写得颇有气势。"井上黑窟窿"一句也亏他想得出,经他提示,这个物象就闭目可见。最后两句固然实存不雅,总观全诗意境低劣也自不待言,但你也不得不承认张打油观察得细致,请恕我用一句文艺理论的术语,它实在"充满生活气息"。

写诗,最忌浮、直、浅、露,有些诗爱沿用前人用过的题旨和形象,结果亦步亦趋成为别人的影子,似曾相识。据传张打油另有一首七言咏雪诗,头两句是:"六出飘飘降九霄,街前街后尽琼瑶。"简直是一派陈词滥调,酸得可以!

王夫之在《姜斋诗话》中把一些自命风雅的陈词滥调讥为:"千篇一律,代人悲欢;迎头便喝,结煞无余;自诧全体无瑕,不知透心全死。"张打油的"六出""九霄""琼瑶"等积木式的套语,堆砌成建筑物可能是"全体无瑕",但这些前人的"预制品"入诗以后,就可能造成诗歌殿阁的"透心全朽"。

写到这里,必须赶紧声明,笔者只是说张打油的诗有可取之处,并非提倡诗作者都向张打油看齐,否则差之毫厘,则失之千里。

夜访三门峡

有一位老诗人说过，没有见过三门峡，就等于没有见过黄河。

也许正是受了这句话的怂恿，在西去的途中，我们才决定在三门峡停留半天。

谁知在三门峡市下车之后，才知道三门峡大坝离市区还有几十公里。时间已近傍晚，天上撒着纷纷扬扬的雪花，寒气袭人，冷风扑面，有时北国的深秋比南方的隆冬还更寒冷。由于夜半三点还要换车，同伴们都不愿再走了，我却游兴未减，决定乘接送上下班工人的小火车连夜去登大坝，总之——不到黄河心不死。

在南方，只要你往茶馆里一坐，清茶下肚，人们的话匣子就打开了，天南地北，古今中外，上至国家大事，下至家庭纠纷，都会向你的耳内扑来。此刻，我坐在这接送上下班职工的小火车上，也有置身在南方茶馆中的感觉：

"二牛，你啥时候去探亲呀？"

"不去啦！基建处已同意把我那口子调来，这一辈子就当三门峡人了！"

"小戏迷，前天我听工会老刘说，不久北京京剧团要来咱大坝上演出，赵燕侠也要来！"

"昨天刘局长陪着非洲什么'尼亚'水电代表团来坝上参观，那个团长简直像座铁塔，比咱穆铁柱还高出半个头，可惜不会打球……"

去大坝上班的职工，操着各路口音，谈着八方见闻，从从容容，亲亲热热，他们的话语，在我头脑中勾勒出一幅三门峡生活草图。

在大坝保卫科办好登坝手续后，已经暮色苍茫，我成了今天的最后一个游客。

三门峡两岸，全是石壁，像赭铁，像青铜，河床到此，突然收缩。此时黄河宛如一群野羊被赶进了狭窄的巷道，你挤我争，闹闹腾腾，只见满河都是激怒的漩涡。大坝像一座屹立的高山,将汹涌奔腾的黄河迎面截住,于是河水只好化整为零,从电站为它安排的各种通道中乖乖地承担着推动电机轮叶的劳役。

我在大坝上走来走去,心里充满一种自豪和景仰的感情,这种情感,我在登泰山、登八达岭时曾经有过。我极目远眺,想在河中寻找那涂满神话色彩的三座石岛——天门、人门、鬼门,但到处都不见踪影。守坝的战士告诉我,"三门"已被覆盖,现在的大坝就是建立在"三门"的头上。顺着战士指点的方向,我很快在上游找到那被炸去一半的梳妆台和屹立在滚滚黄水中的一根石笋,据说那就是名扬四海的"中流砥柱"。这时,我的心情极为复杂:一方面感到满足,我终于见到了这个作为民族精神象征的"中流砥柱";另一方面又感到遗憾,想不到在滔滔大河中它的体积竟是这样微小。也许正是由于它体积微小,千百年来又能抵御住大河狂涛的日夜冲击,才使得人们对它倍加崇敬!

从大坝上垂直往下看黄河,真有点令人头昏目眩,说不清大坝有多高,只感到自己像是在云端里俯瞰大地。坝顶雄峙着两部高大的龙门吊,当洪峰到来时,它们就负责将千斤闸提起来,使洪水安全通过,人们把它们誉为三门峡的卫士。

正当我看不清远山近水时,电闸忽然拉开了,一刹时,大坝和山谷变成了白昼,黄河里跳动着满天星斗,淡赭色的河水顿时涂上了一层朦胧的银光。这时,黄河母亲才显出她温柔恬静的本色,使人感到无比亲切。

突然,大坝腹心传来一阵隆隆的声响,原来是坝脚电机房下班的工人乘电梯上坝了。我以为同黄河打交道的必定是一些五大三粗的壮汉,谁知从电梯走下来的竟是一群嘻嘻哈哈的姑娘,她们把饭盒当手鼓拍打着,搂肩搭脖,唱着歌向坝外走去,路过守坝战士的面前,她们没忘记把最新的"情报"转告:"什么时候下哨? 今晚俱乐部有好电影! "

战士憨厚地笑笑:"你们看吧! 我刚上哨! "

夜幕降临后,雪下得更大了,风也吹得更紧了,似在催我快些归去。我再俯视河水,只见一片迷茫,难觅"中流砥柱"的影子。此时,大坝上已经空寂无人,只有守卫大坝的战士荷着枪在风雪中巡行,灯光把他高大的身影拉长,投映在河面上。突然,我感到那难以寻觅的"中流砥柱"已经找到了! 真的找到了! 此刻,他迎着黄河的风雪,正站在我的面前……

贡嘎山！请撩开你的面纱

近年来，登上珠穆朗玛峰的各国登山运动员为数已经不少了，但能够登上贡嘎山的人却寥寥无几。

有一首藏族民歌，把贡嘎山称为"美女的心"，因为它变幻无常。在世界高山中，它虽然名列十一(7556米)，但在险峻奇崛上，却首屈一指。它的主峰都是圆锥形，由于冰川的剥蚀，四周成了冰岩绝壁。历史上只有八个人征服过它，一九三二年有两个美国人曾登到山顶，一九五七年六月有六名中国登山队员登上了主峰。此后，十多个国家的几十支登山队都再也没能登上山顶了。

贡嘎山周围，排列着二十多座六千米以上的雪峰，一如众星拱北斗。在康巴地区，几百里外就能看到这些矗入云霄的石柱银笋。在各国登山运动员眼中，贡嘎山仿佛成了一座可望而难可及的"魔峰"。

今年八月中旬，笔者有幸随一个电视录像组前往贡嘎山区访问，饱览了贡嘎山的冰雪世界和领教了贡嘎山的突变风云。

贡嘎山南北长约二百公里，东西宽约一百公里，近年来各国登山运动员都逐渐形成了自己习惯的进山路线。我们此次则是沿着美国高山旅游公司贡嘎山旅游一队的路线进山。从康定营九公路到六巴公社，从公社再往前走二十里至贡嘎山麓的公路便断绝了，只好乘马前进。据说此地这种高山大肺马看外形，往往貌不惊人，但它耐寒、耐劳，在空气稀薄的情况下照样负重前进，比一般河曲名马往往更胜一筹。

金秋八月，正是高原的黄金季节，此时草肥水清牛羊壮，天气分外暖和。但向导告诉我们，贡嘎山的气候一天几变，有时甚至是几十变。风雪雨雹和晴天丽日貌像走马灯一样,在几十分钟之内就周而复始地转一圈。所以得带上棉衣毛裤和皮大衣。

我们一行六骑扬鞭向着贡嘎山奔去,离山麓虽然还有一天多路程,但那矗立在面前的贡嘎山主峰却挡住了视线,它和云天相接,上下浑然一体,给人一种天地到此为止的窒闷感,而且,在它前后左右的几十座六千米以上的雪峰排列着,更使人觉得寒气逼人。开始,我们还能见到一点低矮的灌木丛,越接近山麓越显得荒凉,满山都是细碎的砾石和没有化完的残雪,地质学上,把它叫做高山石漠化。

途中小憩时,我们的老向导碰到一位中年藏民,两人顿时亲热地交谈起来,老向导还从怀里取出酒瓶,尊敬地向对方敬酒。事后向导告诉我,这位中年汉子叫贡布,住在贡嘎山下,去年他背着背箩沿着贡嘎主峰只身爬到海拔六千米的地方,拾了一背箩各国登山运动员丢下的登山尼龙绳,然后把这些红红绿绿的尼龙绳剪成短节节,在赛马盛会时卖给姑娘们扎头发,还发了一笔小财。也许是兵家儿郎早识刀枪,从小在贡嘎山下生长的藏民习惯了山上的风雪严寒和极度稀薄的空气,否则在缺乏登山防护设备的情况下、登上海拔六千米以上的雪峰,是难以想象的。

在贡嘎山麓,有一个藏民聚居的村寨叫子梅村,这里散乱地建筑着十多幢土石堆砌的房屋,许多国家的登山队都曾在这里停留过。去年,一支美国登山队进山前曾和村里的藏民举行过联欢晚会,后来,当这支登山队出现一伤一亡的不幸遭遇时,子梅村的藏民又主动上山去救护。在这个小山村里,表现中国人民关怀和支持各国登山运动员的动人事迹是很多的。至今,许多人家还保存着和外国登山队员合拍的纪念照。

子梅村的海拔虽还不到五千米,但在这里已经无法煮熟米饭和面条了,因此我们只好和当地藏民一样吃酥油糌粑。在这里,开水虽然看着已经大滚大翻,但温度不过七十来度。

我们从内地去的四个同伴,经过一天多的马背生涯,已经有两个出现了高山反应:头晕、耳鸣、恶心、四肢无力。只有我们的向导,毫无异样的感觉,每到一个居民点,他都要去找熟人朋友聊聊,三句话后,就从怀里掏出酒瓶,一边舞蹈一边唱起了敬酒歌，我记得开头总是这样："阿里牙米梭……"意思是敬罢天，敬罢地，敬罢天地敬朋友。开始音调很低，但后边几句却越来越高，最后双脚一并，大叫一声"热真麻若"(请不要客气)，就把酒瓶塞给了对方，那情景，实在豪放真率。

我们冷静分析了自己的人员和马匹情况，决定登上贡嘎山北坡海拔5600米的者梅岭去寻机摄取贡嘎山主峰的图像。那里虽然还要下一道深谷才能进入贡嘎山主峰的山麓，但以直线距离计算，可能离主峰才二十来公里，在那里，能和主峰保持最佳角度。

登者梅岭时，大肺马也力不从心了，我们便时骑时走，让马休息，最后，我们只好把马都腾出来，让两位有高山反应的同志轮流骑，其他人便徒步跋涉。

我们出发时，天气阴沉，满山满谷都是云雾，看不见远山近岭，但向导却说今天肯定会出现晴天。谁如才爬到第一个山口，突然狂风大作，顷刻下起了铺天盖地的大雪，气温也跟着下降，我们虽然都穿着棉衣毛裤，但还是感到寒风刺骨，大家不禁埋怨起向导来。哪知向导哈哈一笑，只说了一句："走着看吧！"十分钟后，果然风停雪住，浓云四散，天空居然出现了淡蓝的颜色，不过，贡嘎山依然面纱重掩。

中午时分，我们登上了者梅岭山顶，山顶非常平坦，没有草木。到处都是没有融化的雀蛋大小的冰球。我们在山顶架起了摄像机，准备等待贡嘎女神露出她的玉容。突然，一片片浓云从贡嘎山方向飞来，带来一片密集的鼓点般的声响，向导才喊了一声"冰雹来了！"我的照相机上已经"当"地中了一"弹"！摄像师赶忙脱下棉大衣盖住摄像机，大家都像遭到敌机轰炸一样，不约而同地伏在地上，双手护住脑袋，让厚厚的棉衣暂时去抵挡飞蝗般的冰雹，几匹马则惊得到处乱跑。好在这只是过路冰雹，不到一分钟便戛然而止。我们抬起脑袋，才发现地上又铺了一层银色的冰珠。

正当我们在搜索领口和衣袋里冰雹的残留时，向导突然大喊一声"做好准备"！我们抬头一看，仿佛整个贡嘎群山此时都在微微摇动，在风的指挥下，那活动着的云的城垣、云的壁垒、云的幕帐正从贡嘎山前逐渐移开，逐渐隐去，当最后一层罩在贡嘎主峰的面纱被撩开时，我们惊喜地看到，在碧蓝的天幕上，显出一座凝脂般耀眼的擎天柱！孤高、峭拔、奇绝、威严，浑身上下闪烁着一种寻常世界看不到的水晶般的光泽，它富有哲理，藏着诗情；亮得刺眼，白得透明。这种光泽充满了立体感，使你觉得它高贵异常，不同凡响。

在主峰顶端，有一抹阳光照耀，恰似一顶金色的王冠，使贡嘎山显得更加威严、更加神奇、更加美丽……

摄像师本来正在穿大衣，他刚穿上一支袖子，来不及穿另一支，就惊喜若狂地转动摄像机，把这迷人的景色一一摄取，老向导对这一切似乎已经司空见惯，他又摸出酒瓶，对着贡嘎山美美地喝了一口，然后微笑着向我挤挤眼，好像在说："怎么样，我说要天晴没放空炮吧？"

可惜好景不长，我们唏嘘赞颂的声音还在耳畔，大家甚至还来不及把周围的一切再审视一遍，这神话般的境界就发生了变化。首先是贡嘎山的仪仗队——那二十多座六千多米高的雪山变得模糊起来，山的轮廓成了毛茸茸的双影，说不清是从山后还是从山脚，在你不注意时出现了一丝又一丝，一片又一片，一团又一团的云影，仿佛满山满谷都藏着云的散兵游勇。不知谁挥动旗语，一刹那间，便把几十座雪峰围得严严实实。"仪仗"们似乎早已演习多遍，一左一右，默契配合把云的帷幕一拉，贡嘎山立刻就隐入虚无缥缈之中，好像刚才什么都没有出现过，那辉煌灿烂的一切，只是海市蜃楼，只是昙花一现……

摄像师关上了机器，穿上他来不及穿的那一支袖子，满足而又惋惜地长叹了一声。

在我们面前，下一幕和再下一幕又该是迷雾、大雪、冰雹、骤雨、狂暴的山风和刺骨的严寒……

在艰辛的归途中，我们并不感到寂寥，因为贡嘎神女倾城倾国的笑容，以及贡嘎诸峰无与伦比的瑰丽景色，已永恒地留存在我们的摄像机里，留存在我们这一群虔诚的造访者的记忆深处……

花江狗肉记趣

在中国传统的菜肴中,狗肉的身价是十分低贱的,虽然远在战国时代就有人以屠狗为业,但在名菜谱里却无人将狗肉收列进去,俗语中有"狗肉不能上席"一说,它属于引车卖浆者的食物,此风绵绵,至今未能改变。

不久前,我们几人应地矿部门之邀,前往黔西南访问,有幸与狗肉"短兵相接"。早就听说北盘江畔的花江镇以狗肉鲜美著称,路上同车的何光渝吹得天花乱坠。据说车过花江,狗肉的香味可使车上的旅客为之垂涎。叶辛属于死硬派,宣称"上海人不要吃狗肉";顾汶光则引经据典,大谈其狗肉的药用价值和烹调流派,并说他吃过各种各样的狗肉,特别是一种叫"七次还阳狗"(将狗打昏死七次又使之"还阳"),其味世间罕有。

这样说说笑笑,车到了花江镇。但见公路两旁餐馆鳞次栉比,人声嘈杂,炉火熊熊,锅瓢碰响,隐隐有一股异香扑来。在每家餐馆门前,都用大托盘盛着刚煮熟的壮狗,呈乳白色,狗尾神奇地耸立着,像一根竹笋。刚才那阵阵异香,就是从这些狗肉馆的灶上飘出来的。

叶辛虽被我们"挟持"到一家较大的狗肉馆内,但他宣告只吃素粉,不吃"别的"。店家先为我们每人端来一盘作料,里边有芫荽、生姜、胡椒、花椒、薄荷、味精,这"序幕"就给人一种"不同凡响"的感觉。同行的小陈,一张口就要了五斤狗肉,店主当面将熟狗肉称过,然后切成薄片放在锅里煮热,用瓷盆端上桌来。我们都抱着不同的心情,把筷子伸进瓷盆,谁知一箸之后,疑虑顿消,越吃越香,越香越馋,竟至不能自己。叶辛见我们狼吞虎咽,便说道:"看你们吃得这样上劲,我也试一片。"试了一片,说是"还可以。"接着就放弃了刚才的宣言,和我们一道

"风卷残云"。片刻工夫,五斤狗肉告罄,大家又加了几斤,直吃得人人打饱嗝,这才停杯罢箸。

我问叶辛有何感想,答曰"想不到花江狗肉有这么大的魅力!"再问汶光夫子花江狗肉与他吃过的"七次还阳狗"相比如何? 答曰:"有过之无不及!"于是大家捧腹,相对大笑。

为了探究花江狗肉的魅力。我们就近采访了店主,得知花江镇目前有狗肉馆十四家,日售狗七八十条,他家每天杀狗四五条。花江狗肉名噪黔省,绝非偶然,它在选狗、杀狗、烹制上都有一套特殊技艺。店家选狗首选毛色,一黄二黑三花四白,一岁左右的嫩狗最好,煮一两小时即妃,如三四岁的狗则要煮七八小时,嫩狗的标志是牙尖而白。安顺有专门的狗市,每一场有二三百条狗上市。

杀狗讲究"吊杀",狗血全部流尽方无腥味。用七十度的水褪毛,然后到河边去开膛漂洗,剔去骨头,再用滚水一烫,狗尾便翘了起来,肉也变得既硬且板。最后放进大汤锅煮,煮时只放沙仁和生姜,不能放盐,否则汤就发黑。作料至关重要,顾客在吃的时候可以随时添加。

花江人就是通过这些独特的手段,把低贱的狗肉烹制成了脍炙人口的美味佳肴。

自讨苦吃与自得其乐

写完一部作品,就像大病了一场。什么书也不想谈,什么事也不想做,不想上街,不想见朋友,不想听音乐和看电视,只是躺在沙发上看天花板,脑子里一片空白。

有人说,一个作家,作品完成后就像母亲产下了婴儿,充满了喜悦,充满了希望,在喜悦和希望中,还流露出创造的自豪。而我,全然没有这种感觉,我觉得此刻的我,就像刚由重门深掩的苦狱中释放出来的囚徒。

我习惯于凌晨四时起来写作,为了不惊扰家人,蹑手蹑脚走到书桌前,轻轻打开台灯,像刻图章一样在格子上寻找昨夜的思绪。

我写得很慢,平均每天只能写三四百字,即使写得最顺手的时候,每天也没有超过三千字。有一次,接连在灯下苦熬了七个夜晚,一个字也写不出来,头脑发麻,眼球充血,情绪坏到了极点。于是,我想到那个流传千载而又令人不寒而栗的故事——江郎才尽。

妻子见我那副痛苦模样,便劝慰道:"写不出来就休息,又没有谁逼你写!"

是呀!的确没有人逼我写,我是业余作家,我的职业是教师,我在讲坛上给学生讲文学概论、讲文学史、讲写作技巧,我驾轻就熟,反映尚好,有时临场发挥得当,讲出一些新鲜见地,见到莘莘学子微微点头,就像理发师得到顾主的赞许一样,心里充满喜悦。课余时间,逛逛书店、哼哼旧诗,或走亲访友,或游山玩水,日子也还是蛮轻松的,何苦每夜去爬格子、自找苦吃呢?

一经想通,心情大畅。

全家人也如释重负,暗暗庆幸。不写了,妈妈的,从今以后,再也不写了。

可惜好景不长,过不多久,便觉无聊,便觉烦躁,便觉空虚,愁眉不展,整日惶惶若有所失。

话说某日,读完大红大紫的《废都》,虽然折服于作者的结构严整和文笔酣畅,但却又觉得这位嚼羊肉泡馍长大的仁兄,除了把床榻之上的事写得过于猥琐之外,把知识分子糟践得有些过分,西京市成了洪洞县,简直找不到什么好人。于是,陡然生出一念,要写部作品,为臭老九们说点公道话。

这些年来,曾先后混迹于新闻、教育、学术及文艺圈内,曾见过不少可鄙可恨之徒,却也拜识了不少可敬可爱之辈。当然,也有些是可敬与可怜并存,可爱与可悲相连……总之,形形色色,不一而足。

这"一念之差"又打破了平静的生活,于是查询资料,结构故事,安排人物,确定规模,怀着一种不到黄河心不死的悲壮感,准备择日进人那个苦不堪言的炼狱。

好友李绍珊要出版一本散文,约我写几句话。我信笔写道:"文字这劳什子,从某个角度讲,和鸦片白面差不了多少,一旦染上瘾,总是难以戒除。古往今来,不知有多少仁人志士为它呕尽心血,为它坎坷潦倒,为它妻离子散,为它粉身碎骨,为它受尽九九八十一难之后依然迷恋如初,一如屈原说的:'亦余心之所善兮,虽九死其犹未悔!'"

写下这几句话后,我心里充满难遣的苦涩,我自己不就是一个"文学鸦片"的吸食者吗?

一方面,我诅咒文学。它占去了我可贵的韶华,使我不能像旁人那样轻松自如地生活。

另一方面,我热爱文学。几十年来,我孜孜矻矻,寻寻觅觅,成功固然可庆,失败亦可重来,江山易改,秉性难移,循环往复,自得其乐,人生一世,如此而已。

大理石的家乡

如今,大理石已成为全世界矿物学岩质分类中的一个专有名词了。这种特殊的变质岩,是以它的产地命名的,结果千奇百幻的大理石为风景如画的大理传扬了名声;风景如画的大理又为千奇百幻的大理石增添了光彩。

我几乎是像教徒朝圣一样,怀着虔诚的心情去拜访大理石厂的,因为一提到大理石,我心里就会涌现出庄严、崇高、纯净、永恒等等词汇。一些典雅的殿堂,常常因为有了大理石的装饰,增添了高贵的气质和肃穆的气氛。

我们来到大理石厂访问的那天正值石厂补假,只有厂长杨彪还留在厂里。当听说我们是从千里之外专程来访时,他特地为我们打开了产品陈列室,我们立刻进入了一个用各种珍奇产品组成的大理石世界。

杨厂长不但熟悉大理石从开采到磨制加工的各道工序,而且熟悉大理石的生产历史。他指着石厂后边唐代修造的千寻塔说,塔上就有精致的大理石刻,可见大理石在唐代就已开采。如今,它不但是云南的瑰宝,也是世界的一绝,大理石厂的产品远销欧美、日本和东南亚,虽然大理石的产量一增再增,但还是跟不上用户的需要。

据杨厂长介绍,大理石的品种大体可分为彩花石、水花石、纯白石三种。彩花石只有大理才有,其特点在于白色底板上呈现出各种不同的彩色花纹,有青翠碧绿的绿花,有嫣红湛黄的秋花,有紫色的葡萄花和黄绿色的金镶玉等,经过人工琢磨,能出现各种天然的山水云霞、花鸟树木,经题词上光后,嵌上木制或石刻的框架,即成一幅幅绝妙的画屏、座屏,近年来则大量用于雕花木结构的家具镶嵌工艺。水花石多呈现黑灰色的云水纹样,多用于建筑板材,纯白石又名汉白玉,适用于各种绘画和雕刻工艺以及重要的碑铭。

　　杨彪同志介绍说:"苍山十九峰都有大理石,可开采上千年。"接着他还领我们参观了各个车间,有趣的是几吨重的大理石是用没有锯齿的锯子锯成薄片的,目前,六理石生产已逐渐用机械代替手工了。

请勿抬着驴子走

欧洲有一句谚语："倾听所有的意见，比什么意见都不听还要糟糕。"我认为，什么意见都听听倒也无妨，但什么意见都照着办却害人不浅。天下的事情复杂得很，甲爱小桥流水，乙爱峻岭长河，同一部《红楼梦》，"经学家看见《易》，道学家看见淫，才子看见缠绵，革命家看见排满，流言家看见宫闱秘事……"可见看法难得统一。

《伊索寓言》中有一则故事：两父子赶着毛驴去赶集，甲见了说他们有驴不骑是笨蛋，父亲连忙骑上驴背；乙见了又指责老头自顾骑驴不爱惜儿子，于是父亲又连忙让给儿子骑；丙见了又指责儿子让父亲走路自己骑驴，于是父子俩只好一齐骑上驴背；谁知丁又呵斥他们不爱惜毛驴，两父子最后只好用木杠把驴子抬着走，路人都哗然大笑。他们走到桥边，驴子乱踢乱挣，结果掉进河里淹死了。

这两父子想让一切人都喜欢，反而弄得没有一个人喜欢。在生活中，这种抬着驴子走的蠢事我们实在办得不少。特别是在基层工作的同志，上边的婆婆太多，甲来说："应该叽哩咕！"于是赶快按照叽哩咕去改。乙来说："不对，应该咕哩叽！"马上又按咕哩叽改。丙来说："叽哩咕和咕哩叽都要批判，应该……"弄得你在"驴子"面前不能不骑，不能都骑，也不能单独骑，只好抬着驴子走，最后让驴子淹死了事。

那些胡乱非议的人的确可恶，但驴子的主人也实在糊涂。人，总生活在别人的议论当中，不能听到一点议论就惶惶不可终日。在千夫所指面前，鲁迅的态度是"横眉冷对"，不受干扰地去为"孺子牛"鞠躬尽瘁。屈原也是有主见的人，他说:"亦余心之所善兮,虽九死其犹未悔!"只要认准了方向,即使是死九次也绝不后悔。

大凡在"驴子"面前牵骑不定,患得患失的人,最后总免不了要将"驴子"淹死的。在向"四化"进军的征途中,我们既要听取各种意见,又要排除各种干扰,抵制各种非议,一步一个脚印,义无反顾地走自己的路。

假如没有伯乐

假如没有伯乐，这社会将会成什么样子？

有人说糟得很，那一来，黄钟毁弃，瓦釜雷鸣；驽马高踞于明堂之上，良骥蜷伏于盐车之下；鱼龙不分，良莠颠倒，那将是一种可悲的境界。

有人说好得很，人才要靠伯乐发现，无异于将命运交给他人决定。况且伯乐也是凡人，有七情六欲，如亲疏厚薄，君不见当今某些"伯乐"，在选拔"千里马"时，挑中的多系他的秘书和子侄，民间有顺口溜云："秘书党，太子帮，一伙更比一伙香，先把鱼虾捞干净，小民百姓喝剩汤。"

照此说来，好像还是没有伯乐好。

封建社会启用人材，重要的渠道是"开科取士"。学而优则仕，仕的大小，决定于优的程度。很多学子经过考试而得到官职，其中虽不乏科场舞弊等劣端，但总的来说，还是大致体现了优胜劣汰精神的。

当今用人，讲究民意测验。这当然比单由领导拍板进了一步，但由于仁者见仁，智者见智，常常是大好人获全票，大能人受冷落，搞得考察班子的伯乐小组莫衷一是。有的单位良马成群，当然不能全充头马，有的不得不继续拉盐车；有的单位没有千里马，于是只好选用日行三五百里或一二百里的充头马，稍不注意南郭先生就混进班子。有鉴于此，最近有人在报上呼吁，以后任用干部最好进行考试，地师一级由中央考，县团一级由省里考，各级有各级的尺度，不论何人，考得起就上，考不起就让。

不久前，有家报纸招考了一批编辑、记者。从上千的应考者中筛选了五十名，工作实践证明这些人都非常称职。有一个市公开招考商业局长，一位售货员力挫群雄,名列榜首。她当了商业局长以后大刀阔斧,短期内就使该市的商业情况大有改变。他们没有任何伯乐引进,全凭自己的硬工夫去坐那把交椅。

回到开头的问题,假如没有伯乐,这社会将会成什么样子?

答曰:让伯乐失业,是社会的进步,千里马不必等个人去发现,它依赖于国家的制度和法规来挑选。

弄斧到班门

按照习惯，人们常常把那些"下棋找高手，弄斧到班门"的人看作是愚妄之辈，用贵州话说是"冲宝"，用北方话说是"二百五"，总之是缺少自知之明。

京剧《打渔杀家》中的那个教师爷，会两下花拳绣腿就不知天高地厚，竟然在老英雄萧恩面前动手动腿，给人留下滑稽的感觉。这是十足的"班门弄斧"，这个"弄"，是卖弄，但，也还有另一种"弄"法。

一九七九年八月数学家华罗庚在英国帝国学院讲学，人们发现一位英国女学者总是跟在华老身后，随员多次把她挡开，但她坚持要向华老请教一个问题，原来这位女学者多年来坚持一项专题研究，遇到困难不得不停下脚步。华老听了她的陈述，只用了几句话就解开了她的难题，那位女学者立刻欢跳着大叫，"解决了，解决了！"这位女学者在华老面前"弄'了一下"斧"，结果却收到了"胜读十年书"的硕果。如果我们在各行各业的"鲁班"面前，不是卖弄，而是把我们懂得的知识说出来请他们订正，把我们学到的技艺表演一下请他们指点，名师出高徒，强将手下无弱兵，在这些"鲁班"的帮助下，定会使你少走若干盘陀路。

我们时代的青年人，要有敢于凌绝顶、攀高峰的雄心大志。妄自尊大固不足取，妄自菲薄也大可不必。要敢于去找高手对弈，找"鲁班"学斧。

天涯何处无我师

在"四人帮"的气焰炙手可热的年代，他们吐辞为经，举足为法，于是，黄钟缄默，瓦釜雷鸣。文史典籍，古今人物，顺之者颂，逆之者谤。顺之者奉，以法家桂冠，逆之者戴上儒家帽子。好则绝对好，宛若精金美玉，坏则绝对坏，一似败絮糟糠。颂为法家者，一股"红线"下连，和"造反派"结成亲戚，谤为儒家者，一条黑线贯穿，和"走资派"视为同宗。

唐朝的韩愈，在"四人帮"的划线站队中被定为儒家，当然应该打入阿鼻地狱，坏则一切皆坏，谁还再敢谈到他的好处。

然而，鲁迅说过："倘要完全的书，天下可读的书怕要绝无，倘要完全的人，天下配活着的也有限。"这里无意对韩愈作全面的评价，只想谈谈韩愈的《师说》中所讲的一些道理，至今依然值得我们认真思索。在封建社会师道是非常尊严的，"天地君亲师"是连在一起上了牌位的，然而韩愈则说："弟子不必不如师，师不必贤于弟子，闻道有先后，术业有专攻，如是而已。"尺有所短，寸有所长，在这门学科上我是你的老师，在那门学科上也许就是你的学生，所以"圣人无常师"。类似的意见杜甫也说过："转益多师是吾师"。"无常师"和"多师"都是提倡广泛地向有知识的人学习。

电影《打击侵略者》中的军长李国栋，在整个战役的布置上他是胸有成竹的，但在发起冲锋前，能否在敌人的阵地前沿埋伏一个加强营这个具体部署，他却心中无底，于是他说："要问问战士！"结果从战士丁大勇那里得到证实。"问问战士"，这就是向最有实践知识的人学习，就是"能者为师"。

现代科学技术的发展一日千里。各个领域的学科越分越细，除了基础学科以外,常常是隔行如隔山。没有各个学科的相互配合,要想完成任何一项重大的科学成果,简直是不可想象的事。在这种情况下,"三人行必有吾师"已经算是自负的估计了,在"术业有专攻"的情况下,可以说人人都有可供自己学习的地方。为了四个现代化早日实现,我们必须老老实实、恭恭敬敬地向一切有知识的人学习,天涯何处无我师?

我愿尽力演奏……

——长诗《邓小平之歌》创作感言

我们生活在一个需要巨人的时代,也生活在一个出现巨人的时代。

近半个多世纪,国家的荣辱兴衰,个人的苦乐悲欢,都和毛泽东与邓小平这两位巨人息息相关,于是,我提炼出这样四句主题词:

不出毛泽东,
中国仍在黑暗中探索;
不出邓小平,
中国仍在贫困中蹉跎。

我在十二岁时,就成为刘邓麾下的一名小兵,我的少年时代,是在军号声中度过的。小平同志不但是改革开放的总设计师,也是我当年的老政委,两重身份,两个形象,在我心中出现了极为亲切的交汇。

当年的邓政委,在我们这些小兵眼里简直是一个传奇式的人物,戴着少年时代的"有色眼镜",观看他老人家后来的起起落落、大开大阖、拨乱反正和改革开放,便有一种特殊的感情和特殊的视角。

还要提及的是我从一名小兵逐渐成为知识分子和作家后,我的命运便发生了可悲的变化,我也和许多知识分子一道,饱受了数不尽的磨难和屈辱,直到我们的老政委第三次复出并主持了十一届三中全会以后,才解脱枷锁获得第二次解放。就像当年解放区的农民,打倒土豪分了田地,当家做主之后老想唱《翻身道情》一样,我心里也剧烈地涌动着满腔激情,想为他老人家写点什么。特别是1992年邓小平同志的南巡讲话发表之后,神州大地春潮滚动,中华民族繁荣昌盛的序幕,已由他老人家的巨手徐徐拉开了。伟大的统帅、崭新的时代,需要更为热烈,更为丰富,更为真诚,更为大气的作品。这样,我的创作冲动便在感情和理性两个层面同时燃烧起来。

当我把这种冲动告诉我少年时代的恩师、原中国作协副主席冯牧时,他也非常激动,鼓励我全力以赴地去创作一部歌颂邓小平丰功伟绩的大型英雄史诗,诗名就叫《邓小平之歌》。

写作过程中,冯牧同志不断询问进展并一再告诫我:政治抒情很讲究"我行我素",要放开手写,到处征求意见可能会生"混血儿"。这些提示给了我很大的启发。

我的难题是如何准确把握历史真实并塑造出小平同志的准确形象。几千行的长诗,结构至关重要,松散或板滞都会减弱艺术效果。经再三思考我借用了交响乐的结构方式,把全诗分为序曲和四个乐章。

为了使全诗可读可诵,在语言上注意节奏和韵律,在意境和意象上注重陌生效应,我写得非常艰苦,有些章节反复修改了数十遍,手稿几乎无法辨认。一九九四年八月二十二日,欣逢小平同志九十华诞,六千三百行的《邓小平之歌》正好脱稿,《贵阳日报》以国内报纸从未有过的范例,用十个整版刊登了这部长诗,同一天贵阳电视台以"诗电视"的形式播映了长诗序曲,稍后,贵州人民广播电台和北京广播电台以配乐朗诵的形式播放了全诗。

一九九六年十一月,这部长诗经中央有关部门批准,由贵州人民出版社出版,并在人民大会堂召开了出版座谈会。

一九九七年二月十九日小平同志逝世,紧接着是香港回归,十五大召开,邓小平理论正式确立,以江泽民同志为核心的第三代领导集体在继往开来的道路上奋勇前进,这些重要内容,在长诗中都没有得到表现。于是,我又花了一年多时间,对全诗进行了修订,并且增写了尾声部分,贵州人民出版社今年四月再出版了这部长诗,并联合有关部门在北京召开了《邓小平之歌》再版研讨会。同时,由我根据这部长诗改编的十五集诗歌电视艺术片《邓小平之歌》,正由贵阳市委宣传部和珠江电影制片厂联合摄制。

我心中非常清楚,我的诗笔还很稚拙,这部长诗之所以得到这么多领导、朋友和读者的支持,重要的原因,是我书中的主人公也是他们所崇敬的英雄。

在祖国庞大的交响乐团中,我的琴声非常微弱,但我愿尽力演奏,不论是在朝霞满天的春晨,还是在风雪交加的冬夜……

(原载于《文艺报》二〇〇〇年七月二十五日)

夜市冠军和地师级和尚

  我神往于云南瑞丽的夜市,完全是受日本影星中野良子的影响,她自编、自导、自演的电视片《今年相会在这里》就是在瑞丽拍的,中野良子回国后写了一篇文章,把瑞丽称为她的第二故乡,并说瑞丽的夜市五光十色,应有尽有,是中国夜市的冠军。

  瑞丽县城常住人口不过一万,而每天的流动人口却有两万。它离缅北重镇木姐只有四公里,边民出入手续极为简便。在长达两公里的南卯大街和人民大街上,布满了东南亚一些国家及全国各省市在这里开设的商号。瑞丽的白天算不上热闹,到了夜晚,江风徐来,炎威顿扫,瑞丽城华灯大放,这时,人群便像潮水一般涌向几条商贸大街。大街两旁近千个摊位上摆满了各种商品,从价值十万元一块的玉石到一两角钱一包的钢针;从最古朴的民族服饰到最新式的电子产品。摊主除了中国商人外,还有戴船形帽的印度人,戴桶形帽的巴基斯坦和尼泊尔人,缠十字头巾的泰国人和留着一字胡穿花筒裙的缅甸人……有一位诗人写道:"瑞丽的夜像开屏的孔雀,半个世界都在彩屏下穿梭。"上万人在这灯火通明的夜市上挑选、比较,讨价还价,一直忙碌到深夜才渐渐散去。有的摊位甚至通宵经营,据说每夜的营业额都在百万以上。中野良子称瑞丽的夜市是全中国之冠,实在不为虚夸。

  至于想访问瑞丽的地师级和尚,则是看了《光明日报》上一篇文章引起的。文章的作者到了瑞丽,由一个县团级和尚作向导前去拜访"地师级和尚"温沙长老结果未遇。于是,引起我去完成那位作者"未竟之业"的兴趣。

  瑞丽县委金德祥书记为了满足我的好奇心,便亲作向导,伴我驱车直奔温沙长老任住持的喊萨寺。从县城出发,不过十多分钟,便可看到一座高大的寺院矗立在凤尾竹和槟榔树的绿荫中,到处都悬挂着金黄色的经幡,非常庄严。那就是在中缅边境香火最盛的喊萨寺。

老金告诉我,温沙是朵列教派的长老,在中缅两国傣族佛教信徒中具有很高的声望。他不但是全国佛教协会理事,而且是全国政协委员,在本地区确实享受地师级待遇,例如出外可向县里和州里要小车,乘飞机、坐火车软卧都可报销。由于中缅两国佛教徒的布施甚多,寺院经济富裕,加上长老经常出外做佛事,个人收入甚丰,所以没有领取政府的工资和补贴。

说话间,车已到了金碧辉煌的喊萨寺前。老金是傣族干部,与寺院的和尚们都很熟悉,他一下车就带着我直奔温沙长老的禅房,不料禅房空空。小和尚告诉我们,长老被缅甸教徒请去做佛事了,刚刚出发几分钟。老金说一声:"追!"于是,我们的车便风驰电掣般朝缅甸方向驶去,快到界碑旁,远远就见长老身披黄袈裟坐在一辆手扶拖拉机上,摇摇晃晃地刚刚跨过边界。老金大喊一声,手扶拖拉机停了下来,我们也在界碑旁下了车。

这时,我才看清长老身材矮胖,头发花白,见人满脸堆笑,年龄六十上下。老金用傣语向长老说了一些什么,接着长老便双手合十,点头致意。于是,我用汉语,他用傣语,两人隔着界碑,叽哩咕噜说了一通双方都听不懂、但双方又都能会意的祝福性话语。

最后,温沙长老要走了。我和老金站在界碑旁挥手送行,直到他的黄袈裟伴着拖拉机的隆隆声隐入缅甸的山林之中,我们才驱车返程。

明朝有意抱琴来

在全国各大菜系中,是没有列入兄弟民族菜系的。那原因很简单,由于历代统治者奉行大汉族主义,兄弟民族一直处于饥寒交迫的境地,当然就谈不到去讲究烹调艺术。例如以强悍著称的阿佤族,解放前就没有"炒"这个概念,不论什么食物都是一锅煮。

但是,一些人口较多经济相对发达的民族,如满族、回族、傣族等,还是有一整套传统菜目的。不久前笔者在云南芒市访问,热情的主人硬要邀去吃傣菜,使我不但一饱口福,而且也大开眼界。

芒市是云南傣族景颇族自治州的首府,是一座风光优美的边城。这里有傣餐馆十二家,但最著名的要数"阮家傣味馆"。男主人阮洪伟是汉族,曾参加过解放芒市的战斗,后转业到地方与傣族姑娘摩蒜结婚。老阮病故后,摩蒜便独立经营起这家傣餐馆。

阮记傣味馆坐落在芒市的一条小街上,但就餐者络绎不绝,真可谓"酒好不怕巷子深"。它不但接待过国内的许多知名人士和高层领导,还接待过美、英、日、法、德、澳、葡以及泰国、新加坡等国家的客人。前来就餐者,一般要预订座位,餐馆收到订单最多的时候,每天可达五六十桌。摩蒜如今虽已年迈花甲,但整个餐馆从采购进货到烹调安排以及迎送客人她都要亲自过问,是傣族妇女中少见的女强人。

傣味有自己传统的菜谱,仅阮家傣味馆菜目中就有一百多种菜肴,但均以酸味为主,如酸扒菜、酸腌鱼、酸肉、酸茄、酸木瓜煮牛肉、酸笋煮鸡、酸帕贡菜等等,实在酸出了水平。

　　傣菜中季节性的菜肴很多,摩蒜说凡是山上生的、地里长的、树上结的各种野菜野果,经过"艺术处理"都能上桌。如龙须菜和帕菜都是野生的,用帕菜制作的酸帕是最有群众性的名菜。

　　傣菜中的代表菜是"沙撇"。此菜人口时先苦后甜,变化微妙,其配料是牛肉末配香扭(一种生在水边的野菜),再加韭菜、大蒜、嫩笋以及牛粉肠中的苦汁。总之,傣家宴客,如果没有沙撇,宴席的档次便大为降等。据说《永昌府志》中有记载,当年皇帝的钦差到了德宏,指名要品尝的佳肴就是沙撇。

　　阮家傣味馆一些高档的山珍海味差不多都是来自国外。如熊掌、象鼻就是从缅甸和泰国进口的。摩蒜听说我对油爆象皮这道菜十分称赞,立刻叫人包了一包象皮送给我,并把应掌握的火候告诉我。做东的德宏州委书记朗大忠笑着说:"这些象皮都是从境外进口的,你回去可要说明哦! 千万别给人造成我们德宏州在虐杀大象的错觉!"引得在座的人一阵大笑。

　　临别,女老板摩蒜请我留言。我翻开留言簿,但见大画家黄宵先我写下一首诗,不言茶香酒浓,不赞佳肴味美,只写进餐后留下的愉悦情绪和难忘的印象,似乎把我此刻的心境也概括进去了。其诗云:

　　　　山桃溪杏两三栽,
　　　　嫩蕊商量徐徐开,
　　　　正是一年春好处,
　　　　明朝有意抱琴来……

让读者选择　让时代存弃

这几年，在文学园林里新诗好像是私生子，不断受到揶揄和责难。小说的门前是"车如流水马如龙，花月正春风"，而诗歌虽还未到"冷冷清清凄凄惨惨戚戚"的地步，但确也是"门前冷落车马稀"。因此，对于新诗怎样认识自己，怎样确定和旧诗的关系，怎样更上一层楼等等问题，都有必要作进一步的探讨。

在十年内乱时期，文学艺术的各部门都和诗歌一样受到严重的摧残。"利用小说反党是一大发明"，使一些写小说的同志噤若寒蝉，话剧和一些地方戏实际上被完全取缔，诗歌除御用的诗报告外几乎都是带韵脚的批判稿。所以"新诗没有人看"的说法虽然有些以偏概全，但却也反映了一个特定历史时期新诗的处境。

丙辰清明的革命运动，使诗歌大大崛起，但据《天安门革命诗文选》统计，在六百四十篇诗词中，除六十七首自由诗外，其余的基本上属于旧体诗词或民歌体。

中国新诗运动的奠基人郭沫若，对新诗的各个流派的诗人都有过巨大的影响，为新诗的创建立下了不可磨灭的功勋。但就在新诗方兴未艾之际，他却又转回头去和旧诗词破镜重圆。由于他的旧诗词产量惊人以及他在文坛上的显赫声威，使得旧诗词传播得更为广泛。于是，一些新诗作者纷纷倒戈，艾青同志也说："我有几个朋友，原来是写新诗的，后来写旧诗了。"

我们国家，毛泽东、朱德、周恩来、董必武、叶剑英、陈毅等老一辈革命家都爱写旧诗。中国是模仿性最强的国度，上有所好，下必甚焉，各地报刊相继出现了若干旧诗词，其中一些优秀的篇什在群众中广为传播，这说明旧诗词还有相当强大的生命力。新诗作者不能无视这个现实，惊奇、反感，或者像弃妇般怨怒和攻讦都无补于事,只有冷静而又客观地来研究这个现象,并从中诊断出新诗所缺少的维生素。

有些同志认为,目前新诗的境况不佳,是和旧诗词的勃起有关,要想让新诗繁荣昌盛,就要限制旧诗词发展。于是一些新诗作者领导的刊物便拒绝发表旧诗词。我认为,这是一种虚弱的表现。其实,现在的旧诗词也大都是用白话写的,它虽然也要受韵律的框子限制,但有的框子并非坏事,它并不完全像有些同志说的是"戴着脚镣跳舞",对于能熟练掌握这种"框子"的人来说,"脚镣"可能成为舞蹈中伴奏的铃鼓。世界上没有哪种艺术没有"脚镣",自由诗该自由了吧,段无定行,句无定字,不拘音韵,行止自如。其实,好的自由诗都有强烈而又优美的感情节奏,这种节奏不是用平平仄仄仄平平固定下来的,如果你找不到这种节奏的居所,很可能就会自由地走进散文的园林中去。

旧诗词勃起的原因很多,例如,旧诗词较易掩盖生活的贫乏,深居简出的人大都喜用这种形式;旧诗词在感情和艺术上较易藏拙,一般只要合律工整,其他方面的缺欠较难为普遍读者所察觉;此外,还有人认为新诗俚俗,旧诗词高雅等等。

旧诗词和现代生活的节奏不够协调,它表现现代人的思想、感情和习俗大大受到形式的束缚,如"社会主义"和"共产党"都是仄声字,就不好入诗,但也不能说它没有可表现的方面。我相信当电子计算机和高速公路已经普及的时代,旧诗词的庭院中依旧会有美丽清新的花朵开放。

新诗没有必要把旧诗词看成自己的情敌,更没有必要把它看成一架古老的风车而去攻击,有人曾提出新诗要向旧诗词学习,甚至说要在古典诗词和民歌基础上来建造自己的殿堂。其实,旧诗词作者又何尝不能向新诗借鉴一些表现手法以增强自己的艺术魅力和更新自己的血液呢? 如陈毅同志的一些作品,无典故堆砌,不生套韵律,明白如话,和新诗实在接近得很。

总之,我认为新诗可以向旧诗词学习,旧诗词也应该向新诗借鉴,相互竞争而不是排挤,相互影响而不是吞并,让读者去选择,让时代去存弃,大路朝天,各走半边。

妙玉式的刀斧手可以休矣

凡是读过《红楼梦》的人,恐怕很少有喜欢妙玉这个人物的。她孤芳独赏,自喻霜雪,那种惺惺作态的习气,实在使人作呕,就连曹雪芹本人也在十二钗正册判词中说她:"欲洁何曾洁,云空未必空。"

妙玉常说:"古人中自汉、晋、五代、唐、宋以来皆无好诗。"她认为几千年的中国诗坛,只有两句诗好:"纵有千年铁门槛,终需一个土馒头。"在历史风剑霜刀中巍然屹立的这两句"样板"诗到底好在哪里,实在有点像斯芬克斯的谜一样,叫人难以猜透。

由痈疽脓血凝结而成的疮痂是十分污秽的,但刘宋时代的刘邕却非常爱吃,以为味似鳆鱼,他当了官,就弄了几百个人来日夜鞭打,使伤口结痂,以供膳食。刘邕自可嗜痂如命,但用拷打生灵去换取疮痂却使人愤愤。

在艺术欣赏上,有些人是有"嗜痂之癖"的。妙玉也自可去饱啖"铁门槛"和"土馒头"的疮痂,但举起虚无主义的大斧,在上下千年的诗坛上乱砍乱劈,就当然要引起公愤。

本来,事物都是一分为二的,成绩和缺点这一对孪生兄弟总是形影相随,任何时候我们都不能把孩子和洗澡水一起泼掉。但是在生活中,却有些人偏偏要扮演妙玉似的刀斧手,他们对待事物不是历史地、全面地衡量它的利弊,动辄就要全盘否定。结果,一叶障目,不见泰山,两耳塞豆,不闻雷霆。这些刀斧手总是按照他们心目中的"铁门槛"和"土馒头"的标准来取舍事物,顺之者颂,逆之者劈;顺之者奉以桂冠一顶,逆之者加诸恶谥若干。好像不登上他们的诺亚方舟,就会被时代的洪水淹没一样。

记不清在什么地方见到一则谈文坛登龙术的短文,大意是说与其赞扬一位大作家,还不如否定一位大作家容易出名,如果你把普希金形容得像卖烧饼的小贩,把果戈理挖苦为毫无才华的车夫,在这种惊世骇俗的征伐之中,你好像独具慧眼,人们对你立刻就会刮目相看。你只要挥得动妙玉用过的大斧,便可随斧登龙。

然而历史却无情地嘲弄着那些企图把唾沫吐上月球的狂人。连唐朝的韩愈对这些刀斧手都颇为反感,他斥责那些企图斧劈李白、杜甫的群小时写道:"李杜文章在,光焰万丈长,不知群儿愚,那用故谤伤,蚍蜉撼大树,可笑不自量……"

文史铮铮,岂是妙玉的斧头所能劈去?韩愈把不自量的刀斧手比作撼大树的蚍蜉,实在是千古绝喻。

做新时代的普罗米修斯

如果人类没有火,恐怕至今还停留在茹毛饮血的时代。关于火的来源,各民族都有自己的传说。中国古代传说中是靠自力更生,由燧人氏钻木取得的,希腊神话中则说是由普罗米修斯从天上偷来的。

燧人氏取火,似乎没遇到什么大灾大难,而普罗米修斯把火带到人间后则受到主神宙斯惩罚。宙斯把他锁在高加索的巉岩上,每日令神鹰啄食他的肝脏,但他却坚毅不屈。在欧洲文艺作品中,普罗米修斯一直是个敢于抗拒强暴、不惜为人类幸福牺牲一切的英雄形象,因此,高尔基将那些前仆后继、把共产主义真理带给人间的人称为"新世纪的普罗米修斯"。

自有阶级社会以来,每一个民族都不是轻而易举就把"火"取来的。近代的中国,从李大钊开始,无数革命先辈洒热血、抛头颅,历尽千难万险,才使"英特纳雄奈尔"的火种在中国得以传播。取火固然是艰难的,但这已由老一辈的"普罗米修斯"完成了。保持火种,并使它越燃越旺的重任,落到了后人的肩上。

恩格斯说:"有所作为,是生活中的最高境界。"真正有作为的中国青年,要作搏击蓝天的雄鹰,要作飞越重洋的海燕。先烈们已经取来了马列主义的火种,但这并不意味着可以一劳永逸,马列主义也还要发展。我国的工业、农业和科学文化事业的各个领域内,虽然有堪与世界先进水平并驾齐驱的项目,但也还有若干"不毛之地"等待着新一代的普罗米修斯们去开垦,去取火,去献身。

"愚公全家吃什么"

一个朋友的孩子,今年刚满十岁,她经常提出一些使我张口结舌的问题。

"叔叔! 愚公全家都去搬山,有工资没有? "我不假思索地回答:"当然没有! "

"那么,愚公全家吃什么? "

"这……"说真的,过去我实在没有想过这个问题,而且也不敢想。不过愚公全家这支搞人造平原的专业队伍总得吃点什么,他们总不能像屈原说的:"朝饮木兰之坠露兮,夕餐秋菊之落英。"在山石嶙峋的挖山工地,大概也找不到这样多的花瓣和露水来充饥。

"叔叔! 愚公家门口有方圆八百里的大山挡路,他搬搬家就行了,干吗要世世代代都挖山不止呢? "

我只好向孩子解释,这是寓言故事,它借愚公的形象来歌颂一种坚韧不拔的精神,至于他的方法,在现实生活中是不值得提倡的。

孩子的问话,却引起我深深的思索。

多年来,有些同志往往把精神和方法混为一谈,例如某报在介绍"铁杵磨成针,功到自然成"的故事时,画了一个老妇握着一又粗又长的铁钎在石头上磨,精神委实可感。但如果她的劳动也要按经济规律办事,也要受多快好省的制约,那么,在没有制针专业的情况下,用钉子磨针恐怕要比用铁杵来磨节省千万倍劳力。

多年来,愚公和磨杵老妇一直被我们当成顶礼膜拜的偶像,他们那种愚蠢的不讲经济价值的劳动方式,成了一些脱离实际的原始蛮干者的法螺。最近,中央决定停建劳而无功的昔阳"西水东调"工程,受到广大群众的热烈拥护。那些不讲科学凭借权势随意发号施令的人,把"愚公精神"当做尚方宝剑,随意砍杀那些实事求是但却被他们称为智叟的人,应该从中受到教益。

在向"四化"进军的征途中,我们千万不能为了实现一个口号或单单为了表现愚公精神而不惜工本地大移其山,只有把愚公不畏艰难的精神和实事求是的科学态度结合起来,我们的革命事业才会阔步前进。

这里就是罗陀斯

千里之行,始于足下,九层之台,起于垒土。抓不住现在,就失去了未来,放弃了涓滴也就无法汇成大海,所以我们提倡大处着眼,小处着手。放弃现在,空谈未来,无异于画饼充饥。

清代学者钱鹤滩写过一首规劝人们抓住现在、不要空待明日的《明日歌》,其中有这样几句:"明日复明日,明日何其多,我生待明日,万事成蹉跎,世人苦被明日累,春去秋来老将至……"明天是无穷的,今天是有限的,抓住有限才能掌握无穷。

最近《中国青年报》上提出一个响亮的口号,在四化建设中"从我做起,从现在做起"。提得非常好。从我做起,责无旁贷,从现在做起,只争朝夕。四个现代化是我们梦寐以求的理想,但"四化"不会从天上掉下来,也不会从地上长出来,全靠我们一锤一镐地去创造。

《伊索寓言》里有这样一则故事:有一个爱说大话的人,他从外地旅行回到乡间,吹嘘他在罗陀斯地方参加跳远,没有一个奥林匹克选手能及得上他,他还说在场的人都可以为他作证。在旁的一个人对他说道:"朋友,假如这是真的,你也不用什么见证,这里就算罗陀斯,你跳好了。"

被耽误了的中国,只能由被耽误了的中国人来补救,四化建设正等待我们去贡献智慧和力量,"从我做起,从现在做起!"把一切大话和空话抛在一边,跳吧! 这里就是罗陀斯。

从滇池到西洋

——访郑和故里

我终于来到了这块石碑前,我的心久久不能平静。五百里滇池就在我的眼底,碧蓝的水面上映着朵朵白云,飘着片片白帆,不时,一行白鹭从长空划过,就像一阵白色的柔风。这就是他的故乡,就是生他育他的摇篮,石碑上刻着九个大字——明三保太监郑和故里。

滇池南岸的昆阳,虽然过去也以风景秀丽著称。但真正使它举世闻名,还是因为我国伟大的航海家郑和诞生在这里。

郑和的名声,不但印在中国人民心中,而且东南亚和非洲许多国家的人民,对这位"三保太监"也深为敬仰,至今马来西亚、泰国、印度尼西亚等国,还有"三保港""三保城""三保洞"等地。

公元1371年,郑和诞生在昆阳州宝山乡和代村一个回民家庭,原名马和,他的祖父和父亲都曾不远万里到圣地麦加朝圣,被当地伊斯兰教徒尊为"哈只"(阿拉伯语译音,意为"巡礼人")。所以,郑和在幼时就对外洋和异域的情况有所了解。

郑和十二岁时被送入皇宫当"侍童",后来又被赐给燕王朱棣,在燕王和建文帝争夺皇位的战争中,郑和崭露头角,后来朱棣争得了帝位(即明成祖),便将郑和擢升为太监,并赐姓郑。

从公元1405年至1433年的二十六年间,郑和奉明成祖之命,率领世界上最大的船队七次出使西洋,开始了世界航海史上前所未有的远洋航行,先后到达过亚非地区的三十多个国家,不但增进了中国人民与亚非各国人民的友谊,而且对国际间经济文化的交流产生了深远的影响。郑和的远航比西方的哥伦布早半个世纪,船队规模与航船之宽长,都是哥伦布等所望尘莫及的。

为了纪念这位伟大的航海家,昆阳人民在昆阳镇的月山上修建了"郑和公园",园内除有郑和纪念亭和郑和故里碑外,还有郑和的父亲的墓碑,俗称"马哈只碑"。这块墓碑是郑和第三次下西洋回来后回乡修建的,碑上记述了郑和父子的为人,家庭简况等,是研究郑和的珍贵实物资料,现被列为昆明市重点文物保护单位。

郑和公园大门的门楣上,刻着两幅古代帆船正迎风破浪向前行驶的浮雕,象征郑和不畏艰难七下西洋的丰功伟绩。公园内松柏常青、鲜花不断,昆阳人民都因家乡出了这样一个世界闻名的航海家而感到自豪。

詹曼华家的不速之客

贵阳姑娘詹曼华,去年七月在第三届维也纳国际歌剧歌唱家声乐大赛中战胜了来自四十多个国家的二百四十七名优秀选手,夺得了第一名。与她并列第一的是另一名中国歌唱家张建一。

一夜之间,电波传遍全世界。欧洲的报刊尊她为"歌剧皇后",美洲的报刊将她比作"东方的夜莺",欧美乐坛一致公认她是当今世界上最优秀的抒情女中音。

在维也纳的这次大赛,规定所有的歌剧咏叹调都要用意大利语和法语演唱,对中国选手来说,其难度之大是可想而知的。有人作了个比喻,这就等于法国和意大利姑娘来中国比赛唱京戏,结果战胜了所有的中国选手一样。

我应一家杂志之约,专程到上海音乐学院去访问已经留校任教的詹曼华。

在上海,詹曼华应该算个知名人士了。报纸、杂志、画刊、电视、广播接连不断地介绍她的经历和成就,平时来访的作家、记者和想一瞻风采的青年人,简直络绎不绝。

为了活跃气氛,增加话题,我顺路约上去年贵阳中医学院毕业分回上海工作的上海姑娘张慧和她的爱人小林。我与小张约定,见了詹曼华,我们的第一乐章只演奏乡情,不扯别的话题。

到了上海音乐学院,正巧遇上了贵州电视台的导演李苏和贵州省歌舞团的副团长杨小辛,他们听说我是来访问詹曼华的,便主动带路,因为詹的爱人韩永正是杨的同班同学。

杨小辛带领我们敲开詹曼华的门,一一作了介绍,然后风趣地行了一个维吾尔族礼,引得主客都大笑起来。

我们进屋之前,小韩正在修录音机,小詹好像在一旁打下手。为了给这么多不速之客每人倒出一杯茶来,把詹曼华弄得手忙脚乱。

屋内"秩序"安定之后,我和小张便开始演奏第一乐章的主旋律,聊开了贵阳的近况,从气候谈到近期的市场物价,从折耳根和烧豆腐谈到了个体户中的万元户。还有花溪、甲秀楼和举世闻名的百里杜鹃……杨小辛和李苏也参加了合唱。"君自故乡来,应知故乡事",詹曼华也不断提些问题。她惋惜地说,今年春节她正在北京排演歌剧《卡门》,贵州电视台邀她回乡参加春节联欢会,她非常想回贵阳给乡亲父老们拜个年,可歌剧导演怎么也不准假,至今都还感到遗憾。

我们就这样东拉西扯,嘻嘻哈哈,不知不觉就到了晚饭时间。其他客人都起身告辞,小詹和小韩执意要留我吃饭,以便了解他们是怎样过日子的。顷刻之间我们便作好了分工,我拿碗,小詹提热水瓶,小韩骑车先去排队,我们三人分成两批,直奔食堂而去……

授鱼乎？授网乎？

无情未必真豪杰，怜子如何不丈夫。

古今中外，从帝王到乞丐，怜子之情恐怕是人皆有之的，怪不得香港影片《可怜天下父母心》上映时场场爆满。

其实怜爱子女，这是连禽兽都有的本能，万物之灵的人，之所以有别于低等动物，还在于人对自己的子女能够教育，爱得有道，爱得有方，"望子成龙"恐怕是人同此心，心同此理。

说爱得"有道"和"有方"，这是总而言之的。其中也不乏爱得"无道"和"无方"的。

笔者认识一位同志，职务和工资都不算低，革命前辈，个人生活却异常清苦，而且还经常伸手向组织要补助，周围的人大惑不解。后来知底细的人透露，这位老同志决心要为儿子存三万元而奋斗。谁知他的宝贝儿子并不感恩，高考落榜后，结交了一批酒肉朋友，成天酒楼出，舞厅进，成了一个标准的"嬉皮士"。

不久前在报上获悉，美国总统里根的儿子在领社会救济金生活，已故总统肯尼迪的侄子在当搬运工挣学费，这并非"天方夜谭"。

由此不禁使我想到，我们这些为父为母者，到底要给子女留下什么？

有一则格言说得好："遗子以金，不如遗子以径。"径者，路也，亦即真理。汉朝的太傅疏广致仕之后，把积蓄的俸禄和皇帝赏赐的金银都散给乡里，认为留下的财产多了会消磨子女的意志。

这道理，泰戈尔说得更形象："鸟翼系上黄金，鸟儿便不能飞翔。"

前边讲的那位老干部，就是用黄金系住了儿子的翅膀，明为爱子，实为害子。

谚云："授人以鱼,仅供一餐之需;授人以网,则终身受用无穷。"

奉劝怜爱子女的父母们,不要一味给你的子女"授鱼"吧! 把"网"给他们,把"捕鱼"的方法告诉他们,让他们到社会实践的海洋中去闯荡吧! 果能如斯,你便给了他们"终身受用无穷"之宝。

也谈老虎吃人的百分比

《礼记》中有一句名言:"凡事预则立,不预则废。"这个"预"是预见,是卓识。是对全面情况的调查了解和分析判断。它告诫我们,在问题面前要多有几手准备,把困难估计得充分一些。否则当挫折一出现就张皇失措,缺少应对,致使前功尽弃。所以《孙子兵法》说:"投之亡地而后存,陷之死地而后生。"战争中应多设想一点危险和困难,并对这些危难加以制驭,才能可靠地取得胜利。

最近在《新观察》上读到一篇文章,是谈老虎不吃人的。文章说:"百分之九十九的老虎是不吃人的,吃人的老虎只占百分之一。而这百分之一,或因受伤,或因年老,不再有猎食大型野牲的体力,或因实在饥饿,才不得已而吃人,这在老虎中,是属于特殊情况下的例子。"又说:"看见一只老虎吃人,就以为所有的老虎都吃人是形而上学""形而上学搞到哪里,哪里就遭殃"。文章作者的用心是好的,是希望人们不要乱杀老虎,怕这种兽中之王绝了种。但问题的提法却大大值得商榷。首先,我弄不清楚这老虎吃人与否的百分比是怎样得出的,总不会派人跑到一百只老虎面前去测试吧?(万一碰到那一只例外的老虎怎么办?)据说有些驯虎女郎就是在虎口下丧生的。我倒不主张见了老虎就格杀勿论,但却主张见了老虎都提防它是那"百分之一",也来个"投之亡地而后存,陷之死地而后生。"这虽然有点受荀子"性恶论"的影响,但由于这是要以生命作代价的,而且兽性难测,所以不妨"形而上学"一下,直到对那只虎有准确的了解之后,才来断定它是否吃人要保险一些。

"人无远虑,必有近忧",我们在工作中"不预"的地方实在不算少了。例如大楼盖好后才发现地基沉陷,工厂建成后才发觉原料困难,这种例子实在举不胜举。如果我们把每一座大坝、每一幢高楼都看做是可能吃人的"老虎",从而严加提防,那么,我们在"四化"建设中若干不应有的损失,将会减少到最低限度。

愿将余年谱战歌

——访黄文欢同志

　　元旦前夕,在电视上看到江泽民总书记接见越南老革命家黄文欢同志的镜头,虽然岁月如潮,但黄老依旧风度翩翩,神采奕奕,不禁想起六年前,拜访黄老时的情景。

　　那是一九八五年的六月,贵州在北京民族文化宫举办了一次以侗寨鼓楼和花桥为主体的大型民族风情展览,身着盛装的侗族少女在展厅为参观者献歌敬酒,仪式隆重至极。开展那天,胡乔木、阿沛·阿旺晋美、张爱萍、杨静仁等同志前来祝贺。美联社、塔斯社、共同社派记者前来采访,贵州各新闻单位也派出了记者前往北京,对这次"宣传贵州、振兴贵州"的重大活动进行采访,笔者当时是记者组的成员之一。

　　六月三日上午十时,我在住所刚发完稿,就接到在展厅值班的贵州人民广播电台记者陈吉美的电话:"赶快来! 黄文欢同志来了! "

　　我跳上一辆出租车,几分钟就赶到了民族文化宫。这时,黄文欢同志已经在参观"贵州概况"部分了。

　　对于黄文欢同志我是心仪已久的,他是越南的老革命家,和胡志明同志一起曾经在中国进行过长期的革命斗争。他非常熟悉中国的历史文化,不但精于中国书法,而且汉文旧诗词写得好,他的诗既遵从格律规范,又寓革命热情于平易晓畅的语言中,没有半点说教痕迹。在我的记事本里,抄录得有他一九四二年八月寄给张发奎的一首五律,原诗是这样的:

蛇豕纵横日，鱼龙寂寞时。

惊弓疑曲木，越岛巢南枝。

亡羊牢可补，失马福安知。

龙泉岂埋没，闪光终有期。

张发奎当时是国民党第四战区司令长官，一九四一年初，黄文欢受胡志明同志派遣，以"越南解放同盟"负责人的公开身份在广西进行革命活动，他的才识甚得张发奎器重。翌年底被人以"共党分子"的罪名逮捕，囚禁于柳州监狱，其间，黄文欢同志进行了一系列的合法斗争，后经张发奎批准释放。一月后，黄文欢同志潜返越南，这首诗便是他返越后为了说明他返越的理由而寄给张发奎的。诗中"蛇豕纵横日，鱼龙寂寞时。"是指国民党统治区坏人当道，英雄无用武之地，末两句把革命志士喻为"龙泉"，终有闪光的时日。黄文欢同志的这首诗流传很广，在中越两国都有不少人能够背诵。

想不到今天我竟能见到这位景仰多年的老革命家、老诗人，心情显得格外激动。那天，黄文欢同志参观得非常仔细，对贵州的山川风物怀有浓厚的兴趣。我和陈吉美暂时充当了解说员，并利用解说的机会进行采访。当黄文欢同志得知我曾读过他的诗，并且还能背诵《寄张发奎》中的一些句子时非常高兴，他告诉我们，在公务之余他爱读诗和写诗，即使是在病中也常吟诗自娱，几乎到了"不可一日无此君"的地步。不久前，他长期低烧的痼疾在中国医好了，他欣喜之余写了一首《病愈自慰》，文欢同志怕我和陈吉美听不懂，便接过我的采访本抄下这首诗：

病入膏肓一载多，神州有幸遇华佗。

如今病已连根治，愿把余年谱战歌。

参观结束，我和陈吉美请文欢同志在贵宾室小憩，并请他谈谈当年到贵州的经过。

一九三九年底,文欢同志在武汉工作,接到上级通知,要他赶到昆明去与胡志明会面,并聆听下一步的工作指示。在赴滇途中,他曾在贵阳小住。文欢同志说,那时贵州的交通极不方便,他乘的是一辆烧木炭的汽车,一路走,一路停,真是:"一去二三里,抛锚四五回,修理六七次,八九十人推。"在一个风雪交加的傍晚到了贵阳,那时的贵阳街道狭窄,房屋破烂,几经问询,才找到了八路军办事处。

听了黄文欢同志的叙述,我们连忙拿出一些介绍贵阳建设的图片,请他看看今天贵阳的巨大变化。黄文欢同志看后连连点头说:"太美了、太美了,图片中的甲秀楼我还记得,不想一别竟有四十多年了!"

陈吉美说道:"黄老何不旧地重游,贵州的同志一定会盛情迎候!"

文欢同志连连点头:"要去的,要去的,听说贵州有公园省之称,黄果树瀑布我看过,我还想去看看安顺的龙宫和织金的打鸡洞,可就是一时脱不开身。"

临别,黄文欢同志仔细问了我和陈吉美的姓名、年龄和工作单位,特别对我说道:"你喜欢我写的旧体诗,我要送你一本我最近出版的诗集。"

果然,第二天一早,黄文欢同志就派他的秘书给我送来一本由人民文学出版社出版的《黄文欢汉文诗抄》。扉页写着:"蔚桦同志雅正,黄文欢敬赠。"名下边还郑重地盖着印章。

如今这本诗集就陈放在我的书架上。每当翻开这部诗集,我的眼前就浮现出黄文欢同志亲切的面容。

格伦费南村敲响的警钟

——谈电视对人们生活的利与弊

　　电视以神奇莫测的光电变换手段,为自己在大众传播媒介中赢得了"第一小提琴手"的地位。如今,电视已经成了每个家庭不可缺少的常客。据日本广播协会的一项调查资料表明,家庭妇女和七十岁以上的老人,每天用于看电视的时间在六小时以上,电视成了她们生活中最亲密的伴侣。日本一位老人自杀前,在他的遗书中写着这样一句话——"谢谢电视"。

　　电视不但传播了各种信息,使世界压缩在一块小小的屏幕上,而且成了人们娱乐的重要工具。欧美一些孤独的老人,把电视称为"最忠实的情侣"。日本青年自诩是"电视人",把电视当做良师益友。美国青年学生在高中毕业前用于看电视的时间累计达2.4万小时,而他们在学校上课的时间却只有1.2万小时。

　　日本学者井上宏通过大量数据资料分析了"电视文化"对人类社会的冲击,提出了所谓"电视意识"的概念。他认为,从幼儿开始就接触电视信息环境的人已经形成了独特的信息积累方式,他们的思维方式称为"图像性思维",或称"图像性信息处理式思维"。而且他们的性格也是图像性的,其特点是"非逻辑性的、直观的、感性的、被动的。"一九八一年,美国传播学家托尼·施瓦兹在《媒介:第二个上帝》一书中说道,由于电视文化的发展,人类社会进入了"脱离文字的时代"。他把电视定义为直观性、形象性的"感受型"媒介,并指出,电视图像有其特殊的视听觉语法规律。至此,可以说,电视在人类生活中的地位已该是根深蒂固,然而,在凯旋曲中,竟也出现了一连串的不和谐音。

日本广播协会的调查资料表明,不少日本人认为电视妨碍了家庭成员间的交谈,而且看电视的人都处于被动接受地位,久而久之,他们会成为"缺少思考能力"的一代。在英国苏格兰边境,有一个格伦南村,全体村民都一致拒绝收看电视,理由是电视破坏了村内共同生活的和睦气氛,它使人们闭户不出,断绝了邻里间的亲密交往。

有鉴于电视几乎独占了人们闲暇的时间,使得人们的社会交往产生畸形状态,世界上有好几个国家规定了"电视禁播日"。冰岛规定每星期四电视台不准播出电视节目。这一天晚上,市民们走亲访友,到商店买东西,电影院、剧场的上座率明显提高了。

由此可见,电视除了极大地丰富了人们的生活,沟通了世界的各种信息之外,也给人们的生活带来了某些消极作用。有关方面要在电视世界化的同时进行必要的控制和调节,要充分注意格伦费南村敲响的警钟。

中国文学的"诺贝尔情结"

斯德哥尔摩是一座迷人的城市,它由十五个岛屿组成,七十多座造型别致的桥梁,把十五个岛屿连成一体。它的自然风光的秀美和人文景观的丰富,在北欧是首屈一指的。加上一年一度全世界都为之瞩目的诺贝尔奖的评选,使这座城市充满魅力和诱惑,从而成为全世界著名科学家和作家诗人们争跃龙门的竞技场。人们想接近它,想了解它,想评述它,想赢得它的青睐,想撩开它朦胧神秘而又高深莫测的面纱。

一九九六年仲夏的一个下午,当我应邀在斯德哥尔摩大学汉学系的办公室和瑞典学院院士、诺贝尔文学奖评委马悦然教授作了一番长谈之后,对于中国文学与诺贝尔奖之间明明暗暗的关节,才算有了一些了解,从而使我感慨万端。

自从一九〇一年诺贝尔文学奖问世以来,获奖者大都是西方作家,不过西邻的印度出过泰戈尔,东邻的日本竟然梅开二度,出了川端康成和大江健三郎,占世界人口四分之一的泱泱中华,虽然享誉世界的作家和作品数不胜数,却一直被阻拦在诺贝尔文学奖的铜墙铁壁面前。

众所周知,诺贝尔文学奖的公正性一直受到各国作家的怀疑和责难。本世纪初,瑞典学院把如日中天的俄国大文豪列夫·托尔斯泰排斥在外,而将此项大奖授予声誉不显的法国诗人苏利·普吕多姆,引起了世界公众的普遍不满,四十二名瑞典作家、艺术家还为此举行了抗议活动。此后近百年间,对这项文学奖每年的评选一直充满了争议和责难。

然而也无可讳言,历届文学奖得主中,也囊括了罗曼·罗兰、泰戈尔、显克维支、法朗士、萧伯纳、托马斯·曼、高尔斯华绥、艾略特·福克纳、海明威、萨特、肖洛霍夫、川端康成等一大批大名鼎鼎的作家和诗人。这些名人因荣获诺贝尔文学奖而更加出名,而诺贝尔文学奖也因囊括了这些具有世界声望的得主而使自己获得广泛的影响和巨大的威望。

此外,由于诺贝尔文学奖是和诺贝尔物理、化学、医学、和平、经济学等奖联袂推出,各奖互补互荣,相映生辉,被世人视为是当年各科学术成就的世界峰巅。获奖者一跃龙门、身价百倍,一夜之间不但名满全球,而且可以顿成巨富(有近三十万美元的奖金),成为全球受人羡慕的天之骄子。

那么,到底是什么原因使此项殊荣将近百年间与中国作家无缘相聚呢?

对于此事,国人议论纷纷,有的愤愤不平,有的故作冷漠,有的引颈期待,有的讳莫如深。总之,大家虽然心态各异但都大惑不解。作为一个中国作家和中国现当代文学研究者,我也希望有机会解开这个斯芬克斯之谜。

今年春天,斯德哥尔摩大学汉学系发来邀请,并且将讲学的范畴规定为《当代中国文学中的西南文学》,邀请信中还特地讲明,我此行将和瑞典皇家科学院院士、瑞典学院院士、诺贝尔文学奖评委马悦然教授见面,彼此交换对中国现当代文学的看法。

马悦然教授是当今西方最著名的汉学家,他在汉语音韵训诂和方言比较学方面有突出成就,《中国西部语音研究》是他深入四川成都和乐山等地实地考察后写出的专著。他还对中国《春秋》中的《公羊传》《谷梁传》作过考证和翻译注释。他最先把中国的《水浒传》和《西游记》译成瑞典文,并向西方介绍了中国的《诗经》《书经》《礼记》《论语》《孟子》《史记》等著作。评价了辛弃疾的大部分诗词。还组织领导编写了《中国文学手册1900——1949》,这套手册共分中长篇小说、短篇小说、诗歌、戏剧,洋洋四大卷,每卷大约收名家作品一百篇左右。此外,他还发表了两百多种有关中国哲学、文学、语言学方面的专著,有着极深厚的汉学修养。他曾几度当选欧洲汉学协会主席并入选瑞典学院院士,成为诺贝尔文学奖评委,对于诺贝尔文学奖,有着举足轻重的投票权。由于他是评委中唯一的汉学家,对于中国文学有最充分的发言权,所以中国作家如果得到他的推荐,极有可能成为诺贝尔文学奖的获得者。

在会见马悦然教授之前,一位在斯德哥尔摩大学汉学系任教的中国学者告诚我，关于中国作家与诺贝尔文学奖这个话题十分敏感，容易使双方都陷入尴尬境地，所以和马悦然教授谈此事时，要慎之又慎。

其实，对于这种局面我思想上也有所准备，行前，我请书法家胡廉夫用小篆写了一个扇面，内文是高适的两句诗"莫愁前路无知己，天下无人不识君"。此外，我还选了一方贵州苗族蜡染，图案是一匹奋力拉车的马。这两件礼物使马老十分开心，他说"天下无人不识君"他愧不敢当，至于把他比作为中瑞友谊、为开拓汉学而辛勤拉车的老马，他十分感激，并巧用了两句汉诗"老马自知夕阳短，不待扬鞭自奋蹄"，说毕哈哈大笑起来。

有了和谐的气氛，马悦然教授的谈话就显得十分坦诚了。他说："中国当代有许多优秀的文学作品，而且中国作家早就该得诺贝尔文学奖了！"马老的话，我从瑞典学院的另一位诺贝尔文学奖评委于连斯登院士的谈话里得到了证实。近十多年来，中国作家中获得诺奖有效提名的起码有以下四人：巴金、艾青、沈从文、北岛。根据瑞典学院的规定，被提名参评诺贝尔文学奖的作家，除提交有关的材料外，还要提交本人作品的瑞典文译本，后来尺度有所放宽，只要有"西方主要语言的译本"也可参评。巴金和艾青虽然佳作如林，但他们的代表作至今缺少瑞典文和西方主要语言的优秀译本，这可能是这两位世界级文豪未能入选的障碍。

马悦然教授最推崇的中国作家是沈从文，他不但把沈从文的中篇小说《边城》译成瑞典文，而且还译了《沈从文自传》，从而在瑞典掀起了一股沈从文热。一九八八年由马悦然推荐，沈从文成为当年诺贝尔文学奖夺标呼声最高的候选人，由于马悦然精通汉语，并且对沈从文的作品广有研究，所以他的推荐不但最有权威，并且得到若干评委的赞可。然而事出意外，沈从文恰恰在这一年的五月病故，而诺贝尔文学奖只能授予健在的作家。马悦然教授非常肯定地告诉我，如果沈从文晚死五个月，那么中国第一个获得诺贝尔文学奖的作家就非他莫属了。

谈到沈从文，马悦然教授语气中充满了惋惜和遗憾。在他指导下，北欧一批又一批汉学家造访沈从文的故乡湖南凤凰县，并考察了他写《边城》的实地茶峒，这些汉学家回去后写出了若干研究沈从文的专著，并且有人因研究沈从文而得了博士学位。马悦然教授告诉我，为了减少一些遗憾，他已将沈从文的皇皇巨著《中国历代服饰研究》译出，并已和香港一家出版社谈妥，定于近期出版。

马悦然教授也很欣赏中国作家高行健的作品，他认为高行健的长篇小说《灵山》，在人物和情节上都与传统小说结构大异其趣，荷载了丰富的文化思想内涵，这部小说虽然洋洋四十万言，马悦然还是以惊人的速度和毅力，将它译成瑞典文出版。马悦然还告诉我，高行健的大部分剧作也都经他译成瑞典文，其中有两个剧本已在瑞典皇家剧院上演过。

马悦然还谈到他和瑞典一些汉学家很喜欢中国山西作家李锐的作品，他去年已将李锐的系列小说《厚土》翻译出版，目前正在译李锐的另一部长篇小说《旧址》。

出国前，有人委托我向"老头子"推荐一下中国近年出版的几部以反法西斯为题材的长篇巨著。这就是王火的三卷本《战争与人》，周而复的六卷本《长城万里图》，李尔重的八卷本《新战争与和平》。马悦然告诉我，周而复和李尔重的巨著，他已收到赠书了，非常敬佩作者的功力和毅力。但每部都是洋洋数百万言，别说翻译，就是阅读也很吃力，他希望能有年富力强的汉学家将这些巨著译成"西方主要语言"。如果中国有精通"西方主要语言"的学者，就自己动手翻译。即使不为参评诺贝尔文学奖，为了向世界介绍中国文学的成就，此项工作也必不可少。近年韩国已拨出专款，组织专人将该国作品译成英文和瑞典文，要力争在诺贝尔文学奖的竞争中尽早得分。

马悦然认为台湾作家的实力不能低估。最近他翻译了林海音的一些作品，沈从文的《边城》写的是乡间，林海音的《城南旧事》写的是城市，但两篇作品除具有浓郁的地域风情外，还能把人带入往昔特定的文化氛围，给人留下遥远和幽深的美学遐思。马老说他细读了台湾诗人的主要作品，并从纪弦、痖弦、郑愁予、夏宇、洛夫、商禽、余光中、周梦蝶等诗人的作品中选译了二百多首诗作，已经结集出版。这些作品虽不具备冲击诺贝尔文学奖的实力，但却可以使西方读者更多地了解中国文学。

马悦然教授认为，中国当代文学作品中，诗歌的成就大于小说和戏剧，特别是一批现代派诗人在八十年代的创作，恢复了诗歌作为一种特殊艺术形式的地位。这批以北岛为代表的年轻诗人，几乎没有外语知识，大都没有受过高等教育,他们几乎都是从闻一多、徐志摩、戴望舒、李金发等前辈诗人的作品中得到最初的母乳的。

在和马悦然教授的整个谈话中,我深深感到他对北岛的诗作情有独钟。他不但多次引用北岛的诗句而且对北岛的写作生活了如指掌,他还多次邀请北岛去他家中研讨诗歌的创作问题。北岛是继沈从文后,险些获得诺贝尔文学奖的中国人。一九九〇年十月九日关于北岛即将得奖的消息已在瑞典不胫而走,许多争抢独家新闻的各国记者已经云集在北岛在丹麦寓所的客厅中等待喜讯传来。不意最后投票,北岛的票数却少于墨西哥诗人帕斯,中国人与诺贝尔文学奖又一次失之交臂。关于此事的内幕,我不便寻根问底,但以北岛在国内外诗坛的知名度而言,如无马悦然教授的大力举荐,是断难进入诺贝尔文学奖的决赛圈的。不过马悦然教授告诉我,他最近又译了北岛的一本诗集,共五十首诗,都是一九九三年以后的新作,与过去的作品相比诗艺更加娴熟。这无疑是给我传达一条信息,他在为北岛的重新提名创造条件。

由于著名汉学家马悦然教授被接纳为瑞典学院院士和诺贝尔文学奖评委,这表明中国作家获得诺贝尔文学奖的日期已经不再遥远。

她收到里根总统的签名照

——记贵阳六中初二学生刁薇

两只羊角小辫,说起话来老爱舔嘴唇,一谈到自己就害羞地低下头,但和外宾操起英语来却口若悬河。贵州工学院一位澳大利亚籍的教师老是记不住她的中文名字,于是干脆称她为"能说标准英语的小姑娘"。

她叫刁薇,今年十三岁,是贵阳六中初三的学生。在贵阳大专院校任教的十位外籍教师常常请刁薇去做客,他们说,刁薇一去就给他们增添了节日的气氛。

别看刁薇年纪小,在她身上还真出现过不少带有传奇色彩的故事。一天,刁薇的爸爸在街上碰到一位迷路的美国人正向周围的人问路,急得满头大汗。但谁也弄不清他说什么。刁薇的爸爸刁铜照虽然是六十年代初的大学毕业生,但英语会话水平还不足以和这位美国朋友交谈,他请这位美国朋友等一等,立刻跑到学校把正上课的刁微找来。原来迷路者是美国画家大卫·艾申勃,他从桂林去昆明,误在贵阳下了车。刁薇和爸爸把大卫·艾申勃领到家中,请他吃了一餐中国饭。饭后,画家一定要为刁薇画一幅像,并询问,他今后给人画像每一幅要付多少钱。刁薇说中国人很好客,画家为他们画像是不收钱的。于是大卫·艾申勃请刁薇给他写了一块纸牌子:"你能让我给您画张像吗?谢谢!"大卫·艾申勃在刁薇父女帮助下顺利地到了昆明。回国后给刁薇写了热情的感谢信,并寄来若干英语读物,其中有一本海明威的小说《老人与海》,刁薇已经读了四遍。

我去访问时,刁薇刚收到美国哲学博士兰马文的信和全家照片。兰马文是今年夏天访问贵阳时和刁微在黔灵山"英语角"结识的,他很赞赏刁薇的英语水平,并介绍他的女儿和刁微通信。

刁薇从小学一年级开始,即在父亲指导下学习英语,电视和收音机里的英语教学她几乎没有遗漏过。进入初中后,父亲已经教不了这个"青出于蓝"的女儿了。六中的教师们为了进一步提高刁薇的英语水平费了很多心血。刁薇的班主任李羽菁和外语教师王鸿懿认为,她的英语水平已达到大学程度,于是便想方设法为刁薇联系,让她到贵阳师范学院外语系二年级去听课。

在六中教师和师院外语系教师的指导下,刁薇的英语水平得到了迅速提高,今年初《英语世界》杂志在全国举办"英语翻译评奖活动",刁薇光荣获奖。据《英语世界》报道。她是参加这项活动中年龄最小的读者。之后,刁薇又分别参加了贵州省和贵阳市举行的高中生英语竞赛,刁薇当时是初二学生,以特殊情况参加竞赛(条件是不占名次),刁薇的成绩两次都远远超过了高中组的第一名。

今年,里根连任美国总统时,刁薇以中国小朋友的身份,用英文给里根写了一封祝贺信,希望里根在任期内发展中美友谊,为世界和平作出贡献,并加强中美两国小朋友的联系。

十二月十四日,里根总统办公室给刁薇回了信,信上说收到了刁薇的信后。里根总统很高兴,总统向她问好,并送她一张总统签名的彩色照片。

刁薇是一个全面发展的学生,她的各科成绩平均在九十分以上,政治、英语、化学考试成绩居全班第一。

难得"浮生半日闲"

在唐诗中,描写闲适的作品很多,但还很少有人像李涉的《登山》那样写得淋漓尽致:"终日昏昏醉梦间,忽闻春尽强登山,因过竹院逢僧话,又得浮生半日闲。"诗里把一个得过且过者的形象疏疏几笔就勾勒出来了。

在俄罗斯古典文学中,大师们塑造过许多"多余的人"的形象:他们整日穿梭于客厅舞会,流连于勾栏酒肆;琐屑小事、无聊纷争充斥着他们的生活,尽管他们的经历各各不同,但对人生的态度却完全可以用一个字概括——"混"。

在日常生活中,也常听到人们谈"混",诸如混时间,混工分、混饭吃、混日子……总之小至一时一事,大至一生一世,抱着"混"的态度者确有人在。一位于"混"颇有体会的朋友还专门写了一首打油诗:"看报吸烟,喝茶聊天,遇事绕道,体胖心宽,打钟吃饭,盖章拿钱!"

这种浑浑噩噩、庸庸碌碌的"志残症"患者,在把大锅饭奉若神祇的年代,无论在城市或农村恐怕都不在少数,真是"春花秋月等闲度"!党的十一届三中全会以来,广大农村落实了党的政策,一下子就把"混工分"者流解救了出来,束缚农民手脚的桎梏被打开了,农村经济发展了,农民生活改善了,如今的农村,可以说是"海阔凭鱼跃,天高任鸟飞","混"的影子,越来越朦胧。

关于"混",也要具体分析。一些人是胸无大志,怠惰成习,属于自己想"混";另一些人则是有力无处使,聪明才智无处发挥,属于被迫去"混"。如果加速了体制改革,废除了大锅饭,砸碎了铁饭碗,"混"的温床一经拆除,皮之不存,毛将焉附?落实了责任,分清了权益,奖勤罚懒,多劳多得,即使有少数"志残症"患者想"混",恐怕为形势所迫,也难得"浮生半日闲"了。

熬到中年"火"一把

——访我省影视导演贾胜云

近年来,影视导演贾盛云别说在贵州,在国内也算是活跃人物。在他的专业档案上,写明他参与导演和演出的电影十一部,他单独执导的电视剧十五部。在贵州影视界,他可算得上是块"高产田"了。

如今,影视导演的名声已没有过去那样显赫和神秘,在我们这个年产电视剧上万集和年产电影近百部的国度,京都一位以"胡侃海吹"和"码字儿"闻名的作家,因为想"过把瘾",也在哥儿们簇拥下居然导演了一部电影,气得那些在电影学院导演系"修炼"了四五年的仁兄们"七窍生烟"。当然,纵观影坛视坛,也绝非"学院派"包揽天下,不少著名演员是在"人群"中被"发现"的,不少导演并未进过"黄埔军校",而是在"枪林弹雨"的实战中升为"将军"的,贾盛云则属于这后一种。

有一位老导演说贾盛云是"小学文化,中学架子,大学水平!"听了这话,老贾感慨万端地说道:"所谓大学水平是抬举我,小学文化确是事实。"老贾从小因家庭困难,小小年纪就为人挑煤巴,十四五岁进入工厂,在做工之余,参加厂里和区文化馆的文艺活动,并拜一位曲艺演员为师,从此开始了他的业余演员生涯。

一九七七年,长春电影制片厂拍摄《山寨火种》,导演到贵阳寻找演员,一下就看中了贾盛云,让他在剧中扮演一个分量较重的角色。之后,他调入省话剧团任专业演员。一九八〇年珠影又邀请贾盛云在彩色故事片《毕昇》中扮演大管家范海,这个角色的戏较重,为了演好这个角色,他到处找资料、拜老师。六月的广州,室内温度高达摄氏38度,他在室内挥汗写出了角色自传和表演依据。平时他滴酒不饮,但戏中要求范海在醉后调戏"小画眉",拍了几次导演都认为不入戏,于是小贾就到一些小酒馆去观察酒客的形态,揣摩他们从开始饮酒到酩酊大醉的过程,以及他们如何打嗝、如何踉跄行路等等。他据此重新设计了形体动作,再拍时,导演评价是:恰如其分。

一九八三年以后,贾盛云相继在潇湘电影制片厂摄制的《一个女人的命运》《喋血黑谷》《一个女演员的梦》《秘密金库》《业余警察》等五部故事片中扮演角色,同时担任这五部影片的副导演。一个外请的话剧演员能跻身于竞争十分激烈的电影厂,在五年多时间内接连参加了五部故事片的摄制工作,这不仅潇湘电影厂的所有导演没有这种上戏纪录,而且在全国各地电影厂也属罕见。从中也可看出,如果贾盛云没有"三板斧",也不会这样受人青睐。

贾盛云的业务水平和实干精神得到我国电影界老前辈凌子风的赏识。一九九〇年凌老执导故事片《狂》,指名要贾盛云去当他的副手并在戏中扮演角色,结果圆满完成任务。凌老感慨万端地说道:"贵州还是出人才呀!"

十四集电视连续剧《黄齐生与王若飞》是我省解放以来规模最大的一部片子。该片时间跨度大,人物近百,外景地散布于七八个省,拍摄难度极大。编剧王蔚桦是贾盛云的老搭档,两人合作过多部电视剧,他力荐老导演赵谦和贾盛云共同执导此片,结果二人通力合作每人单独导七集,既珠联璧合又各具特色,为这部片子获国家"五个一工程"奖立下了汗马功劳。

最近贾盛云又有新作问世,王蔚桦创作的四集电视剧《黄金高原》由他导演。两位老搭档几下黔西南,走访金矿,经过近半年的苦心经营现已成片,由贵州台首播。

此外,贾盛云还和张建军等人在有关部门的支持下,以贵州省话剧团为基地,创立了"贵州省文化影视艺术中心"。贵州影视界的"大腕"如唐佩琳、王蔚桦、犹学忠、王呐、井立民等均纷纷加盟,阵容颇为壮观。这个中心的第一部片子是唐佩琳的四集电视剧《误区》,仍由贾盛云导演。

这些年,贾盛云一直是马不停蹄地奔忙,硕果累累,着实"火"了一把,但还未达到"大红大紫"的地步。其实,我们贵州影视界早已该有几匹冲出大山在全国范围纵横驰骋的"黑马"。"骏马飞蹄八千里,不到长城不思归",但愿贾盛云不懈不怠,勇往直前,能够成为这"黑马"之一。

费新我先生忆贵阳

我国著名书法家费新我先生，虽然年已七十八岁，但依然每天伏案十余小时，有时读书，有时练字，有时写文章，夏暑冬寒从不懈怠。只要看看费老的工作精神，就不难知道他成为当代著名书法家的"秘诀"。

费老不但是书法大师，而且是丹青妙手，曾出版过画册三十余种。从内蒙到西南，祖国许多地方都留下了他的足迹。一九七八年，费老和苏州其他书画家到贵阳参加两市书法、绘画联展。对贵阳留下了美妙的记忆。

苏州的十月，桐叶未黄，金风送爽。我由苏州女画家刘叔华同志陪同去看望费老。此时，费老的书房里已有客人，两位摄影记者应一家外国杂志之约，正准备为费老拍几张工作和生活照片，于是我和刘叔华同志也跟着搬椅子、移花盆、清理书桌上多余之物。直到摄影记者拍摄完毕，费老才连忙表示歉意，说让我们久候了。

当刘叔华同志介绍我是来自山城贵阳的客人时，费老显得格外热情。他说，贵阳是个好客的城市，一九七八年在贵阳访问时，苏州书画家受到最热情的接待，至今每一忆及，还感到心有余温。费老嘱我回贵阳后，一定要把苏州书画界对贵阳市领导和书画界同志的问候带到。

费老对贵阳的黔灵山颇为欣赏，他认为这个公园离城很近，自然条件很好，将来进一步加以规划整修，定能成为著名的游览胜地。

费老说，过去总认为贵州地处边陲，文化落后，到贵阳访问后完全改变了这个看法。苏州虽然被看做江南文化的摇篮，有着较久远的历史和传统，但贵阳在诗、词、书、画等方面，有很多地方就值得学习。费老说，谢孝思和刘叔华虽然现在被列入苏州画家，但他们都是贵阳人。谢老在诗词书画各个领域都有较高的造诣，但他却非常谦逊。他说，贵阳市老一辈的书画家造诣都很高，陈恒安先生的书法，不论是行楷还是篆书都有较深的功力；宋吟可先生的花卉和人物不论是用笔和用墨，都给人留下深刻的印象。这些老先生年纪虽然很大，但作品却有新意，他们的艺术富有生命力。更可喜的是贵阳有一大批中年书画家，阵容非常整齐，他们都非常勤恳，大都受过严格的基本技法训练，在艺术上他们将是青出于蓝的新人。

费老说长江后浪推前浪，这是历史发展的必然规律。希望贵阳和苏州都出现大批超过老一辈艺术成就的中青年书画家，使我们社会主义的书画园林里绽放更多更美的花朵。

时近傍晚，费老仍谈兴未减。告辞前，费老挽袖挥毫，为笔者写了陆放翁的两句七言：

诗情应似并刀快，
剪得秋光入卷来。

神韵何须多着墨

——访著名画家袁晓岑

在画坛上,曾多次听人盛赞"徐马黄驴袁孔雀",这是指徐悲鸿画的马,黄胄画的驴,袁晓岑画的孔雀。他们的画都深具神韵,自成一家。袁晓岑画的孔雀在国内外都获得极大的声誉,中国许多驻外使馆都争着请袁老给他们画孔雀。日本出版的《亚洲美术》专门著文介绍了袁老的作品,人民美术出版社分别出版了《袁晓岑画辑》和《袁晓岑雕塑集》。

袁晓岑同志现在是中国雕塑学会筹备组副组长,中国美术家协会云南分会主席。最近,笔者有幸访问了袁老,在他的画室里,饱览了若干蜚声国内外的绘画和雕塑精品。

袁晓岑同志一九一五年出生在贵州普定县一个偏僻的山区,他的家靠近山林,是个人迹罕至的独家村。他最早接触的雕塑作品是孩子们玩的"叫鸡",这个粗陶烧制的小玩意触动了袁晓岑最初的创作欲望。于是,他学着用黄泥捏制小牛小马和他生活中常见的小动物,没有纸笔,他就用焦炭在地上和墙上描画山林中的景物。一直到九岁以后,他才走出"独家村"开始上学。由于他惊人的勤奋,深得老师和同学的赞赏。后来,他考入公费的贵阳师范学校学习,才有机会接触一些著名画家的作品。他如饥似渴地临摹和拷贝这些作品,画稿积了若干捆,为他的中国画技法打下了坚实的基础。一九三八年,他从家乡步行到云南求学,考入云南大学文史系,受教于清末云南的状元和诗人袁嘉谷先生。在抗战初期,徐悲鸿先生从印度回国,旅居昆明。徐先生对袁晓岑的绘画和雕塑颇为赏识。在徐悲鸿的耐心指导下，袁晓岑的表现技巧有了很大的进步。

解放后，袁晓岑的艺术创作进入了一个新的阶段。在党的文艺方针指引下，他参加了土改运动和民族宣传队，到边疆兄弟民族地区去体验生活，收集创作素材。他的雕塑《母女学文化》《分到羊啦》《傣族姑娘收木瓜》《孔雀》等就是这一时期的作品。他的一些作品曾参加一九五九年"社会主义国家造型艺术展览"，被誉为"真正的中国民族风格的雕塑"。

袁晓岑在雕塑和绘画上，一贯坚持现实主义的创作方法，认为"国画六法"是中国画的准则，"气韵生动"则是画的至境。他的绘画吸收了雕塑造型优美、结构准确的特点，而又把简练概括的雕塑语言运用到绘画中去。同时，他把绘画中的气韵生动、注重意境、强调传神的特点揉入雕塑艺术，为雕塑的民族化做出了贡献。

"文化大革命"前，他总共创作了六十多件雕塑作品。一九六四年，中国美术家协会在北京为他举办了个人雕塑展览，展出了中小型雕塑作品五十余件。一九七九年他还率领中国雕塑代表团访问过朝鲜。

袁晓岑的艺术成就突出地表现在他以动物为题材的绘画上。他画的孔雀笔墨不多，但却能把孔雀的神态逼真地表现出来。过去，袁晓岑曾在家中饲养过孔雀，他早晚观察，画下数不清的速写。他对孔雀的形状、解剖、神态、习性乃至生态环境都曾作过精细的研究。后来，他曾在孔雀的家乡德宏傣族地区多次见过成群的野生孔雀，这些没有桎梏之苦的吉祥巨鸟，在山清水秀的亚热带丛林中翩翩飞舞的景象给袁晓岑打开了眼界。于是，他把前人画的囚禁在藩篱和庭园之间的孔雀放在林木竹藤、清溪碧潭的自然环境中来表现，从而把这种珍禽的神态勾勒得活脱至极。

十年浩劫期间，袁晓岑被打成"黑画家"，他的画稿被抄，雕塑被砸、宣纸被收去写大字报……但袁晓岑并没有放弃他的艺术创作。他关上门，在玻璃板上画草图，一听到敲门声就赶快擦掉。他行动不自由，就把儿子袁熙坤打发到西双版纳的密林中去生活了四年，要熙坤在密林中为各种鸟兽写生。熙坤遵照父亲的嘱咐，在密林中画了上万幅速写，还背回云南省第一架大象骨骼。最近，几家美术出版社分别为青年画家袁熙坤出版了三本动物速写集。

贵州美术界的同行多次邀请袁晓岑同志回家乡来办一次画展,袁老已经欣然允应。目前,袁老正在积极准备画稿,我们相信不用很长时间大家就能一饱眼福。

临别,袁晓岑同志以一幅写意孔雀相赠,并托我向贵州美术界的同行和亲朋故旧问候。

谁也吃不掉谁

——简谈影视结合的新趋势

　　当今的电视剧除了它无线电传播的优势外,还在两个方面展示自己的威力。一是长,美国电视连续剧《佩顿·普勒顿》至今已播了一千多集,仍然望不到尽头;英国电视连续剧《加冕街典礼》共一千一百四十四集,连续播放了十五年以上;日本、墨西哥等国二三百集的电视连续剧不胜枚举,我国上百集的电视连续剧《三国演义》即将开拍。一般说,电视连续剧连续的时间越长,反而越能巩固观众的收视率。第二是快,中国导演陈凯歌谈过在美国参观一部电视剧的制作过程:早六点制片人进棚,翻看当天全部报纸,七点三十分编导进棚,制片指定所拍内容,于是导演去想,编剧去写,九点交稿,十点三十分开拍,四十分钟节目,台词全部打上字幕,根本不用背,四台机器同时拍,导演不断举手示意几号机切换,几乎没有停顿,十一点四十分拍完,当晚全美电视网播放。日本和墨西哥上百集的电视剧,一般也只要一两个月的时间就能完成。电视在时间和空间上所占的优势,使电影极为被动。

　　然而,在攻势凌厉的电视面前,电影尽力使出了自己的杀手锏:用最新技术武装自己,大力改变过去的拍摄方式。

　　电子蓝屏摄影法的运用。美国派拉蒙影片公司研制成了一种用电子计算机控制合成的摄影特技法:让演员在蓝色的屏幕前表演,后景往往由小模型塑景提供,电子合成之后一如真景。摄制组不再需要派大队人马到遥远的外景地去工作,大大降低了成本。此法还具有拍摄方便,可控性强、周期短、洗印简便等优点,还可像变戏法一样将空中的飞机或路边的电杆移掉,可提高物体清晰度、抹去演员脸上的皱纹和疤痕等。

全息摄影技术的研究。欧美一些国家正在试验运用激光全息摄影技术,在影片放映过程中,观众完全置身在影片环境的幻觉里,具有神奇的立体感。全息电影容量惊人,在一个火柴盒面大小的底片上可以容纳下《红楼梦》的全部内容。这将是本世纪末的理想电影模式。

电影放映扫描术。一九八七年,美国人特朗布尔发明了电影放映扫描术,将电影放映速度加快了一倍半,达到每秒六十格,并将三十五毫米的底片加大为七十毫米,银幕随之增大4倍。用这种新技术放映的电影,看时就像从窗口眺望窗外的风景一样令人赏心悦目。此外,为了加强竞争能力,制片商还不惜耗费上千万美元开拍"巨片",而且把传统的电影长度(一百分钟左右)打乱,如南斯拉夫的获奖影片《邻居》只有一分半钟,而苏联影片《解放》长达九小时,中国近期拍摄的连续电影《红楼梦》,长度也在十小时以上。立体电影、立体声电影、球幕电影的出现,增添了电影的花色品种。为了招徕观众,国外还出现了许多新型的影院,如巨型影院、汽车影院、未来型组合影院等。

电影和电视各自都在竞争中加强了自己的特征和品格。所谓电影和电视的矛盾,只是电影院和电视台的矛盾。

美国制片商们发现,把影片出售给录像公司和电视台,收入比电影院还要多。一九八六年美国影片从影院票房收入是十七亿美元,而录像带收入竟达二十三亿美元,如果加上有线和无线电视,收入更为可观。许多国家的观众,从电视上看电影的人比从影院银幕上看电影的人多若干倍,也就是说,电影依靠电视的传播手段,找到了一条更广阔的生路。许多国家的调查资料表明,广大观众一般一周只去影院看一至二部电影,但当他们坐在电视机前,每周却能看三至四部电影。这就是说,电影的观众虽然在影院下降,但在电视机前却大大增加了。

于是,人们惊奇地发现,原来电影和电视并非是冤家对头,两者相互结合的新趋势,正在悄悄地形成。

神采映红山茶花

自从杨朔写了《茶花赋》以后，自从《茶花赋》被选入中学语文课本以后，本来就很有名的云南山茶花，更是四海蜚声。

中国现有的花卉不少是异域传入的，例如茉莉原产印度，榴花原产伊朗。而山茶花却是地道的国粹。唐代是最推崇牡丹的，诗人刘禹锡写道："唯有牡丹真国色，花开时节动京城。"白居易说得更明确："绝代只西子，众芳推牡丹。"然而诗人司空图却别具只眼，把茶花奉为花中之魁，他说："景物诗人见即夸，岂怜高韵说红茶，牡丹枉用三春力，开得方知不是花。"

司空图是唐末的重要诗人，官至中书舍人，知制诰，著有《诗品》二十四则，对后世影响甚大，他对茶花的高韵大为赞颂，竟认为牡丹与茶花相比简直"不是花"。到了宋代，苏轼也对茶花大加赞美，他在诗中写道："说似与君君不会，烂红如火雪中开。"写过一百多首咏梅诗的陆游，对山茶也另眼看待，他写道："雪里开花到春晚，世间耐久孰如君？"

茶花的颜色，虽有粉红、银红、粉白、浅紫、姜黄和浅绿若干种，但尤以火红最能代表茶花的气韵。茶花树低者二三尺，高者三五丈，有的一树开花千朵以上。清代贵州大诗人郑子尹特别赞赏茶花的气势："高花烧天天为枯，低花照地地为朱。"天被烧枯，地被照朱，实在写出了茶花的神韵；花因诗传，诗因花存，子尹实在是茶花的知音。

近年来，改革开放步步深入，各地都在弘扬自己的风光和风物优势，既可继承文化传统加强精神文明建设，又可为地方经济发展服务。例如洛阳的牡丹会、潍坊的风筝节、自贡的灯会、哈尔滨的冰雕……昆明人也不甘寂寞，把它的茶花展搞成了国家级的,春节前夕在昆明举办了中国第二届茶花节,吸引了中外的广大游客。

今年的茶花节,不但是中国,而且也是世界上最盛大的一次茶花盛聚的节日。有来自全国二十五个省市的参展团,展出的茶花有六百多个品种。四万多盆(株)。著名的老山主攻团也是参展单位之一,主攻团的展区异常别致,花盆用的是钢盔、炮弹壳、弹药箱、压缩饼干箱,在他们的展区内,还展出了若干盆老山兰,这些兰花是从硝烟弥漫的老山前线移植过来的。这个团是一支英雄部队,三十年前作为一名随军记者,我曾多次采访过这支部队,熟悉这支部队在抗日战争、解放战争和保卫边疆斗争中的许多英雄业绩。在中国,撤下战场不久就能参加国家级花展的部队,恐怕只有老山主攻团了。它标志我们的战士,不但英勇善战,而且具有很高的文化素养和审美能力。李鹏总理参观了这一届茶花节,对老山主攻团的花展赞不绝口,挥笔写下了:

春城茶花甲天下,
试问谁家甲春城?

茶花节为云南增添了光彩,不但促进了云南的经济建设和文化交流,而且对发展旅游事业作出了贡献。云南省委的一位负责同志告诉我,他们搞茶花节,是想实现"茶花为媒,牵动各线"。我们贵州有著名的百里杜鹃,花开季节,云蒸霞蔚,百里烂漫,令人心魂震慑,其气势为茶花所难及。杜鹃花不像茶花那样娇贵,它几乎不向人们索取什么就能繁衍子孙,它风餐露宿而不怨,甘居荒野而自乐,它具有火的心肠,火的肝胆,火的秉性,火的外形。一阵春风,一场春雨,它就能如火燎原,杜鹃堪称花族中的伟丈夫。如果我们每年也搞一个杜鹃节,不知要吸引多少中外游客! 那时,"贵州杜鹃甲天下"的盛名,一定也会蜚声四海。

落定尘埃

——名曲《川江号子》恢复陶鹏署名

凡是对往昔的银幕和舞台熟悉的人,鲜有不知陶鹏大名者,他在新中国第一部反映藏胞生活的电影故事片《猛河的黎明》中担任男主角达尔介,王苏娅担任女主角(见右图)。其时,陶鹏是中戏歌剧团的演员,曾多次与王昆、郭兰英等同台演出。

在西南地区,陶鹏是第一个在歌剧《白毛女》中扮演杨白劳的演员。此外,陶鹏还在电影《挺进中原》中演旅政委,在《上党战役》中演柳亚子,在《打击侵略者》中演老戴,在《徐悲鸿》中演马将军,曾导演过《鸡毛信》。

陶鹏从小在川江木船上长大,会推船会唱船工号子,有一副好嗓子。他以自己熟悉的船工号子为基础,创作了小合唱《川江船夫号子》,一九五〇年三月由陶鹏本人领唱,在重庆公演后受到观众热烈欢迎。音乐家时乐濛、蓝河、蔡绍序等分别来找陶鹏收集和学唱《川江号子》,不久陶鹏带着这个节目,调到北京中戏歌剧团工作。

为了让这支名曲更加完善,著名作曲家贺绿汀专程从上海到北京找到陶鹏,在中戏招待所整整熬了一个通宵,帮助陶鹏对一些唱段进行了修改。《黄河大合唱》的词作者光未然帮助陶鹏对歌词进行了较大修改。

陶鹏曾多次提出要与光未然共同署名,但被这位老前辈婉言谢绝。之后,作曲家马可(《白毛女》的主要作曲者)、杜宇(歌剧《小二黑结婚》的作曲者)都为这部作品的精益求精付出了心血,最后才使这部作品成为了感人至深的艺术精品。特别是一九五一年灌成唱片后，各家电台争相播送，成了家喻户晓的曲目。

不意一九五七年陶鹏被错划成右派，被发落到云南一个边远农场劳动改造，受尽折磨，二十多年后得到平反时，已是年近半百了。陶鹏儿时好友、峨影著名导演刘子农，曾把陶鹏的经历拍成了电影故事片《漩涡里的歌》，影片感人至深。

落实政策后的陶鹏，就职于重庆市话剧团。他惊奇地发现，他的《川江号子》还在被人传唱，只不过署名已被"四川民歌"代替。更令他惊奇的是，一九九八年二月二十七日《工人日报》发表丁苏波等人的文章《"川江号子"歌词作者找到了》，该文称《川江号子》的作者已经找到，他就是铁五局的张长生副处长。此后苏文又在《大众电影》和《重庆日报》上发表，在艺术界造成了一定影响。与此同时，了解《川江号子》创作经过的峨影导演刘子农、音乐家叶语等也纷纷撰文澄清事实。陶鹏本人也不再沉默，他拿出了当年《川江号子》的发表稿和唱片署名。在事实面前，陶鹏的著作权终于得到了确认。今年三月人民音乐出版社与陶鹏签约，《川江号子》重署陶鹏之名，并一次性补偿作者原稿酬的十倍。

陶鹏来信对笔者说，这项著作权的恢复虽然给他带来一些安慰，但也引发他许多痛苦的回忆。是是非非，恩恩怨怨，酸甜苦辣，皆成往事，我想只有陶鹏本人才能解其中味。

刁薇在北京

今年六月二十七日,北京传来喜讯:贵阳六中初三学生、十三岁的刁薇,被中国科技大学少年班预备班录取了,预备期为一年。到来年金风送爽、桂子飘香的时节,通过考试她将成为中国科技大学少年班的正式成员。

这次,中国科技大学少年班预备班(一年级)共录取了七名少年学生,其中男生三名、女生四名。全国参加考试的有上百人,报考条件是智力超常的儿童和少年。

平时,刁薇就以英语出众著称,她多次获得过贵州省中学生英语竞赛的第一名。在全国英语竞赛中,她是年龄最小的获奖者。她能讲一口标准的伦敦音,曾和里根总统书来信往,是一位二十多家报刊都登过她的事迹的"新闻人物"。然而,中国科技大学并非外语学院,它是一所以数理化为主的高等科技学府,对于考生的要求比较全面,因此,要和来自全国的上百名"神童"进行角逐并取得胜利,对于刁薇来说并非易事。

刁薇是今年四月底到达北京的。中国国际广播电台的消息特别灵通,刁薇到达北京的第三天,他们便派记者用英语向刁薇采访,并向全世界广播了这次采访的录音。

刁薇标准的伦敦音得到中国国际广播电台英语部主任张庆来的高度赞赏,他特地聘请这位来自山城贵阳的小姑娘担任中国国际广播电台的课余小播音员。

六月一日,中国国际广播电台要播出一个英语广播剧《小马过河》,刁薇被邀请演主角小马。这个英语广播剧获得了很大成功,许多听众写信或拍电报,向刁薇表示祝贺。《美国之音》驻北京记者荷普勤闻讯赶来，接连采访了刁薇几次，并宴请了刁薇全家，准备把刁薇的事迹整理成专题节目向全世界播放。

中央电视台英语教学部的主持人彭文兰，是一位在中国工作了八年的英籍专家。在中国国际广播电台的安排下，她和刁微见了面。因为刁薇过去一直在电视上跟着彭文兰学英语，她们用英语交谈了两个多小时，彭文兰激动得热泪盈眶。她搂着刁薇说，这是她到中国八年来最高兴的一天，因为她从自己的学生身上看到了自己的教学成果。最后，她以中央电视台英语教学部主持人的身份，邀请刁薇当业余小播音员。

刁薇曾经是《英语世界》杂志的忠实读者，并曾经获得《英语世界》杂志竞赛奖。这个杂志的编辑部得知刁薇到达北京后，立刻派人去看望她，并请著名英语专家许孟雄教授用英语写了一篇介绍刁薇成长的文章，这篇文章将在《英语世界》一九八五年第四期发表。

今年七月到九月，由《中国日报》等单位主持，将举行一次"全国英语演讲比赛"，报名年龄为三十五岁以下的英语爱好者。刁薇已经报名参加，她决心和许多叔叔阿姨们，在全国英语演讲中展开竞赛。

刁薇虽然生活在远离家乡的首都，但家乡的亲人们时刻都关怀着她的成长。

贵州高原的百灵鸟

——记青年歌手龚琳娜

十多年前,我曾访问过贵阳南明区少年宫"苗苗"少儿艺术团。少年宫主任钟德芳女士热情地给我们介绍了几位少年歌手,并且断言:这几个娃娃将来前途无量。其中给我留下较深印象的一个女孩,名叫龚琳娜。

后来,听说龚琳娜荣获贵州"民族杯"小歌手比赛一等奖和全国"民族杯"小歌手比赛最佳演出奖,并曾两次赴法国参加国际艺术节。此后,就没有听到龚琳娜的消息了。

今年六月,妻子到北京出差,适逢中国音乐学院为一位应届毕业的优秀学生举办大型独唱音乐会,妻子应邀参加,这位优秀毕业生就是龚琳娜。妻子带回来龚琳娜独唱音乐会的录像带,看过之后,可谓惊喜交加。舞台上的龚琳娜风度翩翩,一副大家气派,她眼神得体,举止优雅,音域宽广,吐字清晰,她的高音华丽,中音甜美,低音厚实,共鸣悦耳,高低音的转换十分圆通。

妻子在旁说:"中国音乐学院建院以来,只为三个毕业生开过独唱音乐会。"为了使自己的唱腔根基扎实、刚柔相济,龚琳娜先后拜师学过河南梆子、河北梆子、北京单弦和京剧,汲取各家特长,拓宽自己的艺术视野,因此她在《窦娥冤》中演窦娥,一开唱就给人一种"出口不凡"的感觉。这些硬功夫,没有三年五载的严格训练是难以达到的,绝非时下仅凭一两支小曲就能大红大紫的时髦歌星所能企及。

作为一名音乐爱好者,我对贵州音乐界一些出类拔萃的人物是十分关注的,例如曾获电影作曲金鸡奖的苗族作曲家杨绍榈;曾获国际小号比赛特别奖、被誉为"小号王国魔术师"的聂影;曾获国际歌剧歌唱家声乐大赛金奖、被誉为"歌剧皇后"的詹曼华,我都十分熟悉,我先后到中央音乐学院和上海音乐学院采访和报道过他们。如今,贵州又出了个龚琳娜,刚一出道起点就很高,已先后获得几项国家级的声乐比赛大奖。今年七月八日晚,中央电视台三套节目转播了龚琳娜的独唱音乐会实况,这样转播整台晚会的规格,对于贵州籍歌手来说是第一次。

龚琳娜毕业后,已分配到中央民族乐团担任歌唱演员。最近,她应邀回到故乡,先后参加凯里国际芦笙节和贵阳的"同在蓝天下"演唱会。七年前,龚琳娜带着故乡亲友的厚望,前去中国著名的音乐学府深造,七年后,她载誉归来,用她甜美的歌声回报父老乡亲的期待。

呢 喃

鸟儿在树梢或在巢里,常常会忘记觅食的艰辛和生存的不易,总是不停地呢喃。而我有时也像鸟儿一样,总爱对着黎明,对着暗夜,对着远方,对着故友独自呢喃。

重读陀思妥耶夫斯基的《白夜》《白痴》《死屋手记》《卡拉马佐夫兄弟》,让陀氏这位精神上的父亲把苦难结成的冰山推向我,砸得我头破血流,让我学会在苦难中去爱。是的,无论是谁,如果忙着的时候应付不了生活,就应该用一只手挡开笼罩自己命运的绝望,同时用另一只手草草记下在废墟中看到的一切。

读帕斯捷尔纳克的《日瓦戈医生》《人与事》,讲述了知识分子在暗夜里一边默默地舔伤口,一边跌跌撞撞地寻找自己光明的故事。

我习惯晚上更深夜静读女性写的书,张爱玲那么年轻,怎么写得出如此黑暗、苍凉、冷漠的故事来? 这位在风衰惨怨、离散丧乱的时代中成长的女子,对人性中非神性的一面保持着冰凉的眼神,她冷冷地注视着她的士大夫家庭由盛而衰,也注视着大上海在矛盾冲突中破碎的城市历史。在乱世的黑暗里没有哪个人不是千疮百孔的;人欲幻灭了,只留下张爱玲凛冽的幽暗的文字。我喜欢感受《倾城之恋》中那在黑暗中伸出手去想握住点什么的愿望。

常常去书店,书店出售的散文,随笔,十有八九是老人写的,二三十岁青年的作品十分少见。旧事掌故,明清两代笔记,几乎成了中国文人的拿手好戏,我认为做文章与做学问不一样,做学问最重要的是见识和勤勉,做文章最重要的是机敏和才气。

我们这一代人虽然生不逢时,但晚年是祥和平静的,我们看见了许多事物,一些人的面孔骤然一亮的场景。但在某种意义上讲我们又是孤独的,回忆像八面狂风,时时来侵袭我们空旷的心灵,但再也没有千树万树梨花开了,在这个意义上讲我们是痛苦的,我们不得不接受衰老,接受白发,接受腿脚的不灵便,精神的年轻与躯体的衰老形成强烈的对比。

对于作家来说,只有创作才能令他满足。你知道二十世纪的中国不是艺术家的温床,即使是天才,也无法置身于中国的"灾难"之外。这里头我想起曹禺,曹禺最好的作品应该是《北京人》,《北京人》里最生动的人物应该是曾文清。曾文清就像笼中的鸟一样,何尝不想飞? 可是,翅膀太重。"飞不动了"这四个字是悲剧的最高境界。历史是无法责怪的,因为历史无法选择。人的局限之于人的成功,就像硬币的两面,我们晚年不得不独自一人面对潮水般的悲情。杜鹃声声,愿你分清是梦还是现实。而人生,终究不像戏剧一样,能由戏剧大师随意调度。那么,无论结局如何,都只好接受它吧。

中国除了人多,就是书多,于是,读书人也多。所以,中国并不缺少知识,缺少的是反思知识的知识。在三千年专制主义的酱缸里,纯熟的中国知识传统渗透到中国人的血液里,知识仅仅成为一种格调,一种情趣,一种摆设,知识应该是自由的屏障,解放的动力。加缪说:"作家是不可能有希望的,不可能为了追求自己宝贵的思想和形象而远离尘器的。"爱默生是个背着十字架的学者和作家。他在黑暗的夜晚举着火炬,是现今这个灵魂萎靡的队伍里的一个执旗人。这是您十几年前给我讲过的故事。

这些年来,你一直持续不断地进行写作,作品颇丰,我想,在情绪上你会感到了一种倦怠,在精神上会感到一种匮乏。我建议你停下来休息一段时间,给自己一种新的体验,给自己一次充电的机会。我建议你换一种方式,换一种体裁来写作,来表达,如写剧本,那将更具有挑战性。

去年四月,中央电视台播出《人间四月天》,我怀着极大的兴趣看完全剧,剧本不错,只可惜演员演得没有深度,很令人失望。我爱徐志摩,他是一位从头到脚都充满浪漫气息的天才诗人,他的一生如同他崇拜的拜伦一样,彻底地奉献给了远在云端的理想。我感到惊奇的是,在二三十年代黑暗的中国,怎么会有这样一个"单纯"信仰的诗人? 在他眼里生命如同山泉,处处有飞沫,处处有闪光,不幸的是错乱的时代与困苦的现实侵蚀着他明朗的心房,生活强迫他长大,他的目光越来越昏暗,笑容越来越稀疏,诗作越来越晦涩,政治压迫,舆论指责,友人背离包围了这位坚持浪漫理想的诗人。"你们不能更多的责备我,我觉得我自己是满头的血水,能不低头已算好的。"是的,他说出了肺腑之言,他一直在寻找真正的"灵魂之伴侣",张幼仪、林徽因、陆小曼有不爱而勉强爱的,有爱而不能爱的,有且爱且不爱的,总之,无论怎样求索,他的爱一再被现实碰得粉碎。浪漫的爱有一个显著的特点,就是这爱永远处在可望不可即的地步,永远存在追求的状态中,一旦接触实际幻想立刻破灭,这是一个无法摆脱的悲剧模式,这也是我相信宿命存在的原因。张爱玲说:"生死契阔,与子相悦,执子之手,与子偕老。"引自诗经,我看这是最悲哀的一首诗。张爱玲走了,带走的只有"苍凉"。从此,"苍凉"将是一个我们挪不动的形容词;从此,都市里的"爱情"该找另一个名词来代替,我们都配不上这两个字。

千年以来乃至今日"禁忌"先在于许多写作者的写作,"禁忌"阉割了写作者的精神和良知。当然,你不可能无视禁忌的存在。但要自觉地挑战一个又一个的禁忌,在挑战禁忌的过程中完成对自由表达的可能性。

托尔斯泰年老的时候,一个美国女作家问他,为什么不写作了? 托尔斯泰回答说:"这是无聊的事,书太多了,如今无论写出什么书来也影响不了世界。即使基督再现,把'福音'拿去复印,太太们也只是拼命想得到他的签名,别无其他……"

有时,我也有这样的想法,看见人们正以可怕的速度写书、编书、策划书,每天都有无数新书涌入市场,转眼间又销声匿迹。但是,我并不盼望你往其中增加一本。

我想,你写作从来就不是为了影响世界,而只是让自己活得有意义,为自己写,给朋友读,对你、对敬爱你的人都是一种鼓舞。

处在社会的转型时期,我最感忧虑的是物质成果与心灵要求之间的尖锐矛盾,人们不顾一切地追求金钱,即使有了世界却失去了心灵。现实主义文化只关心生活的外部形态,忽视内心生活,从而陷入了社会生存情绪激奋而精神贫乏的无序状态。在这个问题上任何否定和不满的背后都有着一种肯定的追求

(人本性深处有一种寻求生存意义的内在冲动)，在一个信仰失落，心灵不安的时代，我深信，你一定能够写出鼓励人们自救的好作品。

我习惯在心里与你交谈，企盼你把开阔的人文视野和精辟的专业知识传授给人。这些年来，为了进行内在的整合，我谢绝了很多的应酬，为的是把新的收获记入日记中，唯有这样，一切感悟，一切外来的印象才能被自我消化，吸收，我也才能成为一个既独立又生长着的系统。

作家是道德家的对立面，他幽默、博爱、编书是在一个包含了多种信息和猜想的系统中的直觉和感悟，在智力的盲点上才有小说的位置。小说期待着哲理，然而它期待哲理的方法不同于哲学，更像禅师讲公案时所用的方法(放弃智力与功利，进入自由与审美的状态)。写小说就如同与老朋友聊天一样，忘记一切功利，倾心、坦诚、悲可哭、怒可骂，可以谈一个很真实的事也可以谈一个很神秘的感觉，可以谈吐文雅，所论玄妙高深也可以俗话连篇尽述凡人琐事。总之，小说的发展，小说的存在应该打破为文、为生的若干规矩。活于斯世，人被太多的规矩折磨得喘不过气来，伪装与隔膜人的神经紧张得要断，我觉得作家应退离已习惯的位置，退离已经烂熟了的心态，试用彻底废话式的聊天，能否在你的笔下产生丰富的意味，当然必须给读者提供看这世界这生命的角度。

对于"伤痕文学""改革文学"之类的概念，我抱怀疑的态度，我不相信可以按任何政治标准来给文学分类，因为真正的文学必定是艺术，而艺术在本质上是非政治的，是难以从政治上加以界定的。

我们曾经有过"突出政治"的年代，那个年代似乎很遥远了，但许多人并未从那个年代里走出来。把生活缩减为政治，这是一种普通的思想方式，苏联和东欧解体以后，人们一定会发现，在任何政治体制下，生活总有政治无法取代的内容。如：陀思妥耶夫斯基的《死屋手记》表明，苦役犯也是在生活而不仅仅是受刑，一切伟大作家的创作都必然突破政治立场的限制。

福克纳称文学是"世界上最孤寂的职业"，任何外界的喧哗对创作都十分不利。生命留给我们的时间不多了，我相信你一定是交际和谈话的节俭者，你十分懂得孕育的神圣。两个世纪前歌德已经抱怨新闻对文学的侵犯"报纸把每个人正在做的或者正在思考的都公之于众，甚至连他的打算也置于众目睽睽之下。"

结果到头来任何事物都无法成熟，每一时刻都被下一时刻所消耗，根本无积累可言。我知道，在这样一个浮躁的时代，文学向新闻蜕变，传媒的宣传和炒作几乎成了文学成就的唯一标准。我深信你是一个好作家，你的创作态度是严肃的，并能保持精神上的自由。

当然交往为人性所必需，但它的分寸却不好掌握。幅斯卡尔说："我们由于交往而形成了精神和感情，但我们也由于交往而败坏着精神和感情。"前一种交往是两人之间的心灵沟通，是"我与你"的相遇，后一种交往如同尼采所形容的是"市场"充满了功利。费洛斯特在一首诗中叹息："林中路分为两段，走上其中一条，把另一条留给了下次，可是再也没有下次了。"

《红楼梦》《水浒传》等大作，是非功过，迄无定论，处在永远未完成中，它的未完成也许比任何完成更接近完美的形态。作家关心名声，是因为名声是一个对于自身人格，才干的肯定，但名声同时有赖于他人的肯定，因此，容易受舆论、时尚、机遇等外界因素支配，同时带来吵闹和麻烦，犹如风景一成名胜游人纷至，人出名也如此。弥尔顿称："名人爱名的爱好为高贵心灵的最后弱点。"我很佩服智者为智者的最后弱点辩护，我深信你看重的是人们的心的点头，而非表面的喝彩。

读完《梵·高传》，他一生穷困潦倒，终致精神失常，在三十七岁时开枪自杀了。论家境，他的家族是当时欧洲最大的画商，几乎控制着欧洲的美术世界，作为一名画家，他有得天独厚的便利条件，完全可以迎合时尚谋利，成为一个富翁。但他说：做艺术家并不意味着卖好价钱，而是要发现一个未被发现的世界。

古罗马哲学家说："自由人以茅屋为居室，奴隶才在大理石和黄金下栖身。"孔子曰："君子居之，何陋之有？"人的肉体需要是很有限的，无非是温饱，超于此的便是奢侈，而人要是奢侈起来却是没有尽头的，这样赚钱便成了人生的唯一目的。淡泊、清醒、诗意才是生活。

时间并不能带走一切，往事使我的心灵有了深度和广度，在芸芸众生中，一个心灵与另一个心灵的相遇总是千载一瞬，分别却是万劫不复。说到底，谁和谁不同是这空心世界里的偶遇。

我活在与他人的交流中，活在对生活的思考与梦想里，这样便有了未来，它"轻轻地走了"，正如它还会"轻轻地来"。

边防散记

——云南边防军

哨所的早晨

天快亮时,我听到三班长在窗外集合队伍:"立正,向右——转!跑步——走!"一阵整齐的脚步声之后,哨所便寂静了。

我起了床,信步走出哨所,战士们早不知到哪里去了,只有小号兵站在山头上,嘟哒嘟哒地练号音。号声在这高高的山头显得特别响亮,山谷、丛林,以及那笼罩着一层薄雾的小河,都被号声唤醒了,发出一片隆隆的回响……

小号兵头上的星星渐渐暗淡了、疲乏了,最后,淹没在蔚蓝色的天海里。不多会,战士们回来了,他们喘着气,脸上挂满了亮晶晶的汗珠,见了我老远就打招呼:"你早呀!记者同志。"接着,几只大手一齐伸了过来。

"小伙子们!早上到什么地方去呀?"我说。

陈二虎从人缝里挤了出来,抢着回答:"你不知道呀?我们上山和兔子赛跑去啦!"他说完,从额上抓下一把汗,使力拧在地上。

"和兔子赛跑?"我看了大家一眼,有些莫明其妙。

战士们笑了,这时陆小炳,——这个参军时多报了一岁的小战士走过来,一本正经地给我解释:"问题是这样的,记者同志。按课程我们今早晨是爬山锻炼,可爬山又怎么和兔子赛跑呢?问题是这样的……"

陈二虎把他一推:"滚你的蛋吧!要说就快说,什么问题是这样,是那样的?"

陆小炳肩头朝陈二虎耸了耸,央求地说:"别闹,别闹!你打什么岔嘛?嗯!问题是这样的,我们爬了半山,兔子还在睡觉呢!我们爬到它面前它才惊醒,调头就往山上跑!我们随后就追。我们跑得可快呢,只差一点就捉住了,后来呀……"

他停了停,咽了口唾沫。"后来怎么样?"我忍不住追问他。

"后来呀!没捉住——兔子超越国境了。"

战士们哄的一声笑来,我也笑了。

接着,我被战士们牵着手,搭着肩,推推拥拥地,回到了哨所。

这时,哨所简直像一锅沸腾的水,战士们又蹦又跳,又唱……你听吧!湖南的花灯、河南的梆子、云南的小调——唱成一片。有的人在刷牙,就用鼻子哼……洗脸的时候,战士们都脱了外衣露出漂亮的运动背心,有苹果绿的,有水月红的,有鸭蛋黄的……背心上扎的字也是五花八门,有人扎"保卫和平",又有人扎"建设边疆"……

不多会,夜班执勤的巡逻部队回来了,他们的眼圈都罩着一个个的黑晕,眼球上布满了细红的血丝。衣服都被夜露浸得湿漉漉的,在黎明的阳光下发散着蒸气。一夜没睡觉,他们的确够疲倦了,然而他们的眼里却闪着愉快的光亮。

战士们已经梳洗完了。有的在浇花,有的在练音,有的在擦枪,有的在喂军犬……

白色的通讯鸽带着清脆的响簧声,不断飞回哨所,这是从各个巡逻区飞回来的。军鸽兵从它们的脚上解下一张张的小纸条,上面写着:

"一夜平安——七班"

"国境无事——九班"

然后哨所报告边防司令部,边防司令部再报告北京——"边疆平安无事"。

早饭后,三班的战士准备去执行日班巡逻任务了。我们走出了哨所,踏着铺在山间温暖的阳光,径直朝国境线走去。山下佤人、拉祜人的寨子里炊烟四起,狗懒散地吠着,鸡大声地唱着。有的人家已经扛着锄头,牵着牛下地了。他们不断挥着手同我们打招呼:

"早啊!大军同志!"

"早啊！乡亲们！"

我们走着，向前走着——边疆新的一天开始了！

向日葵

因为迷了路，一直到深夜我们才到达前哨班。第二天早晨，我发觉这是一个光秃秃的山岭，山上满是青蓝青莹的崖石，而营房就盖在一大块矗入云霄的崖石上。

早晨，白色的岚雾填满了山谷，在崖石半腰紧紧地缠了一条雾带，风一吹来，雾动了，营房似乎也在动。这情景，使人想起神话中坐落在白云深处的凌霄宝殿。

我刚走出门，一排向日葵就跳进我的眼里。金色的轮子被大片大片的绿叶包住，金灿灿的花瓣不住地在风里摆动，就像山下那些披着黄头巾的傣族姑娘，向着东方天真地笑。

"嗬！这向日葵真好！"我不禁赞赏着。

向日葵当中突然有人答道："不错吧？我们以后还要扩大种向日葵的面积哩！"

我扭头一看，原来是班长陈北民。他正用木棍子捆在向日葵的秆子上："得拿木棍撑住些，这山上风大，保不住多会吹断掉！"他拭去手上的泥土朝我走来，忽又回头去叫道："小张行啦！浇浇这边！"

那个叫小张的战士提着水桶从向日葵当中走出来，跺了跺粘在鞋上的泥土，又到那边去浇水了。

我又眯着眼睛看了一会，便对陈北民说："不错呀！满山都是石头，唯独这里有块肥土。在边防哨位栽向日葵，多有诗意！"

陈北民笑笑说："其实都一样，原先这里也是石头。"

"那怎么现在出现有土的地呢？"

陈北民感慨地摆摆头："说来话长……"

他拉着我坐在一块崖石上,给我讲了这样一个故事:春天,连里收到一个从北京寄来的小包裹,里面装着向日葵种子和一封写得歪歪扭扭的信。写信的是一个叫刘萍萍的红领巾,她说这是她和妹妹共同种的向日葵,因为长得好,所以她们决定把收获的种子送给边防军叔叔。

可这包向日葵子该分给哪一个班呢? 说真的,哪一个班都想得到这包种子。我首先对指导员说了:"我们班在全连最前面,山上又没个树木花草,当然应该给我们喽! "

指导员知道我们班住的地方尽是石头,连个栽的地方都没有,所以没答应。最后,我耍赖皮了。我把种子往衣袋里一装,一溜风就跑出了连部。指导员在后面气得直骂:"陈北民! 你要把向日葵栽死了,小心你的脑袋。"

跑出一大截我才笑嘻嘻地回过头来:"指导员,你放心吧! 向日葵保险死不了。"

就这样,我和战士们每天下山巡逻的时候,回去都用麻布袋子装一袋土扛上山来。日子久了,营房门口就出现了一块小小的人造园地。我们小心地把向日葵种下去,每天早上战士们都争着浇水。渐渐地,向日葵发了芽,长了叶,开出金黄色的花朵……

这就是前哨班营房门口那片向日葵的来历。

分别的时刻

新战士已经来到连队了,都是各个工厂、学校、合作社送来的棒小伙子,个个都是虎里虎气的,往那儿一站,就像一株春天的杨树那么结实。复员的老战士都偷偷议论——把边疆交给他们,放得下心吗?

复员的名单是吃下午饭后宣布的。夜晚,连部就挤满了复员的战士,他们来和连长指导员交换照片,请连长指导员在笔记本上题字。

午夜,我披了件大衣同连长一齐到山头上去查哨。月亮光像白色的绸子紧紧地裹着群山。我们沿着蜿蜒的山路一直爬到哨位上。高原的夜风一阵一阵地吹来,凉飕飕地直往人的骨缝里钻。连长走到哨兵面前,低声问道:"冷吧?"

"不冷!"

听声音,我知这哨兵是老战士吴中明。下午宣布的复员名单里,就有他的名字。

"有什么情况没有?"连长又问。

"九号监视区的树林里刚才发现火光。"

连长顺着他指的方向看丁看,然后把望远镜举起来仔细观察。看一阵,他把望远镜递给我:"你看看。"

月光下,望远镜里出现一些远山尖齿形的轮廓和近山灰蒙蒙的暗影,其他什么也看不见。

连长把望远镜收起来,叮嘱道:"看不清楚,好好监视,把情况交给下一班!"

"是!"哨兵立正回答。

过了一阵连长突然地问道:"你怎么了,同志?"

"不! 连长,我不怎么?"吴中明含含糊糊地答道。

"你病了?"

"不! 我没病!"

"那你干吗流泪? 同志,我们是军人哪!"

这时我才发觉吴中明的脸上挂着两颗眼泪。

"我……连长,这是我最后一次站岗了……我舍不得边疆……舍不得同志们……我……"吴申明没有说完,眼里的泪珠便一颗接一颗地流了下来。

沉默了一会,吴中明指着身后一片灯火的村落说:"我们挺进边疆时,那里是土匪陈二山的司令部,现在成了玉猛农场的场部,我们来时还刀耕火种的伕佤人,现在成立了合作社……连长,我们一道在这里打过仗、流过血,我……"下面的话被哽咽淹没了。

"同志啊……"连长拍着吴中明的肩膀,轻轻地唤了一声。我看见他掏出手绢,擦着眼睛。

第二天,吴中明和将要复员的二十多个战士咕噜了一阵,便分成四个组,有的人去帮助炊事班大扫除,有的人抬土去填平篮球场上的坑,有的去帮助各班把摇动的桌椅修理好,有的则到林子里去采马尾松种子。

傍晚，二十多个复员军人自动集合起来，到山前山后去种马尾松。我走到吴中明身旁说："老吴！种这干什么嘛？明天就要走了，你该歇歇了。树嘛！可以等留下的同志有空来种。"

"唔！那不同呀，记者同志。正因为明天要走了，才抓紧时间给边疆留点儿纪念……"

我又说："同志，你们这几年成天在边疆巡逻放哨，风里来，雨里去，难道给边疆留下的纪念还少吗？"

他用手朝我一挥，好像要把我的话抹掉似的："唉哟哟！那算得什么？战士嘛！就是应该尽战士的责任。噫——！"他感慨地长嘘了一声："边疆哪，边疆……"他又弯下腰去，默默地举起鹤嘴锄挖着，又默默地播下马尾松的种子。

分别的时刻毕竟到了！留下的战士把复员的战友们的背包捆在战马上，炊事班给他们蒸好了大个大个的馒头当干粮。全连敲锣打鼓地欢送。

复员的战士们依依不舍地走出哨所，有的摘几片哨所的树叶夹在笔记本里，有的拾几粒雪亮的马牙石装在袋里；吴中明却在漱口缸里移植了一株小树。他紧紧地握了握我的手："记者同志，有机会到我们河南去的话，一定到我们叶县去玩，我拿这棵椰子树上结的椰子招待你。"

我看了看他漱口缸内那株拇指粗的树秧子，拍着他的肩头笑了："一定来，一定来。"

复员的战士们，摸着路旁的草，望着身后的哨所，以及山下那些被风儿吹得摇曳的禾苗，迟迟不肯离去。

突然，我觉得有什么东西糊住了眼睛，我用手一揉——几滴亮晶晶的热泪落在我的食指上。浑圆的泪珠里，辉映着一张激动的脸和抖动的嘴唇。啊！再见啦！年轻的战友们，我深信在建设祖国的战斗中，战士的坚强意志会给你们创造更大的荣誉。我站在边疆的群山上，高声祝福你们——"一路平安！"

附：在编辑这部"近作选"时，不经意从旧书箱底发现几篇六十年前在云南边防部队写的旧稿，概慨万端，选了一片附上，以怀念六十年来的进退和变迁。

笔底烟霞初聚形

——谈孙淑静的散文创作

我总觉得,散文这劳什子,表面看它比小说、诗歌容易写,实际它比任何文体都难写。它是文学中的文学,一个文人或作家,对散文不可不写,但不要多写,更不可专写,因为它要支付的激情成本太高,有可能十几篇或几十篇就要将你的心灵库存掏空。它属于"有心栽花花不发,无心插柳柳成荫"范畴。

贵州散文创作最热闹的地区是黔西南,那里有上百位散文作者,并形成了老、中、青连接的梯级群落。三年前,我曾参加编选过一部四十余万字的《黔西南散文选》,为八十多位作者的一百四十余篇作品作过点评,但女作者的作品只有寥寥几篇,这部篇幅宏博的散文选,多少给人留有豪放有余而婉约不足的遗憾。

不久前,黔西南的一位文学新人孙淑静女士把她即将出版的散文集《痕道记香》的打印稿带给我,请我写点意见。小孙是我一年多前认识的,那时她才开始学习写作不久,我看过她的几篇初作,虽然技巧并不熟练,但文笔却很清丽,我们交谈了一些散文写作的要领,并对她的初作作了一番评述。以后,听黔西南的朋友讲,她在读书和写作上都很勤奋,并零星在报刊上发表了一些作品。不意她最近竟然送来这部十多万字的散文集,实在令我又惊又喜。

小孙是搞人事工作的,学写散文完全是业余爱好,还没有染上圈内常见的油腔滑调和矫揉造作的毛病,所以其文显得质朴清纯,极少雕琢痕迹。

认真展读之后,我觉得这部散文集的风格并不统一,全书分为四辑,前边的七八万字,约三十来篇,是旅游"新马泰"和港澳后写的游记。这些文章基本上是见山说山、见水说水，直观地被景物牵着前行，缺乏个性和空灵，更没有从所见所闻中提炼出生活哲理与人生思考。

用这样苛刻的尺度去要求初入文苑的孙淑静是不公正的，我只是想借此提醒小孙，好的散文要拒绝平庸，要远离直露，把景物写得"惟妙惟肖"和"栩栩如生"未必就是高手，一万个诗人眼中有一万座黄山，只有把景物浸润过你的情感，并通过你独具的视角显示出来，才会使人感动。

其实，这几十篇游记中，也有极可贵的地方，那就是文笔的流畅，叙述的简洁，许多景点，介绍得很详尽也很专业，连我这个曾多次去过上述地区的人都获得了当初游历时并不清楚的知识。有的篇章还写得很优美，如《云顶的传说》《我和大海有个约会》《香港之夜》等等。

也许就是这七八万字的磨砺，使孙淑静在以后的创作中熔铸出许多精美的篇章，由于个性的突出和优雅的叙述，文中箴言警句频出，哲理成分配比恰当，因此，其作品初步形成黔西南女性散文的一家之言。

这部散文集后半部的三四十篇短文，主题十分宽泛也十分时尚，谈人生、谈理想、谈婚姻、谈爱情的成功与失败，有的篇章是蘸血带泪的记录，浓郁的激情充满女性特有的敏感和睿智，如《一只鞋的故事》，让我沉思良久。

全篇没一点浮夸和造势，娓娓而叙的仿佛是他人的经历，但文中的寓意既深不可测又清澈见底，使那些在人生旅途上坏掉或丢掉"一只鞋"的人读后绝不可能不为之动容。这样的散文太"个性化"了，它不可能成批生产，任何一个展示自己心灵创痛的作家都没有恁多眼泪从春流到夏，从秋流到冬。

孙淑静还有一些散文充满了机敏和诗意，有些段落甚至可以单独抽出来作为一部分人的人生启示录看待。如《找个理由安慰自己》中有这样的句子："人生最大的苦恼不在于拥有太少，而在于自己期望太高，别去想你没有什么，好好看看你有些什么。"

孙淑静的散文中有许多聪明的比喻，读后让人忍俊不禁，它增加了作品中幽默和调侃的意味，容易给读者(特别是中青年读者)留下温馨和亲切的感觉。当今散文界流行"小女人散文"，其特点是"小、闲、娇、俗"，小:小事小情小感受;闲:闲情逸致;娇:小虚荣小撒娇小牢骚;俗:庸俗流俗媚俗。有位诗人说孙淑静是贵州

"小女人散文"的追寻者,虽然这个群体的散文也没有什么不好,它毕竟是散文百花园中的一个品种,且有广大读者,但孙淑静的散文的确不能列入"小女子散文"范畴,因为她的作品中有庄严、有崇高、有诗意,也有真情。

小孙生长在黔西南的崇山峻岭中,大山的伟岸和盘江的奔放,给她的散文增添了质朴的底色,她有自己的追求也有自己的路径。我期望于她的是不要急于求成,可以写写停停、又停停写写,多读书,多比较,保持良好的竞技状态。孙淑静的开局不错,笔底烟霞初聚形,假以时日,相信她定能写出更多的好作品来。

足知缘分在云山

——《岁月遗痕》序

宋代诗人吕南公曾写过两句七言诗："更使襟灵憎市井,足知缘分在云山。"襟灵就是胸怀,人们的相知相聚和相识,是有特定条件的,这条件就是缘分。如果没有缘分,即使心性相近的人也会失之交臂。

我知晓葛美佳女士,也是在一个极为偶然的场合。那天,贵州教育出版社资深编辑梁茂林兄和我在一次宴会中相遇,他谈到赫章县有一位女干部,三十年来除了兢兢业业地工作外,还坚持业余写作,诗歌、散文、通讯、小说、论文都在写,这些作品的信息量很大,作者挑选了部分文稿编为一册,取名《岁月遗痕》,准备最近出版。茂林说打印稿正好带在身边,请我读一读,并为此书写篇小序。

对于茂林兄交办的事我是不能推辞的,但我对葛美佳女士素昧平生,不知从何说起。但当我翻开文稿,发现葛女士是赫章人,而且,书中写的大都是赫章的人和事,这就激发了我关注这部文稿的热情。原因很简单,赫章和我有缘:十多年前,赫章的几位文学青年自费合办了一份油印刊物,名叫《驼铃》,发表诗歌、散文和文学评论,很有特色。他们每期都寄几本给我,我又把这本来自夜郎故土的小册子推荐给省委宣传部领导和中国作协副主席冯牧同志。冯牧同志读后颇为赞赏,认为《驼铃》上的文章很有潜质,像山野的刺梨花。我当即把冯牧同志的观感转达给《驼铃》的主编陆有斌和李文均(两人后来都成为黔西北极有影响的作家)。后来,赫章出了一个全国闻名的税务干部,名叫陈德钺,他多次面对抗税者的刀尖和枪口而不退缩,他的至亲请求减免一些税款,连妻子也出面求情,但他宁愿自己掏钱代交也不减免。最后,老陈在抗洪中牺牲在野马川河。老陈的英雄事迹震动了全国,为了写老陈的报告文学,我走遍了他在赫章工作过的若干个乡镇,并随电视台记者沿野马川河访问了熟悉老陈的许多群众和干部,使我不但对陈德钺,而且,对赫章人和赫章的风光山色都产生了一种极为亲切的情感。因此,拿到葛美佳的《岁月遗痕》,发现其中写的许多地点我当年都曾留下过足迹,于是,便利用春节几天假期,逐字逐句把这部书稿读完,给我留下非常深刻的印象。

严格来讲,整部书稿并不算成熟,但可贵的是你随处都可发现作者在追逐成熟,字里行间流露的真诚、热情、质朴,会给你留下一种如对山泉,如坐清风的感觉。

先从文本层面来讲,虽然把诗、散文、通讯、论文合编为一册,会多少给人带来杂乱的感觉,但同时也可从中看出作者具有的几副笔墨和多方面的追求。《岁月遗痕》中的有些篇章是可以和名篇手笔比美的,如散文《高原明珠》就写得十分优美感人,试举其中一段:

"春天来临,黑颈鹤就要返航,返航的情景既壮观又感人,它们成群结队飞临草海上空,在头鹤的率领下,引颈长鸣,鸣声高昂,久久不停。边鸣边绕着草海和栖息过的树林盘旋,既表达离别之意,又流露依依不舍之情。让人看了感慨万千:鸟对生存之地如此依念爱怜,而人却在破坏自己的生存之地,岂不羞惭。

经过两天两夜的盘旋,黑颈鹤结束告别仪式,除留下少数留守者作下一次越冬准备外,即挥师向东开始它义无反顾的远征。"

这是我读到的有关草海黑颈鹤的最壮美的文字,作者不是采取静态的叙述,而是选取动态的描绘,所以能给人留下较深的印象。

另一篇散文《夜郎当自大》,虽然文字还可再简洁一些,但持论却十分新颖。"夜郎自大"是多年来外人强加在黔人头上的一个贬义成语,其含意与"蚂蚁缘槐夸大国"相当。作者却用一系列的史证来说明夜郎是有自大的实力的,首先是疆域,战国时夜郎曾拥有今贵州四分之三、云南四分之一、广西西北、四川宜宾以南地区,比战国七雄中的韩、魏、赵等国各自的版图都大,所以司马迁在《史记·西南夷列传》中才说"西南夷君长以什数,夜郎最大。"作者最后说:"发出'汉与夜郎䢽大'的疑问不足为怪,且这种疑问是以清楚自己当时的实力为背景的,应理解为是一种自尊、自信、自强的表现,是过去、现在和未来都需要的一种振奋的民族精神。"

总之,从文本层面检索,《岁月遗痕》还有很多值得阅读、值得记取,甚至是值得保留的篇章。从社会层面评阅,作者在后记中说:"我的文稿时间跨度从一九七二～二〇〇四年,历经三十余年。"这三十多年,恰是我们共和国从黑暗走向光明,由穷困走向小康,从大乱走向大治的岁月。社会的更迭,观念的创新,制度的破立,经济的转型,其艰辛和激烈的程度,并不亚于一九四九年那一场翻天覆地的变革,因此要了解这一时期的社会形态,是要从多层面去获取的。

《岁月遗痕》中的一些报道和论文,就明显地带有往昔岁月的色彩,如一些关于司法理念的阐述,就是以传统法为基础的,它的不足是观念不够时尚;它的价值在于保存了那个时代的原生观念,它具有的档案性使我们能够鉴昔而知今,它是意识形态领域"生物链"中的一个不应缺少的环节。也许,这就是贵州教育出版社出版《岁月遗痕》的重要原因吧!

大爱是永恒的别名

——序《泪花光芒万丈》

> 让死者有不朽的名
> 让生者有不朽的爱

这是圣哲泰戈尔的诗句,也是我等想说而又未能说出的心语。

古往今来,滚滚红尘,生和死的方程式既简单又神秘,它像无形的火焰,又像有形的山岳,人们在跨越它时,总会把自己的足印和身影留存下来,有的凌乱,有的整齐,有的明晰,有的模糊,因此,在创深痛剧的大灾难面前,几乎没有人能够置身世外。

二〇〇八年五月十二日十四点二十八分,四川汶川发生8.0级地震,灾区人民的生命财产受到巨大损失。斯时也,总理火速飞临前线,军警兼程赶赴灾区。上下同心,解民倒悬之苦,争分夺秒,救人首当其冲。仁爱如甘霖普降,义举似春笋频生。

抗震救灾中,可大歌、可大泣、可大钦、可大敬的事迹举不胜举,人们痛之难弥,泪之难尽,悲之难解,言之难明,只有为诗。中国本来就是诗歌大国,不以诗表达何以安心?各地纸质媒体和电台网络,在这一时间刊载和播发的诗篇成千上万。

多彩贵州博友会是一些喜爱博客文化的热血志士为唱响贵州、服务社会而建立的团体。成员中有多位作家和诗人，他们有眼力，有爱心，有社会责任感。地震发生几天之后，他们就在网上发出征集抗震救灾诗歌的征稿启事。短时期内，应征诗稿从全国各地雪片般飞来，他们迅速将部分诗稿编辑出版，书名甚有新意《泪花光芒万丈》。

泪花平凡至极，人人有，家家有，天天有，处处有，然而此泪花非彼泪花，这里说的是民族大义的泪花，是仁爱精神的泪花，是高风亮节的泪花，是党心军心民心高度融合的泪花，它的光芒，必将铭刻在中华民族的发展史上。从这个角度看，《泪花光芒万丈》还具有珍贵的档案价值和深远意义。

泪花是神奇的黏合剂，它能把人的凝聚力成倍增加，正如回声会把一句话增加成无数句话一样。

从诗的艺术技巧来看，有些作品可斟酌的地方尚多，然而，从真实、真诚、真切、真率、真情的角度欣赏，此诗集中的"五真"现象对于中国诗歌的新诗发展将起到推助作用。这种诗的含金量也将远远超过许多闭门生造的"诗歌"，它为新诗注入了宝贵的新鲜血液，将对中国的新诗产生一定的影响。

我相信，不，我深信，这本《泪花光芒万丈》不但在当今，而且在未来的岁月里，它的光芒一定会在若干人的心中留存。

因为真正的爱是不会被遗忘的，大爱是永恒的别名！

从生活底层挖宝

——读徐柏林小说集《大山风流》

在贵州中年作家群中，徐柏林一直是以散文创作成就突出而给读者留下良好印象的。近十多年来，他在省内外报刊上，发表的散文不下百篇，出版的散文集有《滂沱时分》和《柏林散文选》，现在出版的《大山风流》，是柏林的第一部小说集。

《大山风流》收录了柏林近些年创作的六篇短篇小说和一部中篇小说。阅读后，觉得作者的小说题材较为宽泛，既写农村、又写城市，既写官场百态，又写教坛形色，举凡社会奇闻、旅途偶遇，柏林都涉笔成趣。可以看出柏林具有相当厚实的生活底蕴和相应匹配的文字功力，才使这些篇幅不长的小说具有一定的艺术感染力。

这部小说集中的主打作品是《大山风流》，这篇小说曾荣获中科院举办的"当代文学全国大奖赛"二等奖。小说描写的是山区发生的一个抬错花轿选对郎的故事，应该说在结构和取材上都并不新颖，但居然被柏林烹炒出与众不同的风味。首先大悬念套小悬念，情节没有随意从人们猜测的线路前进。其次语言流畅，地方特色浓郁，而且把作品中的"阴差阳错"演绎得入情入理，使读者能沉溺在这个既悲喜交加又妙趣横生的小喜剧里，而无心去苛求作品在时代背景和人物性格方向存在的一些瑕疵。

有的评论认为《大山风流》中有的人物对话过于方言化，难以被一般读者理解。在小说作品中，方言的运用可以增加地方特色、时代感和人物性格特征，但方言的运用也要有一个"底线",那就是要最大限度地保证不给读者增加阅读障碍。虽然作品在整体并未超出"底线",但个别地方确有故弄方言邯郸学步的倾向。

然而当我再读柏林写城市生活的《桃妖》,竟然觉得无论是人物语言还是叙述语言都为之一变,简直看不到描写农村生活题材作品中偶尔留下的生涩感,可能《桃妖》中的人物和环境与柏林更为接近。小说中的主要人物是县文化局长和文化局的女秘书娜娜以及画家林青,小说中的局长是那种作威作福而又不学无术的基层官僚,画家则是正直勤奋多少有点呆头呆脑的艺术追求者,这些人物并无新意。然而局长的情妇娜娜却写得颇有特色,她看不起局长,经常冷嘲热讽甚至对他恶作剧,但又要依附局长的权势以保自己的生存,她对画家情有好感多方保护,最后画家升任副局长亦可看出她在运用自己的条件所作的努力。这是一个轻浮、妖冶而又未泯正义感的女性,可悲、可叹、可爱在她身上同时有所展露,应该说,这是柏林作品中具有一定性格特征的人物形象。

柏林的小说很注意叙述节奏,集子中的《连理枝》两个陌生男人在车厢中的那一段数千字的交谈,情境交融,徐疾有致,对话与描述,近景与远景,都有精心的配搭,特别是结尾的那一个梦,实在富有匠心。在小说集中,带有自身生活色彩的作品是《崖庐》,那位身居"漏"室,到处受气的中学教员林前,后来虽然调任县报编辑,甚至升为文化局副局长,但由于为人正直善良不会交游攀附,所以多年来一直住在那套又阴又湿又黑又臭,厕所水管的漏水顺墙而下的"崖庐"中,并患上了严重的风湿病,原定分给他的房子被熊主任扣留分给他的司机老陶了。后来因车祸老陶死了熊主任提前退休了,林前换房的事更无人过问了。

生活中的柏林也和林前相似,性格纯厚、不善官辞、衣着简朴、极少张扬,他虽然身为区文联主席,但居住条件极差而且家庭负担最重,但我却极少听到柏林的怨言,只见他默默地编杂志,默默地写作。并把他所在地区的文学创作活动开展得颇为热烈。柏林的这些品质,我大都看在眼里,天长日久,便产生一种想为他做点什么的念头。最近,他把这部小说稿交给我,说我为他张罗出版并为小说集写一篇短序,我欣然应命。

读完柏林的小说集,使我对他有了进一步的认识,柏林的辛勤笔耕和对本职工作的敬业精神以及对他酷爱的文学事业的不懈追求,都给我留下深刻的印象。

天赋、勤奋、气质、学识、感悟生活的能力和独特的表达方式,是作为一个合格作家应努力具备的素养。我高兴地看到,柏林对这一切不但已经大有领悟,而且已经在创作实践中奋力追索。语云"夫有其志必成其事",因此可以相信,柏林还会写出更多的好作品来。

献给《杜鹃花》的杜鹃花

杜鹃花是山野的骄傲,热烈而又深情;

杜鹃花是花簇中的伟男子,慷慨而又豪爽。

它把幽静安适的林园让给了梅杏桃李,它把沃土流膏的花圃让给了芍药牡丹,在塘边湖畔罕见它的踪迹,在明窗净几的花盂之中也难觅它的身影,温柔富贵之乡不是它的居所,雨暴风狂的山野才是它的领地。

大海的颜色有红的、有黄的,还有黑的,但人们总爱说大海是蓝色的,因为蓝是大海的主色调。杜鹃花的颜色有黄的,有白的,还有紫的,但人们记忆中的杜鹃花却是红色的,说它流光溢彩,如霞如火,于是才给它取了个别名——映山红。

星星点点,娇红嫩绿与杜鹃是无缘的,它的气势象一位大将军,率领千军万马在山野展开了攻城夺地的征战,直到用它的火焰点燃了漫山遍野,才善罢甘休……

杜鹃花具有火的心肠,火的肝胆,火的秉性,火的外形,仿佛直接从太阳那里承受了火的洗礼,才给大地增添无数火的画幅。

站在杜鹃的花团锦簇中,我常常思绪如泉,我在寻找一种精神、一种哲理:这餐风露宿而不怨,甘居荒野而自乐的杜鹃花,它向大地索取的甚少甚少,它向人们贡纳的却甚多甚多。它多么像我们生活中的一些人,而我们生活中的一些人,又多么像杜鹃花啊!

可以肯定,时代的春风春雨,将会使杜鹃花更加繁茂,而在繁茂的杜鹃花前,将是一个蜂闹蝶舞,百鸟竞喧的世界。

我愿把诚挚的祝辞,比作一束小小的杜鹃花,献在即将盛开的《杜鹃花》的面前!

(本文是为文学杂志《杜鹃花》写的发刊词)

后记三则

《销魂集》后记

这本集子中所选的五十篇散文,是近几年在报刊上发表过的。

当我重新来翻阅这些文稿时,心中总是萦绕着泰戈尔的一段祷词:"主啊!我虽然胼手胝足,日夜操劳,但我献给您的贡果依然又小又涩,在别人丰硕的奉献面前,我实在羞愧难当……"

有一位诗人说过:"让过去成为过去了的过去……"这话虽然有点像绕口令,但却反映人们对逝去的岁月无可奈何,连孔夫子也只好站在水边感叹:逝者如斯夫!

在生活里,人的许多东西都是掺杂在一起的:深刻与浅薄;高雅与低俗;忠诚与虚伪;欢乐与悲哀……难怪先哲们说:人之不同,一如其面。

那么文章呢? 文,真的能如其人吗?

我曾经写过这样的诗句:

虽然我的心像龟裂的土地,
杏花春雨却夜夜进入我的梦里。
人,是复杂的,文,想必也是如此。

在万钟齐鸣的日子里,我的钟是最小最小的,然而这只小钟,不论在朝霞满天的早晨,还是在风雨如磐的暗夜,它总是诚挚地鸣响着,用它微弱的音流,汇入时代的长河大江之中……

《鹰的故乡》后记

有一位学者断言：十年之后，中国将出现大片的文化沙漠。

这绝非危言耸听。当商品经济的狂飙势如破竹地席卷这片国土时，古老文化的藩篱便东倒西歪，难以招架——诗歌门庭冷落；散文无人问津；小说印数锐减；戏剧成了弃妇。昔日的尊贵，不得不让给黄色的通俗小说和准色情的电视录像，至于儿童文学，人们几乎已将它忘记。

一个有趣的现象：人们把中国当代的儿童奉为小太阳、小皇帝，家长们为孩子们买牛奶蛋糕，买人参蜂王浆，却很少想到为孩子们选择书籍。不过，话又说回来，当今适合各种年龄层次儿童读的书也实在少得可怜。原因很简单，作家们写这类书出力不讨好；出版社印这类书常常赔大本，于是，只好委屈小太阳们把更多的时光用去陪伴"变形金刚"和电子游戏机。

据报纸透露，不少地方童工、童农、童商剧增，有的省份中小学生流失率已经接近三分之一的危机线，如无良策及时纠正，那么大片文化沙漠的形成，恐怕要不了十年。

贵州人民出版社的编辑同志有感于此，决定尽自己的力量出版一些儿童文学作品，虽然只是杯水车薪，但也算是尽一份心意。这样，《鹰的故乡》才有机会与读者见面。

笔者少年时代曾在云南边防部队做文化工作，我所在的部队就驻守在阿佤山附近，我曾多次进入阿佤山腹地，结识了许多阿佤族的朋友，他们给我留下了深刻的印象。

三十年后，为了写这本小书，我又重访阿佤山，许多往事，重新回到眼前。

这本小书在艺术上虽然还很粗陋，但我在写作时态度却是认真的，因为我曾经以一个少年战士的身份，参与过书中所记述的那一段充满血与火的生活。

《往事如烟》后记

在诗的驿道上，我从少年时代就开始了艰难的跋涉，有过苦恼，也有过欢乐。

三十年来，虽然出版了几本被称为诗的小册子，但要问我什么是诗，我依然张口结舌无以为对。

一千个人心中，有一千种关于诗的答案。

世界上最难讲清楚的东西，恐怕是诗。也许，这正是诗最具诱惑力的原因。

诗是青年人的宠儿，当代的大诗人们几乎都是在三十岁前建成自己的大厦的。旧诗反映生活，由于横着韵律的隔热层，加之形式和句法可以袭故蹈常，所以常有写到七八十岁还不辍笔者，且有越老越精之势，"六十年间诗万首"的陆游便是一例。而新诗要求诗心与生活同步燃烧，形式的变化也较大，所以中年以后有成就的诗人就很稀少了。

年轻时，我常常见人就请教诗应该怎么写；年齿稍长，我才领悟，不能轻信理论家们的告诫——诗应该这样写那样写。

诗讲究我行我素，极而言之，即使生出来的是诗的畸形儿，但毕竟是自己的亲骨血。何况诗还可以修改整容，不像胎儿那样"一锤定音"。

只要心中有一个不冻的港湾，诗情的快舟总会前来下锚。

要写诗就要把心窗全部打开，就要把天地万物作一番诗的改造。让浓艳的盛夏扶着伛偻的严冬，让凄清的冷泪结识甜蜜的微笑……

收集在这本集子里的，大都是旧作，现在看来，免有隔膜之感，但它却是那些特定年代的人的心声。

未来是五彩缤纷的，现在是切近清晰的，过去则是遥远朦胧的，于是，我把书名题为《往事如烟》……

杂文的春天和春天的杂文

人们对于杂文的解释,常常是横看成岭侧成峰,远近高低各不同。虽然中国杂文自鲁迅以后,已成为一种具有众多读者和众多作者的文体,但中国的文体著作中没有哪一部给过杂文准确定位,在中国分类文学史中,也没有一部一以贯之的杂文发展史。

一些年轻人有一种误解,认为只是到了现代,自从出了鲁迅以后,中国才有杂文这种形式,甚至连一些大学教科书,都持此说。例如由樊德三主编、东北师大出版社出版的高校教材《文学概论》一百三十四页写道:"第一个使用'杂文'这个名称并使它成为一种有影响的文体的则是鲁迅。"此后,以讹传讹,沿用此说的著述还有好几部,于是三人成虎,几成定论。

其实杂文这种形式古已有之,战国时代,诸子百家的著述中便有不少杂文,如庄子的《逍遥游》、荀子的《劝学》、韩非的《说难》都具备了杂文的特征。而"第一个使用'杂文'这个名称"的人,则是比鲁迅约早一千四百年的文艺理论家刘勰。他在《文心雕龙》一书中专门写了题名"杂文"的一章。刘勰说:"详夫汉来杂文,名号多品。"可见自秦汉以降,人们对杂文的认识就很不一致。刘勰总结了前人创作杂文的情况,并将秦汉前后的杂文分为三类,以宋玉的《答楚王问》、枚乘的《七发》、扬雄的《连珠》为最早的代表作,但事实上,早在先秦散文兴起的时候,杂文就随之出现了。嗣后,杂文有了新的发展,如唐代韩愈的《原毁》《杂说》,柳宗元的《桐叶封弟辩》,皮日休、陆龟蒙、罗隐等的大量篇章,明代刘基的《卖柑者言》等,都是有名的代表作品。

如果说鲁迅是开创一代杂文新风的大家则可,说鲁迅是第一个使用"杂

140

文"这个名称的人就是信口雌黄了。鲁迅在风沙扑面、虎狼成群的时候，把杂文当成了"匕首和投枪"，和读者一同杀出了一条生存的血路，大大丰富了杂文的内容，也把杂文这种形式拓展到前无古人的高度，从而建立起中国现代杂文的辉煌体系。

杂文作为文艺性的社会论文，它短小精悍，不拘一格，嬉笑怒骂，皆成文章。解放以后发展迅速，成为"团结人民，教育人民，打击敌人的有力武器"。当代杂文不但读者广泛，而且作者众多，其中有大量的业余作者和习作者，这是杂文进一步繁荣发展的可靠保证。

解放初期，贵州的杂文创作算不得繁盛。由于杂文总是要对历史和现实说三道四，因此，在往昔岁月最易被人对号入座，所以五十年代的一批杂文作者差不多都以文罹祸。直到十一届三中全会以后，贵州杂文的春天才姗姗来临。但当时可以发表杂文的报刊很有限，一九八〇年初，《贵阳晚报》创刊，主编杨德政热爱杂文，本人也是杂文高手，遂确定《贵阳晚报》四个版，每天每版都应刊发一篇杂文，一个月要发一百多篇，用稿量十分巨大。由于当时正处在拨乱反正和改革开放两个大语境中，随手拈来都是杂文题目，春天到了百花自然盛开，一时间仅贵阳地区就涌现了数十位杂文作者，其中较有成就的有刘学洙、高宗文、朱曦、陈耀卿、秦一丁、彭石麟、罗大胜、管远祚、漆春生、颖农、辰雨、龙炘成、李双璧、张劲、袁远、李世同、李钟伟、刘子雄等，这是贵州杂文创作的鼎盛时期。

随着岁月的流逝，这个崛起于八十年代初的贵州杂文作家群在逐渐缩小，有的担任了行政职务，有的沉溺于学术研究，有的问津于商海，有的驾鹤西归……二十年来，真正坚持杂文创作而又成绩斐然者实在屈指可数，而刘子雄便是其中的一个。

人们常说文如其人，但此话在子雄身上，却难以应合。子雄为人诚挚厚重，言词平实，一副忠厚长者模样，但观其文，才发现汪洋恣肆，机敏过人，或谈天说地，或针砭时弊，均涉笔成趣。子雄的杂文不能说每篇都好，但可以说每篇都有感而发，绝少空发议论或无病呻吟。

子雄对于杂文有着独到见解，他说："杂，是内容杂形式杂，思想不能杂；文，是文学或文采，是表现主题的要求。杂与文二者依存，神形共生才是杂文。"（《杂

文的不杂与太杂》)

子雄的职业是教师,所以这本杂文集中关于教育的杂文有二十多篇。子雄还善于在杂文中撒布哲理的诗情,使杂文从金刚怒目和唇枪舌剑的单极模式走向多元语型。子雄很赞美教师的讲台:"没有主席台样的威风,也没有主席台上座次的讲究,甚至连椅子也没有一张,但是它庄重,肃穆,因为它面对的是未来。"(《教师节思絮》)在子雄笔下,讲台已经拟人化了,它化作教魂师魄整体中的一个有机部分。子雄在《清道夫的自白》一文中说道:"写杂文是一种收支不平衡的行当。"我问子雄:"既然收支不平衡,你为什么还在不断写呢?"子雄苦笑着回答:"街道脏了,总得有人扫嘛……"子雄对杂文,始终不肯吐一个"爱"字,但观其行又对杂文情有独钟,几年前,他还与李钟伟兄奔走呼号,伙同贵州的一群"杂哥"成立了"贵州省杂文学会","杂哥"们推举钟伟为会长,子雄为秘书长。之后,他和钟伟费尽心机,在有关部门的支持下,编了厚厚的一本《贵州杂文集》。子雄付出的辛劳,"杂哥"们是看在眼里,记在心里的。

子雄从小从军,曾参加过抗美援朝战争,复员回乡考上大学,毕业后就一直担任教师,所以这本集子中,有关教育的杂文既有现场感,又有针对性,是整个乐曲中的华彩乐段。

子雄和钟伟为"杂哥"们到处奔走呼号,还在省内五家报纸上要到了杂文专版,不但为贵州的"杂哥"们找到几块用武的园地,连国内许多杂文高手也纷纷把他们的大作寄来贵州发表。

子雄常年为人作嫁,但却忘了自己,多年来他发表了大量杂文,在"杂哥"们的催促下,他才编了这本《清道夫的自白》。

岁月静静流逝,颅顶悄悄染霜,摩挲着长长短短的几百篇杂文,可能每一篇背后都映着一个难眠的夜。谁知"盘中"餐,粒粒皆辛苦,戞戞乎难哉!子雄兄,春意正浓,请多多保重!

《邓小平之歌》后记

我们生活在一个需要巨人的时代，我们也生活在一个出现巨人的时代。

不出毛泽东，

中国仍将在黑暗中摸索；

没有邓小平，

中国仍将在贫困中蹉跎。

当我在这部长诗的构思阶段不经意地写下这四句诗时，我才猛然领悟到"毛泽东和邓小平是照耀中国二十世纪的双子星座"，这虽然只是一个比喻，我却把它视为整部长诗的脊柱和光源。

关于毛泽东，人们奉献的颂歌已经够多了，关于邓小平，虽然已经有一些影视作品和社科著述颂扬了他的丰功伟绩，但作为文学作品中的诗歌，特别是大型政治抒情诗，在国内并不多见。

我曾是刘邓麾下的一名小兵，我的少年时代是在军号声中度过的，小平同志不但是共和国繁荣昌盛的总设计师，也是我当年的老政委，两重身份、两种形象，在我心中出现了极为亲切的交汇，从而产生了一种难以抑制的创作冲动。当我把这种冲动告诉从我少年时代起就关怀我扶持我的恩师、中国作协副主席冯牧时，他也非常激动，鼓励我全力以赴去创作一部歌颂邓小平的大型英雄史诗，诗名就叫《邓小平之歌》。

本诗得到中共贵州省委领导同志的若干具体帮助，例如中共贵州省委常委、贵阳市委原书记李万禄同志听我朗诵了长诗序曲后，热泪盈眶，当即表示贵阳市委要全力支持我完成这部作品。

写作过程中,冯牧同志不断询问并一再告诫我:政治抒情诗很讲究"我行我素",要放开手写,到处征求意见可能会生出"混血儿"。这提示,给了我很大启发。

一九九四年二十二日,欣逢小平同志九十华诞,六千三百行的《邓小平之歌》正好脱稿。《贵阳晚报》以中国报纸从未有过的范例,用十个整版刊登了这部长诗。同一天贵阳电视台以"诗电视"的形式播映了长诗序曲,稍后,贵阳人民广播电台和北京人民广播电台先后以配乐朗诵的形式播了全诗。

如今,这部长诗经过中央各有关部门审核后终于出版了,在本诗的创作、发表和出版等过程中,得到许多好友的大力帮助,非常感激。可惜我的恩师冯牧已于去年病故,不能看到这部长诗的出版了,这部诗里也浸润着他的心血。

我心中非常清楚,我的诗笔还很稚拙,这部长诗之所以得到这样多领导、朋友和读者的支持,重要的原因,是因为我诗中的主人公也是他们所崇敬的英雄。

在庞大的时代交响乐团里,我的琴声非常非常微弱。然而我愿尽力演奏,不论是在艳阳似锦的春晨,还是在风雪漫天的冬夜……

一九九六年十一月三日

再版后记

拙作《邓小平之歌》于一九九四年八月发表,当时小平同志尚健在。一些同志读后,对诗中把"毛泽东和邓小平是照耀中国二十世纪的双子星座"这一比喻提出了非议,认为毛泽东是第一代领导集体的核心,邓小平是第二代领导集体的核心,两者不能等量齐观。由于这个比喻是全诗结构的脊柱,作者根本无法改,所以争论持续了很长时间,最后,在有关各方面的大力支持下,长诗才得以出版。

一九九七年九月十二日,江泽民同志在党的十五大上号召全党全国"高举邓小平理论伟大旗帜",并指出:"马克思列宁主义同中国实际相结合,有两次历史性飞跃,产生了两大理论成果",这两大成果就是毛泽东思想和邓小平理论。这样,关于"双子星座"的提法才算有了依据,而此时,小平同志已经逝世。笔者对于邓小平理论和小平同志对中华民族的巨大贡献,以及以江泽民同志为核心的第三代领导集体继往开来的伟绩,也有了进一步的理解,深感原诗在这些方面表现不足,于是便萌生了对全诗作进一步修订的念头。几年来,除了对诗中的若干章句做了修改外,还增写了尾声部分,并根据原诗改编了一部十五集的诗歌电视艺术片脚本。

我和许多曾经饱受磨难的知识分子,都是十一届三中全会之后各项政策的受益者,也在此后才得以解除桎梏,才能够笔遣春温。我是怀着当年解放区农民打了土豪分了田地的感激心情来写《邓小平之歌》的。

最后,我想摘录长诗中的几行再度表达我对小平同志的敬仰之情:

我是一粒水珠,

我愿汇入你的海洋;

我是一只小鸟,

我愿加入你的合唱;

我是一星煤尘,

我愿投入你的洪炉;

我愿列入你的华章……

这部长诗的修订再版得到秦家伦、莫贵阳、卢永康、吴晓、管远柞、夏凡等好友的多方帮助,十分感谢。

二〇〇〇年三月二日

三版后记

长诗《邓小平之歌》第三版,在纪念中国改革开放三十周年之际出版了。

　　和前两版比起来。第三版增加了大量内容,篇幅也由原来的六千三百行扩展为七千三百行。

　　从长诗的第一稿发表至今,已过去了整整十四年。十四年来,我对这部长诗一直不停地增容和打磨,我也知道,中国的邓小平理论和改革开放是世界性命题,绝非一般语言所能穷尽,这使我想起长诗中的几个句子:"请北方的红高粱／举起亿万朱笔／不停地挥写／请长江与黄河／用粗犷的嗓音／不断地诉说／写不尽／这无与伦比的激越啊／说不完／这世罕其匹的壮阔……"

　　长诗刊出后,反响强烈。适逢支持长诗创作并为长诗书写了题名的中共贵州省委常委、贵阳市委书记李万禄同志在中央党校学习,就把最先刊出的《邓小平之歌》呈交胡锦涛同志审阅。锦涛同志读后非常高兴,对李万禄同志说:"蔚桦的这部长诗写得很好,你题的标题字也写得很好!"

　　贵阳人民广播电台将长诗制作成十集配乐朗诵节目,播出后大获好评。全国有一百二十四家省市电台用各种方式取得了播放权,此外北京、深圳和黑龙江等广播电台还单独制作了自己的配乐朗诵版本,遂使这部配乐朗诵长诗覆盖大江南北。之后,由贵阳市委宣传部联合有关单位打造成电视音乐舞蹈史诗,并在人民大会堂举行了开机仪式,作品完成后,在各大电视台播映。再由卢奇、戴玉强、郁钧剑、张也等著名艺术家在广东将长诗搬上舞台,并出版了光碟。成为中国走出纸质媒体领域最早的长篇诗歌作品。

　　邓小平同志逝世后,我对长诗又进行了一次较大的修订,由贵州人民出版社和贵阳市委宣传部邀请国内专家在北京中国历史博物馆召开了《邓小平之歌》再版座谈会。长诗受到了专家们的一致好评,国内二十多家报刊发表了四十多篇评论文章。

　　中国作协书记处书记、《诗刊》主编高洪波认为:"《邓小平之歌》算得上是精心、细心,加上耐心、热心的一部作品。"

　　中国作协副主席、中国当代文学研究会会长张炯说:"《邓小平之歌》的再版,是我国出版界和文学界的一件大事,值得祝贺。"

　　总政文化部原部长、著名作家徐怀中说:"翻开《邓小平之歌》,我最大的感触是作品具有庄严感,这种庄严感是岁月人生所赋予的,绝非灵感和才气所能造就。"

著名诗人、鲁迅文学院常务副院长雷抒雁说:"真正用长诗来歌颂邓小平的作品,应该说这是最早的一部,蔚桦在驾驭这个题材上是成功的。这部长诗成功的原因,还在于有很多生动的语言支撑着,能把人的激情调动起来。"

著名翻译家、原《世界文学》主编高莽说:"我看过苏联和别国的一些长诗,我觉得《邓小平之歌》并不亚于那些被称为二十世纪经典的作品。"著名评论家、中国前驻南斯拉夫文化参赞郑恩波说:"《邓小平之歌》以宏大的构架气势,取得了敢与世界任何一个国家的抒情长诗的规模比肩的资格。"

类似的评论还有很多很多。作为诗人,我有幸用诗歌描绘邓小平的丰功伟绩和他三落三起的传奇经历,同时也歌颂了中国改革开放的惊涛骇浪和沧桑巨变,我感到惶恐又感到荣幸。

生活之树永远长青。而诗就是这长青之树上的果实,我们每个人都有幸也有权去领味它的甘美。

二〇〇八年十一月二十日

诗苑一得

一百种鸟，有一百种鸣声；一百种花，有一百种香味。姚黄魏紫，各有千秋；环肥燕瘦，皆具风致。诗，也应这样。

近年来，关于诗的形式的争论，喋喋然无尽无休，我主张无为而治。从诗的百花园的门前，撤去患偏食症的门卫，让各种形式能自由出入。哪怕只有少数人喜欢的形式也应允许存在，如回文诗。社会主义并不禁止"嗜痂之癖"，没有人喜欢，才是诗的死刑。

画人难，难在不易藏拙；画鬼易，易在了无楷模。把诗写得像谜语，与画鬼何异？谜语诗（或叫诗谜语），也应允许存在，但它只是诗的末流。

在诗的形式上，也存在生存竞争，适者生存，不适者淘汰，不以人的意志为转移。

一九五六年，艾青同志写过一首短诗，叫《鸽哨》。

北方的晴天

辽阔的一片

我爱它的颜色

比海水更蓝

这悠扬的旋律

多么想飞翔

在高空回旋

发出醉人的呼啸

声音越传越远

要是有人能领会

他将更爱这蓝色

　　　　　　　　　　　　——北方的晴天

　　全诗十二行，六十多个字，朴实得没有半点雕饰，干净得难觅一粒微尘，题名叫《鸽哨》，但通篇没有鸽影，作者运用明修栈道，暗度陈仓的方法去描绘比海水还蓝的北方晴空，这种澄澈高爽的境界里，有醉人的呼啸袅袅相传，不写鸽哨，但你在字里行间却感到醉人的鸽哨声无处不在，诗人自己也想像鸽子一样，在蓝天飞翔，让自己的诗句像迷人的鸽哨传到远方……有景有情，情景交融，诗里弥漫着哲理的芬芳，使人遐思绵绵，越读越爱。在技巧上，达到了炉火纯青的地步。自从这首诗发表以后，写"鸽哨"这个题目的人就少了，因为眼前有景道不得，崔颢题诗在上头。

　　最近，我在《花溪》一九八〇年第八期上读到梅翁同志的另一首《鸽哨》。

是不是白鸽的翅膀，　把一个安宁的梦，

拖出一根悦耳的弦，　织在高原的蓝天。

这若干道音波划出的圆，　覆盖着婴儿的午眠，

一圈，一圈，又一圈……　缭绕在士兵的枪尖……

　　如果我没有猜错的话，这首诗是受过艾青同志的影响的，但却没有给人造成因袭、重复的感觉。这鸽哨，是作者自己的耳朵感受到的。我喜爱诗中一些优美的小设计，看不到的鸽哨的音波，在空中留下一个一个又一个音的圆圈，这些梦幻般的哨音飘荡在高原的蓝天，撒落在酣睡的婴儿的头顶和守卫战位的士兵的枪尖……在这里，听觉和感觉都幻化成了视觉，留有余味。虽然这首诗也还有

可斟酌的地方,如画面的演进还欠和谐,但冒这样大的风险去写大诗人写过的题材,而又写得不落窠臼,是需要勇气和动力的。

诗,从第一行到最后一行,都要和平庸作斗争。平庸,是诗的癌症。

走近中国散文诗之乡

——开阳巡礼

贵州高原的开阳县,是座名城。

北斗七星中的第六颗,就叫开阳,晴朗的夜晚,抬头就能看到。但开阳之为名郡,还在于它得天独厚的矿藏,人们称开阳为磷都,磷的富矿占到全国的百分之七十八。而黄磷产量则接近全球产量的十分之一。

宝地,必备出类之光华;名城,当具拔萃之声威,里与表每每相辅相成,实与名常常殊途同归。开阳不但矿藏丰富,文化建设也名震遐迩,突出的品牌,就是散文诗创作。

在中国,陕西的安塞被称为腰鼓之乡,河北的蔚县被称为剪纸之乡,山东的潍坊被称为风筝之乡,天津的杨柳青被称为年画之乡,河北的吴桥被称为杂技之乡,贵州的开阳,新近被中国散文诗研究会命名为中国唯一的"散文诗之乡"。

前者的名号,都是经过几十年甚至几百年的艺术积累自然形成的,所谓源远流长,而开阳的名号则是近十多年才风起云涌,迅速在全国显现出他人所难及的优势和特色的。

开阳之所以成为中国散文诗之乡,绝非偶然,它经历了耕耘、播种、收获的过程和扩大层面、稳定队伍、持续发展的良性循环,并清晰地显露出以下几个特点:

其一,开阳散文诗的作者人数众多,而且已形成老、中、青、少的梯形结构。这些作者分布社会各界,有教师、学生、工人、农民、退休职工、县乡干部、个体工商人员以及街道居民……我曾多次参加过在开阳县举办的全省散文诗创作研讨会,结识的散文诗作者接近百名,其中经常发表作品的就有几十人,如刘毅、陈春琼、岳德彬、李东华、赵国尧、胡孝书、汪世军、张江英、赵宽宏、黄慎新、刘莉、蒋基华、童祥龙、陈祖伟、贺毅、况德俞、杨霖、田茂平、黄仕刚、聂文远、李慕龙、蔡天国、肖莉、廖昌国、杜小龙、罗荣华、申亚柳、黄健、钟时菊、李朝阳等。这是一支庞大的创作队伍,是开阳这个散文诗之乡的生力军。

其二,开阳散文诗创作不但作者众多,而且作品数量惊人。据不完全统计,近十年来,开阳的散文诗作者在《人民日报》《诗刊》《星星诗刊》《世界散文诗作家》《散文诗报》及《贵州日报》等百余家省内外报刊发表了散文诗作品三千余篇,其中有两百余篇入选国内公开出版的各种散文诗选集,并有多篇作品获得各种奖励。

其三,政府重视,开阳把散文诗创作当成该县精神文明建设的一个重要项目,每次县里召开散文诗创作研讨会,县委县政府的领导中都有专人出席,以表支持和祝贺,并在政策和经费上大力扶持开阳县文联主办的《茉莉文学》,使全县的散文诗作者有一个发表作品和交流散文诗创作经验的稳定阵地,这是开阳散文诗发展的根本保证。

其四,开阳散文诗的发展有赖于国内一些名家的扶掖和一些热心人的劳碌奔波。中国散文诗创作的几位大家如郭风、柯兰、许淇等都对开阳的散文诗创作十分关注。贵州散文诗创作历史最长、成就最大的徐成淼教授,可以说是开阳散文诗创作的首席顾问,开阳许多散文诗作者都受过他的指导。省内还有一些专家学者也是开阳散文诗创作的热情支持者,他们曾多次深入到开阳的一些乡镇去辅导基层散诗作者的创作。

对开阳散文诗创作有贡献的人中,最值得称道的是开阳县文联主席、著名散文诗作家刘毅先生。他不但是目前贵州多年坚持散文诗创作的高产作家,而且精品迭出,评论界把他誉为"贵州高原的不倦歌者",他以他的作品和精心的服务,引领着开阳成百上千的散文诗作者的创作。历次在开阳举办的全省范围的散文诗研讨会,都是刘毅苦心经营的结果,我本人也是在刘毅精神的感召下才投身到开阳散文诗研究者的行列中的。即将在开阳举办的"首届世界华人散文诗作家笔会",将进一步把开阳散文诗之乡的声名和开阳作家的作品推向全国,推向世界,这项浩大的文化工程,也凝聚着刘毅的几多期待和几多辛劳。

无可讳言,散文诗在文学领域内并不是强势文体,它在诗和散文的夹墙中生长,伺时又吮吸诗和散文的乳浆。如果可以把诗比为母亲、把散文比为父亲的话,那么散文诗便是儿子,它具有两种文体的血统优势,它是美丽的混血儿。

当今中国散文诗的作者队伍与其他文体相比,人数虽不算众多,但成员却颇为纯朴,因为散文诗最难适应市场机制,也最难被商家利用。它倡导简洁,追求优美,疏离功利,甘于寂寞,操此文体的人几乎都是执著的文学爱好者。把散文诗领域说成是当今文苑的净土,似乎也是有一些依据的。

开阳被命名为散文诗之乡,这是开阳也是贵州高原的光荣。可以肯定,今后若干年内人们一谈到散文诗,就会想到开阳;而人们一想到开阳,就会谈到中国的散文诗。

十年磨一剑

——我看《蔚蓝色的呼唤》

　　我和黔生是老朋友了。一九八〇年春《贵阳晚报》刚创刊，我在副刊任编辑，他从昆明军区复员回来，在部队时就发表过很多作品，他思想有深度，看过不少书，写作很勤奋，我常向他约稿。因为我也曾在昆明军区当过兵，和他有共同语言，和尚不亲帽儿亲，两人成了好朋友。后来才知，他看的那些世界名著，大多是一九六八年下乡在威宁县当知青时，通过"关系"从一位中学老师的"封、资、修"收藏中，陆续地用背篓背到知青屋的油灯下看的，借书一趟要走十七公里山路。关于他的知青生活，本书《不能忘却的过去》一文有更生动的描述。入伍后，他仍然用这种"地下工作者"的姿态，从驻军所在县城的一些"非法"藏书者那里借来，是在连队文书室的灯下读的。他被抽调到军区直属队参加乒乓球训练、比赛的日子里，晚上的时间又总是和这些书作伴的。

　　无独有偶，我去年夏天途经厦门去拜访黔生老友，心想星期六、星期日有两天休息时间足够咱哥俩儿聊一阵的了。不料电话打到家里，得知他两天都泡在图书馆和书店里，中午不回家吃饭，面包加矿泉水。不带手机和传呼机，以防被人打扰。

　　黔生是干部子弟，父母、岳父母都是南下老干部，官至厅级、省级。上辈的老战友们都是我省的老领导、老前辈。可是，在我这位贤弟身上，很难看到干部子女常见的那种臭架子和优越感。相反，他出奇的发奋和自爱，对那些躺在父辈功劳簿上吃现成饭的人不屑一顾。他交的朋友中不少都是平民子弟，并且尽可能从这些人的身上去发掘可贵的自立与淡泊。

黔生出这个集子是我据理力争的。我多次电话告诫他，到厦门这十年，他的丰收不仅是文学的(出版了两本小说)，我更看中的是他带有浓郁哲理思辨的火花和他忧国忧民的一腔热血！

一九九〇年底，他告诉我要从新闻和文学创作上"转业"了，到贵州驻外办事处去呆几年，换换脑子。我和其他文友大惑不解，他当时已有十多部(集)电视剧在中央台播出，若干报告文学和小说出版，一些作品不断获奖，正在创作巅峰状态，怎么脑子一热，挟一百五十万字的成果转业封笔了呢？他不看重已有的成果，他说没准儿新的环境会让他有新的灵感呢！

果不其然！他刚到厦门不久就在省报发表了大版的厦门考察报告，我和朋友们便感到，一种新生活已经激起了他的另外一种创作激情！

自从他到厦门后，就用省政府驻外省代表的眼光和责任感，不断地在我省各个新闻媒体上发表他的独特看法：我省经济如何向特区学习、如何走向外向型之路，频频出彩！他改行后的业务弯子转得很快，得益于他仍然秉持的新闻记者的那种敏锐感悟和巨大的工作热情。这个集子里的《蔚蓝色的呼唤》一九九一年见报后，我省不少企业家涌到厦门，黔生和办事处的同仁们就用贵州的优势产品，在厦门打了一个又一个的"名酒之战"，不断地在厦门举办新闻发布会，同时用他在贵州成功策划过"长江漂流"系列宣传攻势的经验，让厦门人第一次知道了宣传一种名牌居然能与少数民族敬酒歌和民风民俗如此巧妙地协调配合、相得益彰！《深圳特区报》约他写的《对台关系新形势下的厦门》一文，居然适逢其时地引起了一批深圳"闯海人"转向厦门，从"打台球"中尝到了对台贸易的甜头。深圳一些贵州老乡见了我就说，你那位兄弟在厦门可没闲着喔！集子里其他报道都透出黔生独到的政治敏感和经济思辨风采。

更让我始料未及的，是一九九五年五月份，碰到好几位厅局级的朋友不约而同地谈到黔生，溢美之词不绝。细打听才知道，应省政协主席龙志毅之约，他写的关于贵州招商引资工作(驻外办事处的主要任务之一)的一些意见，得到了龙主席的高度重视，当即推荐给省委书记和省长过目，得到两位领导的赞同并作了批示。不久召开的全省工作会议上，他这封信和会议文件一同下发至厅局长和地州市头头们的手上，听说会议还要求对这封信进行讨论。我立即设法弄到一份，细细读来,才知道黔生这几年不但兢兢业业适应新环境完成新任务,还结合我省实际思考了不少重要而不为人所重视的问题。字里行间透出一种"天降大任于斯人"的"匹夫"之责,令某些常年坐在办公室里喝茶聊天的官员为之汗颜!听六盘水市的朋友说,时任六盘水市委书记的王三运同志慧眼识才,回到市里就把这份会议文件印发到每个县处级干部手中,也发动大家学习讨论,对照自己的工作。同时,三运电邀黔生同志赴六盘水,介绍厦门招商情况,并委托黔生代办六盘水与厦门市友好城市和六盘水驻厦设常驻机构之事,并决定亲自带队前往厦门参加当年"九八"国际招商会。他临行前突然接省委通知调贵阳市工作,才未能成行。

之后,一九九九年黔生同志在"三讲"教育中完成了《努力提高利用外资的质量和水平》一文,更为精彩!我真的无法知道,黔生是如何从一件件看似平常的事件中,透视出如此深刻的内涵,他用独特的视点和生动的事例诠释了中央和省委的路线、方针和政策,且是那般深入浅出,有说服力,令人遐思,透出一种强烈的执著与正气!

今年年初,省里提出搞"西部大开发,贵州怎么干"大讨论,他很快完成了一篇题为《殚精竭虑,苦干实干,铸就辉煌》的杰作(这里我第一次对朋友的作品用了这两个字),这篇东西同样的感人,催人奋进。我在收到黔生的这些手稿时,已经不相信这是一位作家的作品了,这应该是经济领域的那些"行业专家"们的活儿。可是放到黔生的笔下,零星的事件枯燥的数字闪出了撩人的亮色。我当时的想法是,如果我是报社总编,我一定要全文一篇篇地发表这些杰作,其间充满了一个共产党员的真话、实话、心里话!

无私才能无畏,无私才能大智。黔生这个集子里闪光的地方不少,更让人敬佩的是,这些作品是他在实践中感悟,在心灵中煲炼,用滚烫的词句吐出的心声。有的寄给了相关部门,有的寄给了相关领导,不在乎有没有回应。

作为一个厦门的客居者,黔生把生活十年的厦门看成第二故乡,凭着他对厦门的感情也让他无法沉默。作为厦门各界参政议政的特邀代表,黔生同志的《让特区更特,让特区更文明与进步》一文,受到厦门市领导的高度重视。他写给厦门市委副书记张昌平同志的《做事不做秀,求实不钓誉,狠治形式主义》一文,受到高度评价,并还因为晚收到这份材料大为遗憾,亲自打电话给黔生表示由衷谢意并加赞赏。我认为这篇作品最大特色是三个字:胆、法、理。

一九九四年赴厦门招商的我省张复生同志回筑后写了一篇介绍办事处如何帮助企业招商的文章,发表在《经济信息时报》上,正巧被我看见。这次我要求黔生把这篇东西和我赴厦门采访他写的一篇"情系苗山黔水"的小文也一并收入集中。

有幸得到这个集子的朋友,我推荐你们重点读其中的三篇,除了我前面提到的"思考",再就是"殚精竭虑"这篇,作者对西部大开发的精辟的见解跃然纸上,最后就是"历史与人才的互动"这篇,如果错过,此书也就黯然失色。我读后的感喟是:精彩!透彻!过瘾!历史的哲学的思辨都浓缩在这里了。

黔生是一个作家,现在又是政府官员。不少人知道他,是因他的作品。我和他二十多年的交往,最有发言权,凡是在贵州当过知青的人,大都记得一九六八年的"威宁新农民",十八岁的黔生当时是自愿赴威宁(因高寒贫困不宜安置知青)知青连队的发起人之一,到威宁后又是知青连负责人之一。他的夫人就是当年同一知青户的"战友"。那段生活黔生准备将来将其搬上屏幕,此集中《不能忘却的过去》一文仅为一个缩影。黔生不但勤奋(八十年代十年中业余时间发表一百五十万字作品),且十分幽默。哲人说,生产幽默的人才懂得生活。这方面的美好回忆简直可以让我另外写一部书。很少有人知道,黔生当过兵,而且是在特务连。更少有人知道,他从小着迷乒乓球并在中学参加少体校训练,继而还在部队搞过一段专业队。他下地方后,则因工作过于忙碌而很少打球。曾有一位作家朋友非要见识一下他的球技不可,交锋之后认为他的球技非常一般,谁知黔生向他挥挥握拍的手,对方仔细看看才知道与其过招的只是左手。换成右手后,对方几乎接不到一个球!羽毛球运动是他的副产品。在昆明军区运动会上,军一级代表队同时参加乒乓球和羽毛球比赛的队员,除他之外没有几人,并且两个项目都拿到不错的名次。知青朋友中有人向我透露过他还曾经狠练过一阵手风琴和国画,后来拜著名书法家冯济泉为师。他还是一个老资格的集邮爱好者,至今收藏着一些珍品。到了音响器材商店,他和老板大谈Hi—Fi立体声、AC一3、DTS等等,算得上一个有水准的发烧友。闲聊时他提到,当年读中学时买零件自制半导体收音机几近痴迷!

广泛的爱好,洒脱的性格,执著而认真的工作态度,不图虚名只求真知而又洁身自好,耐得寂寞,这就是我的挚友黔生贤弟。人如其文,还是看看他的《蔚蓝色的呼唤》吧!

拓展散文诗的表现空间

——读赵俊涛《阳光的碎片》

读完赵俊涛的散文诗集《阳光的碎片》，仿佛刚参加完一个盛宴，我虽然滴酒未饮，但却醉得踉踉跄跄。

有些美是可以言说的，有些美则只可以感受。散金碎玉不是贬词，它只是一个中性的比喻，若干碎片一旦聚集，它就是令人惊骇的整体，例如金镂玉衣。阳光的碎片能聚合吗？我想散居也许更为动人，它能让许多偏僻的角落都能分到一片或者一粒，这一片一粒，极有可能被人看成是袖珍型太阳。

从远古以来，太阳光一直被人神化或圣化，但在俊涛的诗里，它只是亮色，是哲理，是诗情，是浓郁的人性理念，是芬芳的音乐载体，是醉人的绘画神韵。

开始读《阳光的碎片》时，我还可以辨别这篇好，那篇更好，读完之后，我才感到一种近乎晕眩的快感。如果擅于炒作，像俊涛这样优秀的诗人，早就应该小红小紫了。但他非常低调，许多优美的诗章，一直沉睡在他的抽屉里，不肯示人。以至我和他相识相知多年，竟然未能发现他具有如此绚烂的诗才，我深知，超过限度的称颂对他今后的行程有害无益，但要强行掩抑心中的惊喜，也会使我难以自持。

使我惊喜的原因之一，是俊涛的这部作品完全摒弃了往昔散文诗的格局，成为散文诗界最有力的一位哗变者。

散文诗在各文体中，可以说是中枪最多的文体，海外论者说它是"非男非女"的"太监"文学，我省论者说它是束胸又缠了足的女子难以致远，还有一位论

者更是以打油诗的形式来揶揄散文诗:

> 小草加小花,夕阳连早霞;
> 白云映溪水,露珠湿柳芽。
> 四季轮流轮,杯中小浪花;
> 今年复往年,再写还是它。

有些评述,虽然过于偏激,但对于散文诗题材狭窄方面的批评,确实值得散文诗作者们三思。不过,当《阳光的碎片》出现之后,打油诗中所罗列的现象,就显得以偏概全了。

贵州高原一位年轻而又羞涩的散文诗人,用他的一系列作品,拓展了散文诗的空间,他把豪放雄奇,奔腾流畅,荡气回肠,敏感多思,生态环境和人文关怀引入诗中,把"杯中小浪花"转捩为"大地的声音"。

俊涛作品集中的一百多首散文诗,大都是写洪荒宇宙,写飓风烈火,写死湖远征,写岩画大漠,写复活的战马,写英雄的铠甲,只有一首写花,那就是长达十个页码的《向日葵》。这是一首我目前读到的对向日葵最为恢宏的礼赞。一翻开页面,雄浑的气势,精心的构思,非凡的想象,奇特的比喻,让你猝不及防就被卷进它向前拥进的激流当中。俊涛写的是向日葵的魂,当他站在雨中的葵林前就"犹如站在古代的军阵旁,静听那些擂鼓的将士,他们身着铠甲,拼命地击着牛皮战鼓,马蹄如雨,强弩攻开……"葵是坚强的,"每一根葵茎就是一枚楔在大地的钉子!"在暴雨中,"庄稼大片大片倒伏,只有葵仍迎雨站着,倔强的将雨点弹上去很高……"

在俊涛笔下,葵也温柔,"乡村的梦全都站在葵叶之上……葵会把一些方言小调寄往很远,新都巾的高校弁寓,会按期收到。"

不能再引了,《向日葵》里醮着诗情和哲理的句子太多了,这全书唯一的一篇写花的作品,让人收到的却是人生的世态的信息。华美,隽永,博雅,向日葵似乎已经修炼成人,它的精魂抛出许多供人思索的隐喻。

更让我震撼的是俊涛的长构《瞬间》。

中国散文诗的拓荒者中,柯蓝光是最有权威的,他的《早霞短笛》是解放后的第一部散文诗,柯老曾对散文诗作过设定:"散文诗以一百字到三百字左右为最好!""短小不只是它的形式,也指它的内容。"这"两个短小",成了许多散文诗作者的圭臬。赵俊涛不但突破了固有的文体桎梏,而且独自走得很远。这首《瞬间》不但具有七八千字,它们内容所涉及的是人类的危亡,地球的生存,脆弱的环境,异化的心灵。全文八个乐章,也许列举小节名能给读者一个粗疏的轮廓,一、枪口·鸽子;二、水·鱼;三、天空·马;四、平原或者山地·植物;五、东边的海水·西边的海水;六、音乐的归宿;七、寺庙和教学的钟声;八、大地最后的声音。这是一般作家碰都不敢碰的主题,因为它太严峻,散文诗柔弱的肩头能够承受吗?赵俊涛不但有勇气去冲击这个禁区,而且在思想深度和艺术表现上都取得了极大的突破。

我们生存的这个世界,当"无数只鸽子从手的广场起飞"时,随处都能听到弹丸的呼啸,"水被奸淫,当鱼的生命在画中复活的时候,全世界已经都是下午""天空被切割殆尽,怀孕的鸟儿不敢临盆""一片森林倒下去,站起一座新的城市""而人类连做梦都感到疲惫"。在退化的环境中人被异化了,"连心灵都被装上齿轮",机器的轰鸣,使人类拒绝了音乐和钟声。在这里,钟声成了人类本源的象征,是对工业社会声光电畸形发展的忧虑。作者不是对物质文化的排异,而是对生存环境的祈福,因为毁灭人类的只能是人类自己。

这是一首悲壮的挽歌,它多么像尤利乌斯·伏契克在《绞刑架下的报告》中说的名言:"人们,我爱你们,但你们要警惕!"《瞬间》在"大地最后的声音"之后,从未让一切都归于沉寂,而是让"一切都重新组合,重新构造"。

用这种黄钟大吕般的声律去谱写散文诗,是对传统散文诗的颠覆,当然也是对新体散文诗的拓展和重铸。

当然,俊涛的这部散文诗集也不能说篇篇都好,有些篇章还有瑕疵,主要是意象太密集,还缺少点国画中的空灵,清代诗人张问陶写道:"想到空灵笔有神,每从游戏得天真。"当你把几粒珍珠摆在桌上,人们会从容地把玩细细地欣赏,但当你把一盘甚至一盆珍珠摆在面前,人们只会眼花缭乱,陷入一种莫衷一是的迷茫。有时"美不胜收"并不一定是好事,它分散了人们的审美专注性。泰戈尔就是最懂得把蜜糖化开,不使人味觉麻木的高手,他总是把红花和绿叶适当搭配,并在关键时刻提炼警意和警句,使之成为经典名言。

俊涛在《一种状态》中写道:"水,无声地流着／而那些卵石似死而生似生而死地静静地躺着,像是等某种判决。"应该说这已经写得非常细腻了,它写出了常人易于忽略的一种状态。但它还平面,没有给这种状态更深的寄寓。泰戈尔也写卵石:"不是槌的敲打,而是流水的载歌载舞,使河里的卵石臻于完美。"后者的寓指性十分深邃,它使人想到暴力和柔性,想到耐心和急成,这种描写,已经成为箴言,给人以景物之外的启迪。这种对比于俊涛是不公平的,巨松和小树当然存在巨大差距,我只是想说,为了让小树长高俊涛还要认真研读名著,给自己定出更高的标准,要尽量在自己的作品中打磨名篇,提炼警句,一个没有代表作的作家和诗人,不论他的作品数量多么惊人,都很容易被读者忘记。当然,被人忘却也并非就意味着失败,但让人记住却需要付出更多的辛勤。

生动的历史画页

——序《血染抚仙湖》

不知是机遇还是巧合，解放初期，云南部队一下涌现出数量众多的文学青年，在当时或稍后的岁月里具有较大影响者，竟达数十人之多。浩哉荡哉，形成了在当代文学发展史上大书特书的"云南军旅作家群落"。

云南是个美丽、神奇、丰富的地方，她那逶迤千里的国防线、佤族木鼓、傣家竹楼、阿昌长刀、景颇山寨、彝族火把节、白族的三月街、三条大江的雄浑、横断山脉的险奇，还有英勇善战的解放军以及由军民鱼水情演绎出来的若干动人故事，构成了云南军旅作家共同的题材特色。而这些特色正是广大内地读者极为陌生而又急于了解的。有人说是天时（解放初期人们情感的单纯和炽热）、地利（边疆和云南多姿多彩的民族风情）造就了云南的一代军旅作家。但知道内情者则认为还应加上更重要的一条，那就是人和——四兵团一贯以重视文艺著称。陈赓大将当年在上海就和鲁迅有过交往，兵团老一辈作家，如冯牧、寒风、苏策、毕革非等在战斗间歇中完成了许多传世之作后，又对下一辈言传身教。特别是冯牧，解放初期他在云南军区文化部担任领导，他学识渊博，平易近人，学而不厌，诲人不倦，云南五十年代成长起来的军旅作家，几乎都得到过他热情的扶持和可贵的引导，这种扶持和引导往往影响他们一生对文学的热爱和追求。

长篇小说《血染抚仙湖》的作者李敏克和梁昭，就是冯牧众多弟子中较为勤奋的两位。他们的才情，早在五十年代就已经显露，他们在部队和地方的报刊上发表过大量的作品。后来的岁月他们虽然也有过坎坷和艰辛，但对少年时代的戎马生涯和文学创作依旧难以忘情。为了了却这份夙愿,在时隔将近半个世纪之后,两位老友用令人敬佩的激情,从他们当年经历过的若干剿匪战斗中,选择了最具传奇色彩的消灭巨匪金绍云的抚仙湖之战写成长篇小说,以缅怀那些在共和国建立初期为了保卫新生的人民政权,与敌人进行过惊心动魄搏斗的战友和牺牲了的英烈们。

云南军旅作家们作品的表现手法都较为质朴,他们不屑于或不善于运用曲折委婉或迷离奇幻,但这些作品厚实、热烈、大气,字里行间洋溢着英雄主义的芬芳和激人奋进的乐观精神。云南军旅作家大都擅长讲故事,纷繁芜杂的原始素材一经他们梳理再娓娓叙来,便会把你带入一种井井有条而又有传奇氛围的境界。

这些特色,在长篇小说《血染抚仙湖》中都有较具体的体现。

小说描写的是一个真实的故事。抚仙湖位于滇中澄江县境内,是我国第二大深水湖,湖中有一岛屿,名目孤山岛,位置十分险奇。抗战前,当地匪首蒋世英曾占岛为王,印刷伪钞,制造枪炮,俨然独立王国。国民党政府曾出动部队近万人,配备飞机狂轰滥炸,终未能占领该岛。一九五〇年八月,土匪头子金绍云趁我各级地方政府刚刚建立,群众觉悟尚未提高之际,杀害我地方干部和积极分子一百多人后,率众匪渡湖登上孤山岛,妄图效法蒋世英与人民政权长期对抗,金匪嚣张地将孤山岛呼为"小台湾"。当时正值美军出兵侵略朝鲜,金匪把"第三次世界大战已经爆发"作叛旗,在云南境内刮起一股甚为猛烈的妖风,许多受过打击的匪部又卷土重来,如不坚决镇压,新生的人民政权将面临得而复失的严重局面,擒贼先擒王,当务之急便是剿灭盘踞在抚仙湖中孤山岛上的金绍云匪部。军区首长把砸这颗硬核桃的任务交给了功勋卓著的十三军红军团,在英雄团长顾永武指挥下,一举攻下了"小台湾",并在水中擒获了巨匪金绍云。当然其中还有若干富有传奇色彩的情节和复杂的过程,以及具体战斗的艰险。当时的军内外报刊对这次战斗的胜利有过详尽的报道。

李敏克和梁昭就是这支英雄部队的成员,他们对这次战斗的前前后后和现场过程了解得非常清楚,所以在他们笔下,《血染抚仙湖》才显得如此动人。他们在书中所塑造的人物,既有原型依据,又有艺术拓展,所以正面人物没有"高大全"的痼疾,反面人物没有脸谱化的弊端,都是那个特殊年代生活中真实存在的人物。长篇小说并不把"纪实性"作为重要的审美标准,但具有纪实性和现场感的长篇小说无疑更能给人带来信赖和亲切,从而增加阅读兴趣。

《血染抚仙湖》的叙事语境是酣畅的,读起来很顺溜。对于几十万字的长篇小说来说,过多设置悬念和埋藏玄机,可能会影响读者的阅读耐心。一些苛刻的评论者常常把"平铺直叙"当成某些作品形式上浅露的同义语,其实"曲铺弯叙"未必就好,"平铺直叙"未必就差,《水浒传》《封神演义》《西游记》等古典小说,均是在首尾略作点染后便一路直叙下去,有如江河直达东海,关键要看所铺之情、所叙之事是否动人。

《血染抚仙湖》在分隔情节时,采用了一种不多见的"亚章回体",每节三千字左右,列一个小节题目,提示该节内容,全书九十五小节,文中虽无"欲知后事如何,且听下回分解",但上下两节总是有着明显的承接关系,很符合广大读者的阅读习惯。

在阅读《血染抚仙湖》手稿期间,笔者受云南有关方面的邀请,又来到这片神奇的土地,发现昆明已变成一座美丽的花园城市。我还专程去了一趟抚仙湖,湖区已变成著名的旅游胜地,碧波映着白云,游艇载着笑声,孤山岛上楼阁连绵,花红柳绿,竟然找不到当年鏖战后留下的遗痕。试问游岛的青年男女,大都不知解放初期这里曾发生过一场惊心动魄的殊死战斗,无数英烈曾经血染湖山。我感到有几分惘然,唉!过去的毕竟已经过去。突然,我想到行囊中存放着的《血染抚仙湖》,它把那个血与火的年代,那些献身壮丽事业的人群,那些可歌可泣的故事,尽心地记录在册,有了这些画页,历史便在这里定格了。人们不该忘记,人们也不会忘记,河山是美丽的,但光复河山的人更美……

文学创作甘苦谈

一

文学创作到底有没有秘诀?

传统的答案是:没有。(如果硬要说有的话,那就是勤奋,勤奋,再勤奋!)

其实,世界上所有的技艺都是有秘诀的,只是不能把这种秘诀看成万应灵药,以为任何一个懒汉,只要得到它便能功成名就。

文学创作自然比一般技艺复杂得多,它没有"祖传秘方",许多文学大师的子女未必就能继承父业。但也不能说它没有秘诀,否则人们怎么能说"茅塞顿开"? 怎么会说"闻君一席话胜读十年书"呢? 例如在选材上就有许多讲究。

我想起一个捡蘑菇的例子:最早进入一个林子去捡蘑菇的,不用花太多工夫,便能捡到又大又鲜的蘑菇,很快便能装满竹筐,在效益观上,他属于事半功倍;随后进入林子的,他们要花相当的工夫,但只能捡到次大次鲜的蘑菇,在效益观上,他们是事倍功倍;最后进入林子的,他们虽然费尽心力,四处寻觅,但只能找到又小又残的蘑菇,甚至有人空手而归,在效益观上,他们是事倍功半或事倍功无。

因此我想,在选材上能不能用十二个字来概括呢?这就是"人无我有,人有我优,人优我转"。"转"到什么地方去呢? 转到别人没有去过的林子。试想当代的文学大师们,有哪一个不是因为开辟了一片新的林地,采到自己独有的"蘑菇"而被人们所敬仰的?

当然,也有人说过:太阳下边没有新鲜事。当今之世,几乎没有一个领域没有被人描写过,这就用到第二句话"人有我优"了。"优"在什么地方,技巧高人一筹自是一优,但重要的还是在"人有"当中发现"人无",以造成我有我优。

二

医生最怕碰到被他医死者的家属。

而我,最怕重新翻看往昔写的作品,即使是不久前完成的作品我也怕看。上影电视部拍了我和另一同志合写的一部十集电视剧,中央台连续播放了三次,但我至今也没看全。有一次看了其中的某一集,听到演员在台词中说什么八国联军火烧圆明园,使我大为狼狈,因为连初中学生都知道,圆明园是英法联军烧的。电视是综合艺术,这一句台词也弄不清是哪一道工序给"综合"进去的。像这样明显的娄子,不知全剧中还有没有,即使有,也无法去纠正了。于是我只好采用鸵鸟的办法去回避,以求眼不见心不烦。

"怕看"也不等于完全不看,而且有时还不得不看。最近,北方一家出版社要出我的一本诗集,只好去翻阅过去发表的诗作,挑来选去,所剩无几,自己也拿不准哪些该选,最后,只好请我的几个学生来仲裁。诗集编成后,我在后记中写道:"收集在这本集子里的,大都是旧作,现在看来,难免有隔膜之感,但它却是那些特定年代的人的心声。"

仔细一想,也觉不必过分矜持,一个人悔其少作,也多少带点事后诸葛亮的味道,人们实在不必为自己穿开裆裤时的照片而感到羞耻,因为百岁老翁也是从那时一步步走过来的。

三

搞文学创作,靠勤奋,靠才能,也要靠机遇。有些机遇是人事造成的,所谓"只因遇明主,经纶得伸张";有些机遇是环境逼成的,"文王拘而演《周易》;仲尼厄而作《春秋》；屈原放逐，乃赋《离骚》；左丘失明，厥有《国语》……"

我个人在勤奋和才能方面都极平平，之所以至今还坚持搞业余创作，原因之一就是在我起步阶段碰到极好的机遇，按相书中说，就是我遇到过贵人。三十多年来，厚厚薄薄出了十来个集子，有几个集子的出版，完全出我意料，几乎等于坐享其成。

一九五三年底，原四兵团《国防战士》报社的张建同志转业到地方出版社当编辑，立即把我题为《边防军的荣誉》的一组散文编成集子出版，直到在《云南日报》上登报叫我去领稿酬时我才知道这件事；

一九五四年秋天，我从边防前线到军区参加创作会议，会议结束我被暂时留下来完成几篇散文，其间，得到军区文化部长冯牧同志的具体指导。由于入冬后天气渐冷，为了让我能安心写作，冯牧同志把他的军大衣也给了我。后来，写的散文都陆续发表了。第二年我接到通俗文艺出版社的通知，我的散文集已经出版。不久便寄来了样书和稿酬。我几经打听，才知道这本书是冯牧同志请公刘同志为我编选并联系出版的；

我的第三本书是诗集。一九五七年前后，我在《萌芽》杂志上发了一些散文和诗，还发过一篇中篇小说。主编哈华同志热心扶持年轻人，来信叫我把写过的诗都寄给他，他给我诊断一下，并打算选一两组发表。我抄出几十首，我所在的部队为我打印了二十多本。正好，出版社的一位编辑来部队组稿，部队领导就推荐给了他，不久，这本小诗集就出版了。

总之，这些作品的出版，都是在领导和同志们的帮助下完成的。时下，许多作家的作品，和我那时的作品相比，起点高得多，由于目前出书困难，所以不少作家的作品只好暂时困居箱底。不过，我总相信文学书籍的出版会很快走出低谷。因为出版界还不乏具有古道热肠的有识之士，例如贵州人民出版社近年就赔了十多万元为年轻人出版了十多本《出头鸟丛书》。当然，其中也依然存在一个机遇问题。

四

搞文学创作的入,最好有几副笔墨。太专一了路子可能会越走越窄,但太驳杂了,又眼花缭乱,难于精深。我折腾了几十年没有什么成就,可能和不能专一有关系。我最近已出和将出的五个集子就分属小说、散文、剧本、理论、诗歌。一个作家抓住什么就写什么不一定是好事,在某种程度上讲是浅薄和浮躁的表现。文学从来不以数量多少取胜,乾隆皇帝一生写诗逾万首,但没有一首流传下来,唐代诗人王之涣只留下六首诗,但《登鹳雀楼》和《凉州词》却成千古绝唱。

我不知道是不是所有的作品都会打下阶级的烙印,但我确信所有的作品都要留下时代胎记。只要敢于和善于反映时代风云变幻和各色人物的思想感情的作品,才不会成为无根之萍,并有可能在历史长河中"定格",成为特定的"这一部"或"这一篇"。

近几年,"体验生活"这个词受到了一些人的揶揄。据说别人的生活是无法体验的,而自己的生活又何须去体验。回想,不管叫什么,例如叫"深入生活"也好,叫"收集素材"也好,总得出去走走、看看,关着门是写不出有生气的东西的。连天才的歌德都说:"现实比我的天才更富于天才。"

谚云"画人难,画鬼易",谁也没有见过鬼,所以任你画成什么样子都说得过去。但画人却不行,只要比例一错,连小孩子都能说三道四。这几年,新潮派的诗人、画家、作家们大都懂得画鬼效应,不少人弄出了一些"前无古人,后无来者"的玩意儿,却也给文苑和画苑增添了几分热闹。一些看不惯的人忍不住出来指桑骂槐,于是帽子满天飞,恶谥随口出,公说公有理,婆说婆有理,到处战云弥漫。过去,我们中国什么事都爱搞统一,说不服就压服。我看只要合乎"双为"原则,文学的表现方法还是多一些好,大路朝天,各走半边。契诃夫说:"不必把作家赶到任何框子里去。"读者是上帝,如果不买你的账,你还得回来,几位朦胧诗的带头羊最近纷纷回到传统的道路上来就是一例。

我已经逐渐认识到自己的肤浅与浮躁,正努力收回自己的层面,力戒急功

近利的短视行为,以期在知天命的年代,写出一点稍微有分量的作品。我在《销魂集》的后记中写道:

　　"在万钟齐鸣的日子里,我的钟是最小最小的,然而这只小钟,不论在朝霞满天的早晨,还是在风雨如磐的暗夜,它总是诚挚地鸣响着,用它微弱的音流,汇入时代的长河大江之中……"

通俗文学的一次阅兵式

——《文娱世界》百期作品评奖感言

在曲折而又艰辛的道路上,《文娱世界》终于出满了一百期。

回过头来看一看这一段风风雨雨的路程,无论是编者、作者还是读者,都不免感慨万端——欢乐中有痛苦,进取中有彷徨,困惑中有思索,挫折中有期望。

《文娱世界》的百期作品评奖,是贵州通俗文学的一次阅兵式,它展示了贵州通俗文学界的强大阵容。

作为这次评奖的评委之一,我认真阅读了《文娱世界》从创刊以来相当数量的作品,越读心情越激动。在评委会上,虽然已经评选出优秀作品十一篇,但依然给人留下遗珠之憾,这次"阅兵式",给我感触最深的有三点。

一、形成了队伍

通俗文学的发展是和商品经济的发展相辅相成的,所以《文娱世界》注定只有在党的十一届三中全会以后才能繁荣。《文娱世界》顺应潮流,把培养作者作为办好刊物的基础来抓。例如,当刘守忠的处女作寄来之后,主编张玉华就去赤水看望他,责任编辑耐心地帮他修改稿子,使他的《贩毒王后陈三姨太》得以问世。之后他的《毛人凤发出密杀令》和《超黄蜂行动》等作品,在《文娱世界》发表以后,许多电影厂家争着搬上银屏。如今,刘守忠在通俗文学界已经卓尔成家,但他一直忘不了《文娱世界》对他的关怀培养。

《文娱世界》如今已形成了自己相对稳定的作者队伍,例如罗大胜、王黔生、袁浪、田力、秋阳、姚昌永、楚生等。这支队伍还在扩大,连以写雅文学成名的李宽定、顾汶光、王剑等人，也都改换笔墨加入到《文娱世界》的作者队伍中来。

二、形成了特色

长期以来，通俗文学一直受到误解和中伤，一些格调低下的作品，总是打着通俗文学的旗号自保，一时间，"李逵"和"李鬼"混为一谈。

其实，真正的通俗文学不但有娱乐价值，也有认识价值，一些作家在题材，情节和人物塑造上，还形成了自己的风格特色。例如用传统技法埋设伏线、巧妙安排故事、注重人物塑造的有罗大胜、袁浪；以多线出击，全景横剖，故事离奇，人物众多为特色的，有王黔生、田力等人，他们的作品大都以国际事件为背景；刘守忠则兼备两副笔墨，既有"民族唱法"，也有"美声唱法"；楚生和姚昌永执著于乡土题材的开掘，表现手法和"雅文学"相互交叉，可以说是雅文学中的俗文学，俗文学中的雅文学。

三、形成了趋势

既然承认通俗文学队伍里有"李逵"也有"李鬼"，那么，招来讨伐的锋镝，甚至中些流弹也是在所难免的。经过大量审读，评委们没有发现黄色下流和格调低下的作品，这说明《文娱世界》的编者在把握作品的社会价值方面是存分寸感的。通俗文学的任务是"有助于劳动者在紧张工作之余的娱乐和休息"。因此，《文娱世界》的编者在选择稿件时，特别注重时代性、传奇性和娱乐性，目前，《文娱世界》和省内的通俗文学刊物，都在致力于新通俗文学的建立。新通俗文学在艺术表现上既继承我国传统的创作方法和技巧，又吸收当今中外新的表现形式，它亦古亦今，亦中亦西，相互交融，为我所用，推陈出新，不拘一格。

目前，在贵州文学界，阳春白雪"曲高和众"与下里巴人"水涨船高"的趋势正在形成，后者尤为明显。可以肯定，新通俗文学的冲击波和光辐射，将会导致人们文学观点的发展和变革。通俗文学在选择读者，读者也在选择通俗文学。

且谈"孙重贵现象"

近几年来。我曾参加过香港诗人孙重贵回筑召开的三次作品讨论会。第一次是他的诗集《香魂》，第二次是诗集《香港约会》，第三次是散文诗集《东方之珠》。

至今，重贵已出版了个人专著二十四部，在内地，即使是专业作家也极少有人创造出这样令人钦羡的成就。重贵在香港，主要的时间和精力是在商海拼搏，写作只是"业余"活动，如果心中没有恒久的激情，没有执著地对文学的热爱，是无法做到二十年如一日的。

重贵为人，谦逊热情，诚恳勤实；重贵为文，多姿多彩，笔意纵横。而且不论是诗歌和散文，字里行间，都不时飘散着一种哲理的芬芳，这种芬芳，是思辨的变化，是爱意的浓缩。

作为一位业余作家，重贵堪称劳动模范，他虽然硕果累累，但却从不自醉，各种文体，他似乎都在尝试，且都取得可喜的收获。重贵热爱摄影，他的诗中常配有许多精美的图片，加深了读者对诗的领悟。内地学人常带着一种优越感把香港称为"文化沙漠"，这是对香港的一种误读，其实香港的"客卿作家"众多，他们都在努力营造文化绿洲，在这些营造者中，孙重贵有着一席重要位置。

重贵居港二十年，那个纸醉金迷的花花世界，时时处处都充满各种迷人的诱惑，但人们发现，回到故乡的重贵，依然是当年的赤子，他的言行举止和生活习俗甚至比内地人还要传统。他洁身自好，不尚虚夸，正如他的诗一样，华美而清纯。

贵州是重贵的出生之乡，香港是重贵的成长之地，他爱贵州也爱香港，他的诗中，起码有半数篇幅是赞美这两处和他的生命紧密联系的乐土。爱国、爱乡、爱东方文化、爱祖国山川，是重贵诗歌的永恒主题。

重贵作诗，不追求怪异也不因循守旧，内地一些青年诗人想找捷径，嚷叫"创新"，于是旌旗遍野，五胡乱华，连野地出恭和母子乱伦都要写进诗里，并且宣称要"拒绝崇高"。而重贵却用他的作品表示，他在拒绝猥琐，拒绝庸俗，拒绝荒诞，拒绝无病呻吟和拒绝亵渎神圣。

重贵的艺术功力，可以从他的大量作品中找出例证，如他写黄果树瀑布，就有着令人惊喜的突破。黄果树瀑布，是历代贵州诗人都要倾力攻打的"铜墙铁壁"，明清以来，就有人留下过一些佳句。如清代诗人德隆就写过："玉龙跃海喷银沫，纷纷鳞甲空中落"，写出了黄果树的具象。另一位清代诗人陈文政写道："乍疑巴雪涌日流，忽惊素云从龙起"，写出了黄果树的气魄。清代大诗人郑珍则写道："断岩千尺无去处，银河欲转天上去"，把黄果树的雄伟和声势都归纳在诗中了。解放后，省内外诗家写黄果树的诗不下千首，但稍不留意即落前人窠臼。而重贵则匠心独运，用散文诗形式写出了自己独特的感受。

"……弯弯曲曲的白水河／流到黄果树突然发现／眼前是悬崖绝壁／退缩或者改道，或许会平平安安度过一生／然而前进一步，或许会粉身碎骨／白水河无选择，它勇敢地向前跨出了一步／就是这一步……它一下子站了起来，它成为一条站立的河流／它站成一座充满阳刚之气的大瀑布……"

我曾建议重贵把诗名改为《站立的河流》，把黄果树瀑布比作"站立河流"是重贵的发现，是他的诗的"专利"。如果没有苦心孤诣的追求和地久天长的艺术修炼，这种"专"，绝对不会不请自来的。

对于重贵，可以说文如其人，也可以说人如其文，有人把重贵的执著，重贵的勤奋，重贵的多产，重贵的纯朴，加上重贵诗文所具有的独特艺术个性全称为"孙重贵现象"。这现象，在香港少见，在内地也不多，因此，这特别值得珍惜。

成就突出　缺点明显

——冯牧谈《北京人在纽约》

接连两个下午,我都在中国作协副主席、著名文艺评论家冯牧同志的客厅里,聆听他讲述当前中国文艺界的许多热点问题,其中特别谈到《北京人在纽约》的成就与不足。

冯老说,近年来一些被舆论鼓吹得天花乱坠的电视剧,他只看了几集便觉索然寡味看不下去,只有《北京人在纽约》却一集不漏地看完,并且当《北京人在纽约》剧组开新闻发布会请他光临时,他欣然前往,而且作了长篇发言。

冯老认为《北》剧的音乐和摄影都极有创造性,许多画面具有油画感,姜文的表演十分生活化,毫无雕琢痕迹,而饰阿春的王姬,把握人物性格十分准确,甚至比一号人物王起明留给人的印象还要深刻,有人说她是剧中"不可替代"的角色,实非溢美之词。《北》剧除了演员群体的精湛表演之外,还以剧情情节的真实使人称道,它通过一些人物的生活、思想和命运,把北京人在纽约的生活揭示得如此辉煌、如此复杂,又如此冰冷,即使用上"淋漓尽致"这个形容词也不过分。

冯老认为《北》剧的成功,首先是通过丰富的生活细节和真实的生活环境,塑造了四个主要人物——王起明、阿春、郭燕和大卫的个性和命运。虽然剧中人物到最后几乎全是"输家",但他们惊心动魄的拼搏和无可奈何的沦落,依然能激发起人们的感悟和沉思。从《北》剧中虽然难以寻找到正面的教化性功能,但看过片子后,人们却可能得出纽约虽非地狱,但也绝不是天堂的结论。

　　冯老认为在《北》剧也有一些缺陷，最为明显的是对几个主要人物特别是王起明性格把握的失衡。王起明携妻别女去闯美国，是背着他的大提琴去的。一般说来，没有受过一二十年的艺术熏陶是难以在北京某乐团充任大提琴手的，往昔的艺术生涯，不可能不给他留下若干眷念之情。但人们难以理解的是，在短短的时间里，这位中国艺术家竟被异城文化中最坏的一些方面征服甚至同化了，他不但变得自私、冷酷、满口脏话，动辄把脚搭在办公桌上，他赌钱和嫖妓时的眼神与动作等等，无不使人感到这位中国艺术家性格的异化缺少令人信服的发展轨迹。

　　对于郭燕性格的发展，也同样给人留下错位的感觉。郭燕在剧中是以一个贤淑、善良、纯朴、稳重的东方女性的面貌出现的，她改嫁大卫的惊人之举，就像一个跳高运动员没有助跑就跨过横竿一样使人难解。本来成为酒徒的应该是郭燕的姨妈，在剧中竟然变成了郭燕，徒使郭燕这个人物形象显得不伦不类。杜宪拒演这个角色，不是没有原因的。

　　同样的例证，还可在宁宁身上找到，宁宁身上的种种怪异举止，虽可在逻辑上找到可以自圆的依据，但作为活生生的人，观众依然会感到这个女孩的性格人为的安排多于自然的发展，

　　虽然这部作品受到观众空前的欢迎，但由于这些人物性格发展的错位，不能不影响到作品的艺术品位。有鉴于此，我们是不是可以作出这样的论断：《北京人在纽约》这部电视剧成就突出，缺点明显。

　　最后冯老强调说《北》剧的成就与不足虽然都很明显，但二者不可等量齐观。《北》剧的缺点是许多电视剧中都有的，而《北》剧的成就则是许多电视剧难以达到的。

与时代同行　为贵州喝彩

——谈赵亚明的《瞩目贵州》

在中国，知名的作家甚多，每个读者似乎都可数出一长串名字，而知名的记者却寥寥无几，即使是新闻圈内的人，也难举出几个来。

出现这种现象的原因较为复杂，各地和各报的情况也不尽相同，但急功近利和浮躁之风近年来在新闻界有所泛滥则是不争的事实。

如果说作家的功力侧重于综合与塑造的话，那么记者的功力则侧重于发现与传达。许多新闻线索并不像森林中的蘑菇，只要步入林子便能采拾，它像高山雪莲，只有那些不畏艰险的攀登者才能摘取。于是有人开玩笑说，作家的职业特点偏重于"坐"，记者的职业特点偏重于"跑"，从某种意义上讲，记者是半个体力劳动者，他不但要脑勤，而且要脚勤、手勤，纵观国内有成就的记者，几乎都有这些特点，不妨举几个例子：

例一：一九八五年二月，为了报道我省与湘、桂、川、滇相连的数十个边沿县的变化和要求，记录黔边各族人民开发家乡、建设山区的历史脚印，《贵州日报》记者刘庆鹰、蒙应富兵分两路向黔边进发，历时半年，行程近两万里，访问了三十多个边沿县，发稿一百零四篇。

例二：中央人民广播电台驻贵州记者站记者张永泰，为采访今日长征路上的巨大变化，于一九八五年三月出发，途经七十多个县市，历时八个月，行程四万五千多公里，发稿一百余篇。

例三：《贵阳日报》记者罗万雄，为探求黄河断流的深层次因素，一九九八年踏访了黄河流域的九个省区,发稿二十余篇,著名科学家张光斗教授说罗万雄是用科学眼光全程看完黄河的记者。一九九九年罗万雄又踏访长江流域十一个省区,探寻长江洪水的生态原因,他的《黄河断流忧思录》和《水涨水落看生态》等文稿在《人民日报》刊载后,引起较大反响。

例四:《贵阳日报》记者黄成德,是中国第一个走遍西部的记者。近几年,他骑着摩托进行了五次大型采访活动,其车辙遍及中国二十多个省区,这五次采访活动为:"单骑西部万里行""单骑穿越罗布泊生态考察万里行""环保宣传摩托万里行""万里传旗迎回归"和"寻找长江正源、考察生态环境万里行"。五次共发照片近千幅,发文字稿近六十万字,编成十六个专题片,在八家电台、电视台播放。还创造了人类摩托车首次抵达长江源头、珠穆朗玛峰、阿里无人区和罗布泊荒漠的世界纪录。

由此可以看出,真正有出息、有远见的记者,总是会不断寻找省内甚至国内最引人注目的题目和项目,并且不惜吃大苦、流大汗,千里寻访,万里跋涉,甚至还要冒着生命危险(如黄成德单骑摩托穿越罗布泊),以求拿到第一手采访资料,写出有分量的新闻作品。像这样执著、敬业的记者,在贵州还大有人在,《贵州政协报》副总编辑赵亚明就是其中的一个。为进一步报道贵州一些经济最落后地区的扶贫与生态环境这两大主题,赵亚明于去年初开始了"两江一河纪行"的采访活动。("两江"是指南盘江和北盘江,"一河"是指红水河。)赵亚明计划采访"两江一河"沿岸的十九个县市中的近百个乡镇,目前行程已经过半,发了近四十篇稿子、近十万字,待整个采访计划完成,要撰写近百篇稿子、几十万字。

眼前这本《瞩目贵州》,是赵亚明从近十年所发表的数百篇新闻作品中挑选出来的。这些作品中的很多篇章,并不因其时过境迁而减弱了它的新鲜感和可读性,这是由于往昔岁月的某些侧影已真实地在这些作品中"定格",使我们能抚今追昔,更好地经营未来和把握现在。而且由于这些作品具有较浓的理论色彩和较高的写作技巧,所以也具有某种超时空的相对独立的鉴赏价值。

我认为赵亚明的《瞩目贵州》中,最有价值的是介绍贵州经济发展阶段动态和探访贵州深层次经济运行得失方面的文章,这不是一般的浮光掠影之作,而是既高屋建瓴又洞幽烛隐的热点透视和真切评品。这类作品占了全书一半以上的篇幅。其中引起较大反响的是对人民群众关心的生产和生活物资价格的涨跌无序，从而引起社会负面影响所作的报道，共发了六篇文章，不但对事件作了宏观的概括和微观的举证，给决策层提供了调控的依据，也给读者指明了在市场经济取代计划经济过程中商品流通领域内的种种表现。

最值得一提的是赵亚明发表在《经济参考报》上的七篇有关贵州"房屋银行"的报道，该报不但把贵州的房屋置换模式向全国推广，而且通过文章和评论等方式，加大了对贵州经济发展的宣传力度。这七篇文章发表后，文章中介绍的贵州"房屋银行"也在全国范围内得到了广泛认同，并且有不少省市前来贵州取经，对我国房改大环境的改善起到了良好的推动作用。

一个优秀的记者，除了要具备有关职业技能、技巧等素质外，还需"有胆、有识、有度"。

"有胆"就是要有理论勇气和敢为人民鼓与呼的职业良知。

"有识"就是要有较高的政策修养，能透过现象看本质，对眼前事态有超前的预测和判断能力，并能确定自己对事件的参与或干预程度。

"有度"就是有分寸，政策分寸、感情分寸和技巧分寸。有些事欲速则不达或矫枉过正，都是对"度"缺少分寸所致。

纵观全书，可以说赵亚明在"胆、识、度"方面还是掌握得比较得体的。如《花溪有知当垂泪》这篇通讯，问题提得相当尖锐，而且毫不掩饰记者的观点，既咄咄逼人又不颐指气使，义正词严地把滥伐花溪公园林木的公园负责人问得理尽词穷，继而又把问题提到花溪区委面前，促使区委拿出了整改方案。此文标题较好——《花溪有知当垂泪》，结尾也呼应得好："记者和大家一道，期待着花溪早点抹去泪痕，破'涕'为'笑'！"全文八千余字，由于对问题层层剥离，丝丝相扣，有理有据，词锋犀利，所以不但能让人一气读完，并能使人心绪大快。如果说新闻作品也像小说、散文那样讲究名篇的话，那么，我认为《花溪有知当垂泪》就该列入名篇的范畴。

本书中的《"三资"企业难事录》在几年前发表时，就引起了读者注意，由于其所提出的问题既十分具体又十分尖锐，所以具有相当的理论穿透力和实践指导意义。文章把"三资"企业在贵州投资碰到的障碍归纳为六大难，而且每一难都有具体事例,这就是"政策空泛兑现难""法规不全运作难""缺乏诚意合作难""管理刻板改革难""服务落后引资难""'三乱'严重发展难"。当年,我曾把这篇文章推荐给一位省委负责同志看,那位负责同志看后说:"切中时弊,不改不行!"可贵的是这篇文章结尾处加了一段"坚持开放破万难",为解除上述难题找到了药方,让人们看到了希望和信心。

本书作者不但是一位有政治责任感的记者,而且也是一位善于探索和创新的记者。近年来,有人提倡用散文笔法写新闻,以便使新闻作品更加丰富多彩,更具表现力。作者不但加入了尝试者的行列,并出了一批成果,这就是书中的《金秋时节陕西行》,一共九篇。此前,我只认为本书作者是一位勤奋锐敏而又具有一定理论修养的记者,正是这九篇新闻随笔,才让我进一步发现作者还具有较广博的文史知识和圆熟的文字功力,这是一个优秀记者必不可少的看家本领。例如在采访陕西博物馆时他写道:"置身其间,就好像进入了'时空隧道',纵横几万里,上下数千年,俯瞰也罢,仰视也好,全在转瞬之间。一抬头,是原始社会;一闪身,到了春秋战国;一迈步,竟是秦人鏖战,汉人欢歌;一转眼,又见元兵驰骋,清军入关……"文笔是何等洗练。比如在参观碑林时作者写道:"如果说电解槽可以给金属镀锌、镀镍、镀铜、镀铬,那么碑林则会给人镀上厚厚一层文气、书气、艺术气,甚至可以把人整个锻冶成含金量足的文化名家。"一种抽象的文化"熏陶"现象,就这样被作者用生动的比喻和精当的文字阐释得如此通俗易懂,如果没有相当的语言和艺术积累,何能如此? 平时,新闻界最讲究的是感觉敏锐,抓新闻及时,小中见大,平中见奇,这当然非常重要。年轻记者们却不大注意炼字、炼句和炼意,认为那是作家、诗人的事。其实,我们的前辈记者,大都能写言论、写杂感、写报告文学、写散文。

总之,吃新闻饭的人,一定要把笔杆子玩得十分熟练,才能举重若轻,倚马可待。从书中看来,这些方面,赵亚明是注意到了的。

赵亚明年富力强,对新闻事业十分执著,贵州省政协的历届领导对《贵州政协报》和他本人又十分关心,报社内部亦十分友爱团结,又遇上西部大开发的绝好机遇,用武之地大增,可以说天时、地利、人和他全占了。只要他继续努力,锲而不舍,定能取得更大的成绩,并对贵州的新闻事业作出更大的贡献。

黔派散文添新姿

——评张金良散文集《摭拾的碎片》

中国文坛一直存在着严重的文体歧视，其表现就是小说宛若嫡传，而其他文体一如庶出，连大诗人艾青也大发怨气："中国作家协会，实际上是小说家协会!"有一个由多名专家组成的什么委员会，受某出版社之托，评选中国现当代十大文豪，结果选出的全部都是小说家。原中国作协书记处常务书记鲍昌主编了一部《文学艺术新术语词典》，在"文学的样式、品种和体裁"一栏中，有关小说的条目多达九十条，诗歌六条，散文只有三条，由此可见散文被冷落到什么地步。

而散文却宠辱不惊，因为它有全国最大的读者群和作者群支撑，散文虽然难于被日益商品化的文学机制青睐，但却因此为真正的文学保持了一片相对安宁的净土。在散文的楹柱上，似乎可以挂一副这样的对联：追名逐利请到别处，心浮气躁莫入此门。

当诗歌在朦胧、先锋、后现代和无主题的城堡上不断变换旗帜酿造繁而不荣的时候，当小说从伤痕、寻根、反思、改革、新写实和私人化写作轮流坐庄的岁月里，散文领域却相对平静。当然，林子大了，什么鸟都可能前来筑巢，即使林中也出现过"小女子散文""小摆设散文""纯休闲散文"等异样声调，但分贝都不高。中国散文的主体依然是沿着"五四"以来奠定的散文传统，即"不拘格套，独抒性灵"发展。它沿着时代的河流，自由自在，一路唱唱吟吟，既自娱自乐，又兼惠同好。由于它倡导说真话，抒真情，令人亲切温馨。甚至一些小说家在走出他们艰辛编造的幻景后，也要借助散文来倾诉一些苦涩酸甜，所以很多散文家园的叛逃者,闹腾了若干时候,依然会回到这片乐土。一如黄永玉在沈从文墓前说的:"一个战士,不是战死沙场,就是回到故乡。"

贵州散文作家,在形式上大都遵循着传统散文的套路,不论是稍早崛起的秋阳、张克、李起超、戴明贤、徐成淼、罗文亮、张劲、何光渝诸贤,还是近年来较为活跃的王大卫、张金良、赵雪峰等人,他们的作品虽然都有各自的特色,但也都有许多共同的点线基本可资证寻,大致形成黔派散文的基本特征,这些特征大致可归纳为以下几句话:

> 重视乡土性,常抒旧时情,
>
> 玩世非不恭,奇崛寓清纯,
>
> 法度各有异,不离高原魂。

贵州的散文高手全是业余作家,是文苑的票友,偶尔写写散文,只是出于爱好,有感而发,轻松自如,一不受职责限,二不为稻粱谋,虽然产量不多,但名篇佳构却不少。

近日,喜读张金良新近出版的散文集《撷拾的碎片》,这是一部具有浓郁的黔派散文特色的厚重出版物,读后感触良多。

金良近十年发表的散文不下二三百篇,但这次结集只选了六十来篇。是金良作品中较为精致的篇什。作品分为六辑,有议论类,有游记类,有对旧时景物和人物的回忆,也有近乎报告文学的人物速写。其中对贵州一批艺术家的全景式描绘颇见功力,常常寥寥几笔,就写出人物的精神风貌。如他写贵州著名花鸟画家谭涤非在"文革"中的遭际就很精彩:"……谭涤非前科老右,今科花鸟虫鱼,封资而修,岂能蒙混过关,于是,大会火烧小会油炸,没完没了地斗将起来,此时的谭涤非俨然参禅入定一般,两耳不闻,两眼不见,你斗你的,他想他的,往往一场斗争会下来,他的一幅画稿也构思好了。入夜,便摊纸研墨调色,一挥而就……"就这一段简洁的文字,把老谭在逆境中对邪恶的蔑视,对艺术的追求,人格的魅力,豁达的胸襟,表现得十分充盈。这,就是艺术功力。

黔派散文的重要特征之一是"重视乡土性",金良散文中的《老街》《老屋》

《小路人家》《崩陇寨的两个女人》，光听题名就能大致揣想它的题旨，但在描写乡土情韵中又常夹杂着幽默和调侃。《春联旧事》是写"文革"期间一个小山村过大年的事，工作组的老肖把"知青"们叫来布置"过一个革命化的春节"，具体措施就是给七八户阶级敌人贴上白色对联，作者被指定拟联，经过一夜苦思终于寻出了几条，如"大仓小仓仓仓装的剜心血，大斗小斗斗斗量的剔骨泪(地主)；说圆是方句句骂党，画方为圆笔笔涂黑(右派分子)……"大年初一，老肖按锁定的名单，率领小将们去贴白纸对联，最后来到一位孤寡老妇的破屋前，据说她是地主，老妇连连叩头请求不要贴白对联，被老肖一脚踹翻在地。作者写道："回过头看，那副白对联愈加惨白，雪地上瘫软的老妪，寒风吹散了她花白的头发，还在呼天抢地的哭号，我心里像压了块石头，沉甸甸的……"

看了作品的这一组"长镜头"，也给读者心里压了块石头。这既是对那个罪孽的岁月的控诉，也是作者对自己的心灵进行救赎。冷僻与机智，幽默与苦涩，愤怒与悲悯，温柔与激烈，这些主题元素在金良笔下都得到不同程度的交融。可以说在黔派散文中，《春联旧事》是一篇极有深度的佳作。

常在散文中讲故事和刻画人物，是金良散文的又一特色。叶辛的《孽债》是写当年上海知青留在云南的子女到上海寻找父母，而金良《又见"阿拉"》写的却是当年的上海知青"阿拉"成富商后回贵州寻认当年留下的儿子。其中写得最丰满的人物当然是"阿拉"，其次是阿牛的老婆和"我们"，这段特殊年代形成的离奇故事、背景、情节、人物关系都极为丰富，全文仅两千多字，如果不是囿于报纸版面限制，凭着金良丰富的阅历和良好的文字感悟，是完全可以演绎成一部长篇小说的。金良的职业是报纸副刊编辑，他要求别人也要求自己的作品高度浓缩，如果溢美，可以谓之凝练，但平心而论，金良书中大材小用之处，比比皆是，实在令人痛惜。

最让我难以忘怀的是《黑炭》，黑炭是条极不被人看重"黑不溜秋，瘦骨嶙峋的狗"。它的主人是知青欣梅，因为歹徒袭扰过欣梅的茅舍，她只得从城里抱了只小狗来做伴。开始还可喂它些麦麸，后来连自己也"饱一顿饥一顿"的，便顾不上黑炭了。于是它只能乘人不备偷吃几口猪食甚至吃残留在坑边的大便，但它依然忠诚地守护着小屋当欣梅的卫士。欣梅要回城办事，再回乡下时黑炭已被人打得奄奄一息了,但它依然用最后的力气扑上去迎接主人,"眼里似乎蒙上了一层泪水"。黑炭终于死了,欣梅把它掩埋在屋后,谁知又被人刨出来烧成汤锅下了酒……

谈完《黑炭》,我流下了泪,不仅仅是为黑炭,而是它勾起我对往昔生活中的许多记忆。

金良的《黑炭》是一种反讽,也是一种曲笔,它昭示读者:在一些特殊环境里泯灭了人性的人,还不如狗;而那只瘦骨嶙峋最终被人下了汤锅的狗,却具有人性中的善良、坚韧、忠贞和贫贱不移的优良品质。黑炭死了,但它的精神活着,活在金良的书中和读者的心里。这是一个残酷的议题,值得人们去玩味、去反思,从而感受我们生命价值链中的某些缺失。

人生不是诗,不能时刻都激情澎湃,也不是小说,不会经常出现离奇的故事,人生是散文,它虽然有激情也会有故事,但它的常态却是自然和平实。好的散文,总是在自然中掀起激情,在平实中挖掘故事。这不是生活在效仿散文,而是散文总是在效仿生活。张金良的散文,明显传达的不是当今小资散文圈的信息,它总是穿越雅俗的樊篱,带着地域、时代和经历赋予的流行色,走向读者的视野,融入黔派散文的大背景中。

黔派散文是中国西部散文的一支劲旅,它不卖弄蛮荒,不炫耀闭塞,不躲避崇高,不拒绝雅致,它不屑于刻意攀附,更不追寻时尚包装。重视乡土性和不离高原魂,就是它长期实践而又苦苦探求才逐渐显现的自然品牌。张金良的《撷拾的碎片》,不但使自己的创作特色得到了展示,而且为方兴未艾的黔派散文增添了新的姿容。

执著是银，感悟是金

——读刘毅的中篇小说

　　贵州文坛，有两位颇有成就的作家都叫刘毅，两人都是区、县文联的主席，而且两人都是两本文学杂志的主编。一人身居开阳，主编《茉莉文学》；一人身居六枝特区，主编《六枝文艺》。开阳刘毅操持散文诗，已在省内外刊物发表了近千首作品，并出版了《刘毅散文诗选》，在开阳召开了近十次散文诗会，培养了本地的数百位散文诗作者，开阳还被中国散文诗研究会命名为"中国散文诗乡"。六枝刘毅操持散文和报告文学，身手十分了得，已出版了散文集《石头上的梦》，他在六枝以培养本地作者为己任，一年一度召开"桃花诗会"，邀请省内外文学名家前去讲课，为本地诗作者的诗歌加以点评并帮助修改。每次"桃花诗会"开完后就出版一本《桃花诗萃》，到今年为止，已召开了十八届"桃花诗会"，出版了十七本《桃花诗萃》，选用了近千名诗歌作者的数千首诗歌，成为贵州极为罕见的文化现象。如果说开阳刘毅可称为散文诗之乡的"乡长"的话，那么六枝刘毅就该称诗歌之乡的"乡长"，两位"乡长"都是文化官员，且不论他们个人的创作成就，就数一数他们的"文化政绩"，用"显著"甚至"显赫"二字来形容，也可算名副其实。

　　两位刘毅都是我的好友，他们的成绩我十分敬重，我曾经想为他们写一篇文章，题目就叫《两个刘毅两重天》。文章还未写成，就接二连三收到六枝刘毅寄来他新近发表的几部中篇小说，展读之后，我始而惊喜，继而惊讶，我的阅读范围并不算窄，但我敢断言，刘毅的"三官系列"《官道》《官场》《官人》，不但在贵州，就是在全国范围内也具有相当的特色。当今中国写官场和政界小说的作家并不少，但写得真实、写得机巧，写得让人读后如亲历其境的并不多见。在贵州写高层官场最有生活气息、最真实生动的要算老作家龙志毅，因为作者除了有深厚的文学功底外，本身就是省部级高官。他的《政界》写的就是他的身边事，许多情节和细节都有依据，只是信手拈来几桩几件而已，他的作品显得十分从容和大气。而刘毅写的都是农村最底层的"小吏百态"，这些排不上品秩的乡镇长、村长支书、小学校长和教导主任，他们的追求与期待，得意与失意，进取与拼争，惋惜与无奈，刘毅都了如指掌。在技巧层面，只要能编一个好故事，具有一定的语言和叙述能力，就能写成一篇或一部小说，至于在擢发难数的小说丛林中，能否让自己的作品高出一些尺寸，则完全要靠作家的感悟和发掘了。从文学的根本说，题材的本质永远是现实的，更何况刘毅抓的是农村"小吏百态"中读者还较陌生的腐败病变，而且一写就是三部中篇，《官道》《官场》和《官人》，一部比一部让人读后目瞪口呆和惊心动魄，打破常规的"出牌"手法，客观真实的白描技巧，幽默风趣，侃侃而谈，平实中夹着奇崛，晴空里突降惊雷，刘毅的"三官系列"撩去了农村田园牧歌的轻纱，给人们带来许多心灵的震撼和深沉的思索。

我认识刘毅多年，他发表的散文和报告文学都先后读过，及待读到他的第一部中篇小说《官道》后，更对他肃然起敬，震惊之余，让我想起他的勤奋执著和艰辛丰厚的人生旅程。

刘毅毕业于贵阳中医学院，回到六枝老家后，当过教师和医生，参加过数不清的考察组、工作组，跑遍了六枝的所有乡镇，以后又下乡当乡党委副书记和区委宣传部的官员，最后调任特区文联主席，主编《六枝文艺》。这样丰富的生活经历，给他的文学创作提供了若干可资利用的生活素材。由于他对基层官场具有洞察入微的熟稔，所以他的几部中篇毫无编造痕迹，充满浓郁的"原生态"气息。

《官道》是刘毅"三官系列"的第一篇。凉泉村小学的校长因犯"花案"而被免职，乡里指定熟悉教学、工作踏实的教导主任王仁"临时主持工作"，别看这小小的校长不上品位，可对手下二三十位教师和近千学生来说，却是一言九鼎的人物。好处有多少谁也说不清，仅凭每年的书费和本子费的回扣就是一笔可观的数字，因此，觊觎这个宝座的人不在少数。王仁虽有优势，但并未正式任命，变数还大。此时一位熟悉"官道"的表弟开导王仁，当今官场的常规是"平时不行春风，急时哪来春雨"，憨厚的王仁终于开了窍，忍痛卖了老婆养来过年的肥猪，买了两瓶茅台酒随表弟到决定人事大权的乡党委书记卢保山家拜佛。谁知瞄准校长位子的还有青年教师张锋，此人虽不学无术但家道殷实，他一次就给卢保山送去二十张"老人头"，其价值在王仁的三倍以上。按照"贡献"的大小，卢保山准备任命张锋为校长，王仁为副校长，正在准备宣布任命的时刻，卢保山突然接到两个神秘的电话，立刻将原来的议案推翻，任命一个外校的青年教师担任校长，这一决定，让所有的乡党委委员都目瞪口呆。可怜的王仁被形势"逼良为娼"，作了一回权力的牺牲品，虽然卖了肥猪上贡，由于"火力"不足，最后还是"原地不动"；至于那个"不跑不送，降级使用，只跑不送，原地不动，又跑又送，提拔重用"。至于送给谁，送什么，何时送，送多少，如何掌握"火候"？这些在《官人》中都有细微的描写。人在官场，身不由己，各有各的无奈，作者没有动用什么宏大叙事，也没有安置什么迷宫陷阱，只是用充满乡土气息的语言，绘制了一个西部小县七品以下的一幅幅群丑争官图，既让人警醒，又让人揪心。

基层干部最贴近人民群众，他们的腐败最易离间党群关系，给党造成重大损失。刘毅是看到了这个问题的严重性的，所以他才在《官人》赘语中说："做人民公仆常常被不少官人挂在嘴上，可而今目下，主人有几个比得上'仆人'快活？"

刘毅在"三官系列"之外，还有写城乡关系的中篇小说《都市鸟》，作品把"城里人"和"乡下人"之间的相互依赖、敌视、转换、交融，表现得十分生动微妙。

刘毅这几部中篇在表现手法上都十分紧凑，许多地方似乎还可释放和展开，因此，我总感觉刘毅是把长篇压缩成了中篇，既可惜又可贵。可惜的是他大材小用，可贵的是他刻意追求凝练和精致，选择后者，是他的明智。

这几年，刘毅在创作上十分勤奋，十分执著，他还具有深挖题材、别开生面的感悟能力，并熟练地掌握了中篇小说的艺术表现手法。目前，他的创作处于一个十分难得的井喷时期，执著是银，感悟是金，刘毅既能执著，又善感悟，所以他能金银全收。

官场莫测，文场也莫测，刘毅到底还能再走多远尚难预料。只盼刘毅不要小富则安，要一步一个脚印，努力走出贵州，走向全国。

读《杨再常诗词选》

上个世纪八十年代初,我在初创刊的《贵阳晚报》担任副刊编辑,有人给我推荐了杨再常同志的一些诗词和书法作品。在众多的来稿中,再常同志的作品确实使我眼前为之一亮,特别是他的诗作,清新自然,感情真挚,很有生活气息。明代诗评家都穆论诗时说"学诗浑似学参禅,须知妙语出天然。"我读再常同志少年时代写的《咏菊》就有这种感觉。

咏颂菊品的诗,古往今来已经有很多了,如元稹的"不是花中偏爱菊,此花开尽更无花",黄巢的"待到秋来九月八,此花开后百花杀,冲天香阵透长安,满城尽带黄金甲。"

再看看少年时代的杨再常是这样咏菊的:

> 秋日天气太肃杀,
>
> 百花凋残菊偏佳,
>
> 独在园中含着笑,
>
> 隐逸来自诗人夸。

此诗在字句上虽然还可以作一些打磨,但从境界上看,却有直逼前人的气势,"百花凋残菊偏佳",不但写出了菊的形貌,而且写出了菊的风骨,在单纯后面藏着丰厚和暗寓。诗的最后两句把这种大的境界作了进一步的升华。其实,秋风中的菊花无意表现自己,只是在园中"含着笑",而隐逸和高雅并非自己的追求,那只是诗人们的夸赞而已。这一转折,把菊的谦虚,菊的高洁,作出了异于前人的评说,这就是功力,就是创作。

这首诗在我主持的"甲秀诗坛"栏目中发表后,反响极佳。以后,再常同志还寄来过一些书法作品,他的书法流走自然,笔致瘦劲,半行半楷,似得董其昌笔意,我们接连发表过好几幅。其中一幅写的是"授人以鱼,只供一餐之需;授人以网,则终生享用无穷",所以我将原稿拍照了下来,放在玻璃板下时时欣赏,可惜后来多次搬家不慎遗失。

再常同事病逝后,他的家人把他留下的几十首诗词交给我,希望我作一些编选工作,以便出一本纪念性的杨再常诗词。通读之后,感触很深,这些诗词,非常鲜明地表现出再常同志对党和祖国的热爱,对家乡的热爱。党的许多重大活动他都有诗歌颂,对他的家乡松桃更是笔含深情,读后令人十分感动。

诗词中除了对党、对祖国、对家乡、对战友、对亲人的热爱之外,还有对"四人帮"及其爪牙的仇视和鞭笞,这一部分作品,虽然有概念化倾向,但也可以反映那一个特定的历史时期再常同志的思想感情和生活经历,所以我觉得还是应当全部保存。

再常同志读中学时写的《咏菊》和二○○四年夏季病逝前写的《生活回顾》,都是感人至深的杰作:

> 百结鹑衣忆少年,
>
> 煮苕煨芋亦佳餐,
>
> 补丁洁净人弗笑,
>
> 赤脚读书我不惭。
>
> 四九幸福获解放,
>
> 五零狂乐着转棉,
>
> 喜今开放改革后,
>
> 丰衣足食户户欢。

这首七律是再常同志对自己一生经历的总结,全诗感情真挚,对仗工整,遣词准确,余韵无穷,是再常诗作中的上品。

通读再常同志的诗词,不仅使我对他的优秀品质有了进一步理解,还使我对这位"赤脚读书"的农家子弟成长为诗人和书法家的艰辛历程,产生诚挚的敬仰之情。

长篇小说《逐鹿南疆》自序

以过去和现在的铁铸一般的事实来测将来,洞若观火!

——鲁迅

古希腊学者阿基米德曾经说过一句被后人视为狂言的哲语:只要给我一个支点,我能把地球撬起来!

与其说这是一个物理学命题,不如说是一个伦理学命题。

这样的支点,历史是不会轻易赋予人类的。然而在本世纪四十年代的最后一年,中国人民却得到了它。于是在占人类四分之一人口的古老国度里,出现了一场翻天覆地的变化。

上溯五千年,没有任何一年能像一九四九这样令人震撼,只要是生活在亚细亚这片被称为神州的土地上的人群,不论男女老幼,不分汉满蒙回,几乎无一例外地都卷进了这滔滔的巨潮之中。

大起大落,大悲大喜,鲜血与火焰,苦泪与深仇,龙潭虎穴,纵横捭阖,枪林弹雨,尸山血海,一切的一切,不论就规模大小,还是就激烈程度而言,都堪称史无前例。人民的共和国得以在这一年的十月建立,历史上最腐朽的蒋介石王朝的残兵败将,也是在这一年被强大的人民武装从云南边疆赶出中国大陆的。

历史给了云南为蒋家王朝在大陆画一个句号的荣幸。

在以中原为视点中心的人们看来,云南简直是化外的蛮荒之地,它离仰光、西贡和加尔各答比上海北京更近,诸葛亮《前出师表》中"五月渡泸,深入不毛"的描写,以及七擒孟获、砍头祭谷等演仪式的描绘,使得云南在人们心目中的方位,几乎比"连峰际天兮,飞鸟不通"的夜郎古国还要偏疏,就连宋王朝也曾把云南一度划到版图之外。但在近代史上,云南却以著名的"护国运动"成为举世瞩目的风暴策源地,抗日战争中云南既是坚实的大后方又是与日寇滇缅决战的前哨阵地,还有风起云涌的学生运动更为国人所共仰,昆明曾被誉为"西南的民主堡垒",至于解放战争期间遍及全省的云南人民游击战,更使这个偏远的省区显出旺盛的战斗活力。

当我穿上特制的小号军服,以一个文艺小兵的身份进入南疆的万山丛中时,中国大陆国共之间进行的最后一战——滇南战役不过才结束三四个月,许多勇士的战伤还未痊愈,许多烈士的新坟还未长出青草。不久,我所在的部队既编入了许多"边纵"的旧战友,也编入了不少云南起义的国民党军队的官兵。当年,他们在这片土地上水火不容地怒目厮杀,如今却在一口锅里情如手足地同稀共稠。于是,春日夏夜,茶余饭后,我有较充裕的时间来听取他们从各自角度讲述的有关云南解放前夕数不清的"原汤原汁"的战斗故事。

四十多年后,在"边纵"缔造者之一的朱家璧将军倡议下,笔者应邀重新访问了云南。陪同我访问的边纵老战士中,有当年的支队司令员和团营连指挥员,以及卫生队长、政工队长等十多人,他们在当年的战场现身说法,相互补充,使老干遥远的战斗场景能跨过时空较具象地呈现到笔者眼前。我们一行从黔桂边境,梳行滇南、滇东、滇中、滇西北直到滇缅边境,途经五十余县,行程六百多里,造访了许多当年"边纵"激战过的战场和重要根据地,每到一处还和当地的"边纵"老战士座谈,各地党史部门也为我们提供了大量的文字资料,这样,对于滇桂黔边纵队的战斗历程才算有一些真切的了解。

经过一年多的采访,笔者越来越坚定地认为,云南之所以能和平解放,除我南下大军的兵威震慑之外,其次是卢汉将军顺应历史潮流的义举,还有一个重要的因素就是中共云南地下党的统战工作和中国人民解放军滇桂黔边纵队十多万战士的英勇奋战,这是一鼎三足,不可缺一。

然而,令人遗憾的是,滇桂黔边区纵队的赫赫战功长期以来竟然不为国人所知,其声名甚至被一些人刻意歪曲,使十多万曾经浴血苦战的边纵战士长期蒙羞受辱。更令人遗憾的是,反映这场斗争的文艺作品至今寥寥。

朱家璧将军曾经痛心疾首地说:"不见到反映边纵的长篇作品,我死不瞑目！"

如今，朱老将军已经带着难以瞑目的遗憾故世了，于是，撰写"边纵"斗争生活的重担，便义不容辞地摆在我和同伴们面前。

我也知道，如今这些带着硝烟的故事，对于整日唱着《爱上一个不回家的人》和读着《过把瘾就死》的少男少女们，可能已如出土的青铜器那么古老，偶有所闻，也宛若面对一首朦胧诗或一缕青烟那么淡邈。然而，这是不该失落的一页，失落了，我们卷帙浩繁的解放斗争史，就将留下残缺不全的遗憾。

云南的人民游击战争有一个明显的特点，它的战斗成员中知识分子占了相当大的比重，"边纵"的中高层领导干部也以知识分子居多，有好几支队伍，甚至就是由地下党员中的校长、教师领导全校学生暴动而建立起来的。从一九四七年夏到一九四九年底，"边纵"在云南全省及广西、贵州的部分县区约两千万人口的广大地区，建立起十多个成块的游击根据地，主力部队和县区游击队发展到十五万人，钳制了国民党的十多万军队，共歼敌六万余人，解放县城近百座，其间，惊心动魄、可歌可泣的英雄事例，实在擢发难数。

要想全面反映"边纵"的斗争史迹，不是笔者所能胜任的，我只能采用管窥蠡测方法，选取最有代表性的几滴"海水"和几片"木叶"，以期能引导读者去想象江海的宏富和春景的艳浓，一如史家从龟甲和兽骨上的符记去破译先民们的神秘生活。基于此，我才放弃了面面俱到的初衷，侧重选取朱家璧将军领导的一次纵横八千里的远征来作为这部长篇小说的活动背景。

当我虔诚地沿着"边纵"战士当年的征途跋涉时，我心中常常涌现的是泰戈尔的两句名言：

> 让死者有不朽的名。
> 让生者有不朽的爱。

《三线人》序

据资料记载:所谓三线地区,是相对于一、二线地区而言。从广义上讲,三线是指长城以南、广东省韶关以北、京广铁路以西、甘肃乌鞘岭以东的广大腹地,包括十三个省、自治区的全部和部分地区。

从上世纪六十年代开始,在我国西部地区展开的规模巨大的三线建设,是新中国成立后我国经济建设的一次重大战略调整。三线建设规模之大,投入之多,动员之广,行动之快,职工积极性之高,都是前所未有的。在较短的时间里,从国家机关抽调上千名领导干部,从科研单位选调上万名科技人员,从沿海地区内迁数十万名职工,从老工业基地和老企业调来十几万名工程、管理和生产骨干,成建制地调来数十万人的建筑安装队伍,还有人民解放军铁道兵和工程兵的广大指战员。这样,在祖国的西部地区,来自四面八方的建设大军,以磅礴气势,掀起了轰轰烈烈的三线建设高潮。

进入上世纪八十年代以后,中央基于对形势的正确判断,提出"军民结合,平战结合,军品优先,以民养军"的方针,对三线企业采取"调整改造,发挥作用"的一系列重要措施,对三线建设企业有计划、有步骤地进行了企业布局、产品结构、产业结构、经济关系等多方面的调整。改革开放以后的三线企业和三线人,又以新的思路、新的构想、新的策划、新的姿态去迎接新的挑战。三线建设对于改善我国的生产力布局、增强经济和国防实力、促进三线资源开发、推动少数民族地区的经济发展和社会进步,为今天西部大开发的展开,都具有十分深远的历史意义和现实意义。

《三线人》就是以这一段历史为背景创作的三十集电视连续剧。该剧塑造了罗友军、邵青、郑志明、陈建平、周雪琴、邓树清等为代表的一大批大公无私、任劳任怨、开拓进取的三线人的光辉形象,讴歌了三线人"献了青春献终身,献了终身献子孙"的奉献精神。

《三线人》题材独特、故事新颖、内涵丰富、情节曲折、主题鲜明、思想深刻,人物性格各异,命运各有不同。全剧设置了接连不断的故事悬念,充满了正反面人物的尖锐矛盾和冲突,不仅写了三线建设的伟大业绩,对三线人的家庭、婚姻、亲情、友情、爱情,对三线人的快乐、三线人的苦难等,也作了淋漓尽致的揭示,读后让人感动。人们通过三线人的故事,会勾起对峥嵘岁月的绵绵回忆。通过《三线人》的生动故事,让人认识到,当年的三线建设是今天西部大开发的前奏,今天的西部大开发是昨天三线建设的延续。明确这一认识价值,会增强人的创新精神,从而推动今天的改革步伐。我认为,这是一部充满人性关怀和浪漫抒情色彩的电视剧,也是一部并不多见的反映工业题材的较好作品。

大胜同志是我的战友,也是我多年的文友,对于他已发表的大量作品,可以说我都基本上阅读过,他的作品的基本特征应该归纳为"中性文学"。所谓"中性文学",其作品的形式和构架既具有严肃文学(也称纯文学)的内核,也具有通俗文学的明显特征,另一种说法就是雅俗共赏文学。以他的长篇小说《将军被刺之谜》和《金三角风云》为例,实际上就是传统意义上的严肃小说与现代意义上的通俗小说巧妙嫁接的小说。我以为,他的小说既包容了严肃文学人物、情节、环境的三个基本要素,也融进了通俗小说故事性、传奇性、可读性、娱乐性的内涵。也就是说,他的作品既重视主题的提炼、人物性格的塑造、格调品位的高雅、典型环境的描写、文学语言的运用等严肃小说的基本内核,又重视通俗小说故事跌宕起伏、情节曲折离奇、悬念扣人心弦等主要特征。所以,十二年前,贵州作家协会、贵州现当代文学学会召开罗大胜的作品研讨会时,贵州民族学院文学评论家、已故教授安尚育就认为,"罗大胜是贵州文坛架设纯文学与通俗文学桥梁的第一人。"所以,不论罗大胜的长篇小说还是中篇小说,都具有"中性小说"的特征,小说出版后都很受读者欢迎,发行量都在万册以上,有的甚至接近十万册。

除了小说写作之外,罗大胜也是有剧本写作经验的作家,他的五部电视剧本已先后拍摄为电视剧,这些电视剧除了具有戏剧起承转合的"开端、发展、高潮、结局"之框架结构而外,也具有"中性小说"的特征,三十集电视剧本《三线人》也是如此。据了解,为写好《三线人》的剧本,他阅读了《中国大三线建设报告文学丛书》等六部三百多万字的报告文学作品,在网上阅读了中央过去和现在有关三线建设的大量讲话和有关文件精神,又先后深入到多个三线厂矿采访和体验生活,应该说三十集电视连续剧《三线人》的出版发行,是大胜多年生活的积累和电视文学创作技巧的成功运用。

据悉,中央电视台影视制作公司与贵州巨日影视公司已决定联合将《三线人》搬上屏幕,贵阳市也启用文化产业发展基金给予支持。衷心祝愿该剧早日投拍并与观众见面,同时,也希望大胜今后写出更多更好的影视作品。

何必武陵路　随缘物外心

——作家王黔生印象

　　黔生的小说集、剧本集我读过多部，都极富才情。但更让我刮目相看的是他十年前出版的论文集《蔚蓝色的呼唤》。这部文集出版后，曾在读者中引起了强烈的反响。文集中一些论述贵州经济走出山门走出国门的文章，曾得到贵州省委、省政府、省政协主要领导的赞赏，曾批示作为厅级干部的学习资料。一些地州还将文集中的一些文章单独印发给县处级干部学习讨论。

　　于是九十年代"王黔生"这个名字在贵州大为走红。他当时只是贵州省政府驻厦门办事处的一个七品芝麻官。许多人都预测，此人才华过人，父辈又是厅级和省级老干部，在仕途上定会春风无限。

　　谁知此君，策划他人别事（如全国性的长江漂流活动震惊华夏神州）头头是道，有章有法；事及自身，却几近木讷，既不张扬，也不"走动"，自甘在本职哨位上默默守望。又一个十年，禄米虽未加增，但他的第二本文集却悄然问世。书名《秋至满山皆秀色》，几十篇作品林林总总，有论文，有调研报告，还有一些随笔，读来清新扑面，且亮点多多。这些作品大都在省内外报刊杂志上发表、转载过，《人文科学》杂志转载他的作品后还聘他为人文科学研究所特约研究员。我就想，一个政府公务员，把自己的学习研读紧紧与本省社会经济发展紧密结合，在经济特区飞速发展中找到西部省区急需的思路、措施、政策和解决难题的办法，且从不放松怠慢，位卑未敢忘忧国，在厦门一干就是二十年！这真让我惊讶，也让我敬仰！

　　文集中《两岸关系的准确判读和对台经贸中的大福大贵》一文，是二〇〇五年写的，随后被多家报刊转载，文中对闽黔合作的分析论证以及对台的大势预测，今日读来仍具现实意义。其中推荐贵州省一家民营科技企业的生物环保项目，调研报告被省委内参《领导关注》刊发，引起重视，使该企业起死回生。他以《发展循环经济的关键是体制创新》等多篇调研，四处呼吁贵州省本土科研人员的专利成果推广，此成果将一举解决煤磷污染死结却无人问津，终因他推荐给省政协领导，同时在报刊上撰文疾呼，此项目得以成活。经全国政协北京专家组的论证后，引资进入贵州毕节试验区，不但解决了关键的中试经费，且此成果将获重大突破。黔生关注的这些社会、经济、文化等方面的课题，大都是当前全国的热点，更是贵州省亟待破解的一些难题：医疗体制改革、国企改制转型、经济发展中的污染治理、缓解城市交通拥堵和文化设施建设、非公有制经济快速发展过程中沿海乃至特区的新经验、新举措……洋洋洒洒，内容丰富，选题准确，调查扎实，结论可信，很值得推广。如果贵州省十多个驻外办事处的主任和几十位处长都能像此书作者心系黔山大地，从各驻地的视角提出一些促进本土经济发展的良方妙计，对贵州各方面的发展定然会产生极大的推动。

　　黔生是学者型官员，看看他为台湾投资人写的古城再造策划，"旅游视点随笔二十八则"，以及他的几篇网络小品，其国学根基及传统文化品位真要让人高看他一眼！这位四十年前的"老知青"，曾是轰动朝野的全国首次群众自发组织的"中国长江科学考察漂流探险"活动的发起人之一和大型专题片《长江漂流》撰稿人之一。黔生手上，出版和发表过的作品近三百万字，这是他个人最欣慰的私人"存款"。他至今还像他作品中介绍过的蚯蚓一样，不断默默耕耘，其中的一些篇章，肯定会定格在时代的精神文档之中。

　　近接黔生来信，说他明年将退休。不知何故，心中颇有些怅然，不觉涌起"冯唐易老，李广难封"的感慨。

　　人各有志，人各有路。清风明月，尘缘无彩。或许人视黔生失去的，正是他乐于得到的。

《即感录》

　　二十年前我就认识智贵了。那时,我在一家报社编副刊,他二十多岁,风华正茂,挎个照相机,成天东跑西颠,也不知他忙些什么。可隔三岔五,他就给我送来一沓照片或几篇短文,从中总能找到闪烁着才华而又适合当时读者兴味的作品。就这样,智贵成了我们编辑部的常客,当然,我和他之间就成了朋友。后来,彼此的工作和生活发生了多方面的变化,但我们之间的友谊依然如故。

　　在贵州,智贵是个热心的社会活动家,十处打锣九处在,如果有什么事办不成,就会有人提醒你:何不去找雷智贵想想法。朋友们戏称他是贵州的三大忙人之一,在这雅谑中,也透露出朋友们对他的赞赏和关怀。

　　智贵是个地道的大杂家,又是一个怪才,摄影、广告设计颇多建树,对文学也很有造诣,放在我们面前的这部《即感录》就是明证。这种形式、这种内容的作品,在国内我缺少调查,但在贵州,我还是首次读到。

　　早在一九八八年,智贵就在省城举办《贵州名人摄影展》,反响十分强烈,后又在北京举办《共青团工作回顾展》,到了一九九〇年又举办《雷智贵摄影展》《贵州首届招牌艺术摄影展》……把他喻为摄影领域里的一匹黑马,绝不为过。

　　在社会活动方面,智贵也算一个风云人物,一九八八年策划组织举办贵州首届少数民族斗牛大赛,一九九一年又在北京举办中国首届少数民族斗牛大赛,居然将贵州五百多个少数民族演员,六十多头牛拉到北京,可见阵容之大,场面之宏伟。敢在中国最大的体育场——工人体育场一展贵州的风采,实在令人钦佩。

后来他又策划组织深圳——万梓良甜妞演唱会、安徽界首——李谷一演唱会、海南首届人力资源杯卡拉OK大赛等,一九九三年还在贵阳举办中国首届国际名酒节酒标艺术展。

在文学方面,他出版了小说散文集《永恒》,还编辑出版了《伪劣商品识别法》《吴向必画册》《醉魂录》《雷智贵摄影作品集》等书,其中《吴向必画册》一书发行仪式还是在人民大会堂举行的。

智贵的业余爱好是打麻将、下象棋、围棋,与朋友喝茶聊天,兴高时可通宵达旦。

智贵是摄影家协会会员,名字被收入《中国摄影家大词典》,还是作家协会会员、公关协会会员……各种头衔一长串,而他说,那只是虚名,一个人的实力最终还要看他身后留下点什么。

智贵是属蛇的,他一生很坎坷,经历过困难时期,饿过饭、吃过野菜、捡过煤渣、经历过"文化大革命",小学尚未毕业便停课了,直到一九七〇年复课闹革命时才在学校混了一年,算是初中毕了业。幸运的是他没有被送到农村去"改造",而是进了国防企业当了一名工人,他在工作之余偷闲阅读了大量中外名著,并潜心研修,故给他文学方面打下较深的基础。

智贵曾因生病,做过大手术。一九八六年贵阳医学院将他的脾脏摘除了,从此他便成了一个缺少重要零件的人。可他在病床上还坚持写作,并在后来发表了大量的短篇小说及散文。医生判了他五年的活期,可他却置生命于不顾,顽强地工作着,时至今日已是十六个年头了,按他的话说是冥冥中有位先人在护佑着他,按我的看法则是智贵对生活有超常的意志力量,他用惊人的毅力和乐观向上的精神战胜病魔、战胜环境、战胜自己,否则他怎么还能活到今天呢?他曾幽默地说过,与他同时住院、同病房的病友们,有些比他年轻的,有的比他身体素质好的,有些比他病情轻的,可他们都去了。按理早该轮到他了,可是阎王爷硬是不肯收。这肯定是上辈子做了不少好事的缘故。

智贵的这部作品,我认真读过几遍,虽是"即感"之作,但他的感识符合思维逻辑,更何况短篇短句里透射出不少哲理和卓识,足见智贵对生活观察的细腻和文字功力的娴熟。

我们随便拣两篇来剖析一下。《围棋悟》说的是他和儿子下棋,棋艺不及儿子,总是下不过,但他从围棋要有"眼"才能活,有两个"眼"才能彻底地活中悟出了人生的道理。这也许是连聂卫平也未能悟出来的。《排除法》讲的是打麻将,打麻将中最重要的是排除,"无用的、多余的统统排除,哪怕是一张最好的牌。"生活中就是这样的,需要吸收,更需要排除。读者不妨认真一阅,这些篇什都是堪称最具哲理思想的文章。

在生活中,智贵说,要《当个称职的爸爸》,可见他对儿女的爱护和对家庭的责任感。他并不非议男人应该活得潇洒一点,但总不能连半个称职的丈夫都不当,在《当半个称职的丈夫》里已阐述得淋漓尽致。

智贵对生活还有他独到的看法,他说"阳光给我一样多,空气给我一样多,时间给我一样多,别人能活,我也能活……这个世界是我的,我就要去创造美好的生活。"

智贵的人生道路十分坎坷,几次从死神手中逃脱,因此,对生死问题也比常人看得淡漠。他说:"我还想,我死了,用我的骨灰种盆花,让人们的周围都五彩缤纷。"由此可见智贵对生活十分热爱,但作为智贵的朋友,读到这些句子,心情还是有些抑郁。

最后,我想诌几句打油诗送给智贵,作为这篇短文的结语:

> 智慧贵重且莫言,
> 遍尝苦辣与酸甜,
> 欲把沧桑化笑语,
> 多写即感多拍片。

历史迷津中的诗意探寻

——读罗文亮的长篇小说《夜郎春秋》

　　文亮兄把他新近完成的长篇小说《夜郎春秋》交给我,要我为这部小说写几句话,我知道这是有历史因由的。

　　上世纪八十年代初,文亮与世杰合写了一部中篇小说《古夜郎传奇》,当时我在《贵阳晚报》编副刊,文亮就把这部中篇交给我处理,这是解放以来我省创作的以夜郎古国为背景的第一部文学作品。这部作品的传奇色彩极为浓烈,从竹王降生到夜郎的繁盛,从翁指专权到汉使入境均有可信的描绘。我即将这部小说安排在我编的版面上连载,刊出之后,反响强烈,收到若干读者来信。我曾建议文亮把这部作品改编为电视连续剧,后因各种原因未能成事。虽然这部作品还不精致,几个主要人物也还有一些脸谱化痕迹,但当时的贵州文坛也并不景气,解放以来只出过一部准长篇小说,中篇小说也极为少见,特别是有关本土历史题材的中篇小说就少之又少了。所以《古夜郎传奇》的出现,依然算是一件文苑盛事。

　　孰料二十多年后,文亮突然抱着另一部描写夜郎古国的长篇小说《夜郎春秋》来到我家,这是一部侧重刻画曾经在夜郎古国这个大舞台上展示自身价值的历史人物群像的大型作品,没有当年《古夜郎传奇》扩写的痕迹,它场面宏大,情节曲折,人物众多,取舍得体,在读者面前展示了一幅古夜郎王国广阔的生活画卷。文亮说他"力求主要人物有血有肉,故事情节丰富曲折。"这一点《夜郎春秋》的文本作了肯定的回答。文亮还说"《夜郎春秋》是历史题材的小说,并非演绎历史的小说。"中国是历史小说的大国。人民群众日常有大量的"历史消费"需求，明清以前，主要由弹词评书和各种地方戏曲供应，明清以后，长篇历史小说才占有相当比例的"市场份额"。于是历史在讲述中变成了故事，故事在流传中误会成历史。唯其如此，文亮才吁请读者对于《夜郎春秋》要"从小说的角度去读、去评说"。

在中国，探讨夜郎之谜的专著已经有几十部了，至于散篇随论，则不胜枚举。这些著述对古夜郎的起源、疆域、族属、都邑、征伐、兴亡诸多方面，都作了言之成理的表述。

战国时期的夜郎国，除贵州的东部以外，其所辖疆域有今云南的四分之一，贵州的四分之三，广西和四川部分地区，其幅员并不亚于战国七雄中的韩、魏、燕、赵等国。所以司马迁在《史记·西南夷列传》中指出："西南夷君长以什计，夜郎最大。"秦统一六国后修五尺道，强并郡县，分割夜郎原属诸国，秦乱后，夜郎复国，重新控制了周围的郡县，独立于汉之外，当汉使至夜郎原属诸国，夜郎问道："汉孰与我大？"虽因此给后世留下了"夜郎自大"的笑谈，但不得不承认当时夜郎国在西南夷中的地位如司马迁所言是"夜郎最大"。

古夜郎从最初见于文献到灭国之间，有二百五十多年历史，由于各种原因史料却极为匮乏，但在民间夜郎文化的遗泽至今并未消泯，它在西南，尤其在今贵州境内仍引起若干专家的关注。要从这个神秘而又史料极少的夜郎古国寻找创作资料是非常艰难的，但又同时给创作者提供了想象的空间和取舍的余地。

文亮的《夜郎春秋》没有承担"借古讽今"的重任，也没有奢望达到"以史为鉴"的宏图。它只是演绎夜郎古国与汉王朝的恩恩怨怨和各色人物的起起落落，使你感到平易亲切而又事不关己，"一壶浊酒喜相逢，古今多少事，都付笑谈中。"让你轻松自如地在历史的餐桌上尽情享用这一席文学的盛筵。也许，这就是《夜郎春秋》作者的聪明之处。

《夜郎春秋》中的一些人物形象是真实可信的，如夜郎王竹兴既刚愎自用又鼠目寸光，二王子果彤既敦厚善良又略欠智谋，三王子邪务既颛顼霸道又屡被利用，摩老翁指既工于心计又狠毒专权，公主吉玛既清纯活跃又爱憎分明。特别值得注目的人物是汉牂牁太守陈立，他曾当过连然(今云南安宁县南)和不韦(今云南保山县北)的地方官,由于善用恩威并施的手段,所以在当地少数民族中有较高的威信。升牂牁太守后,他面对的是存心破坏大一统并"刻汉吏木像,立道旁射之"的夜郎王竹兴。陈立有智谋有勇毅,他到任后先礼后兵,发布"谕告夜郎王兴"。但兴执意叛汉,越走越远。经过多次较量,终于使兴伏诛,最后消除了夜郎国,使一统的多民族郡县制得以推行。在西汉史中,陈立是位值得浓墨重彩描述的人物。《夜郎春秋》对陈立的刻画是颇为到位的,有些章节,使人想起《三国演义》里诸葛南征的描写。

作为历史长篇小说,《夜郎春秋》的作者是有自己的美学追求的。作品既拒绝荒诞,又拒绝媚俗,执意用平实而又清爽的笔墨全景式地勾勒那个时代汉夜双方的朝堂决断、征战厮杀、帷幄谋划、欢宴豪饮、民族风习、男欢女爱、款语家常,并把国家兴亡与君王朝臣的性格联系起来,用传统的理论术语讲,便是在一定程度上写出了"典型环境中的典型性格",使作品具有一种历史的庄严感和艺术的可信度。这便是《夜郎春秋》给我留下深刻印象的重要原因。

眺望六盘水文学

——从吴学良《序曲与落幕》谈开去

上世纪八十年代初期的贵州文学,曾出现过辉煌,到了八十年代中后期,则出现了衰颓,一位在全国很有影响的作家颇为惋惜地说道:"黔军已经覆没。"他说的黔军,是指文学的专业队伍。

不料到了九十年代中后期,又出现了更为令人痛惜的"黔刊覆没"。这就是贵州几个有全国正式刊号的文学期刊,有的变为时尚型的消闲刊物,有的改变办刊宗旨。但贵州文苑并未在这种状态中消沉,不但创作出一些令人惊喜的作品,而且我个人认为各个地区在行进中还逐渐形成了自己的"产品特色",这就是——黔北以小说称雄,黔西北以诗歌扬名,黔西南以散文享誉,铜仁以民族文学见长,六盘水以文艺理论出彩……

谈到六盘水的文艺理论创作,除了有若干中短篇论文散见于国内报刊之外,仅我见到正式出版的专著就有以下这几部:吴秋林:《寓言文学概论》《中国寓言史》《世界寓言史》;高守亚:《散文创作新论》《长篇小说创作新论》;吴学良:《割裂与整合——贵州西部文学印象》《序曲与落幕——二十世纪六盘水文学概观》。

文学创作与文艺理论本来应当是相辅相成、比翼齐飞的,但就贵州情况来说,文艺理论的研究比之于文学创作却呈现出滞后状况。直到上世纪九十年代末何光渝、艾筑生主持的《二十世纪贵州文学史书系》出现后,才弥补了这一缺陷。这套丛书的研究领域几乎涵盖了本省有影响的作家和作品,然而对当时尚处于第二层次第三层次的作家和众多青年作家的一些可圈可点的作品却难以顾及,特别是以一个地区为建制的文学研究尤感欠缺。王刚等人撰写的《黔北文学概况》,可视为这一工作的最先启动,及待吴学良的《序曲与落幕——二十世纪六盘水文学概观》的相继发表和正式出版,又把这一研究领域推向了一个高潮。

《序曲与落幕》全书三十余万字,是目前贵州地区文学研究中容量较大、资料丰富、论述较为客观精当的佳作,在对六盘水文学的传统与现实的对接上有着新的探索,这部书是我们观察六盘水文学的最佳窗口。该书全方位地论述了六盘水地区作家的长篇小说、中篇小说、短篇小说、散文、新诗、旧体诗、报告文学、戏剧与影视、儿童文学、文艺理论研究等各方面的作家和作品。

六盘水是一个新兴的工业城市,它是"三线建设"开发出来的硕果,一九七八年建市,二十多岁的市龄给它的文学也带来一种新兴的气色。从历史上来看,现在六盘水下属的六枝、盘县、水城,分别是从安顺、兴义、毕节三个地区划出来合并而成的,因此,要研究六盘水文学,就绕不开六盘水文学的新旧两个来源。吴学良的《序曲与落幕》就是从历史上这三个来自不同专州县区的原有文学实践着墨的。旧有县区的文学起源理清后,吴学良发现,它与当今的六盘水文学观念存在着明显的时空断层。为此,学良又专门写了一部专著《割裂与整合》,试图来化解这个断层,并在解析的基础上加以"整合",使六盘水文学有一个新的平台,可以弥合历史和现实中的重大割裂。这个工程,由于有金永福、高守亚、吴秋林(后来调到贵阳)等人的大力参助,才使得当今的六盘水文学在容纳了大量客卿文学的基础上,得到了可喜的"整合",并在全省各地区间显出自己的特色,且取得骄人的成绩。学良的《序曲与落幕》正是这一转制工程的客观纪实和精心评点。

这部全景式观照六盘水文学的专著,在立论和表述上都十分大气,无论是对六盘水文学与西部文学承继关系的宏观把握,还是对本市作家作品的解析,都极有章法。

吴学良在文艺理论研究上之所以取得如此成绩,除了他对经典论著的刻苦攻读和勇于实践之外,在很大程度上得力于他的创作实践。他是一个在评论和创作上都有造诣的两栖作家。这些年来,他对诗歌、散文、小说、报告文学都有涉猎,出版了散文集《生命的痕迹》《摆渡红尘》,散文诗集《枫的季节》,报告文学集《守望高原》等。此外,他还担任《新都市文学》的主编,多种社会角色和多种形式的工作,磨炼了他的综合素质。

《序曲与落幕》出版后受到多方好评,老作家金永福说这部专著的特点是"准确、生动",这评价是非常中肯的。在书中,学良不论是对历史的追述,还是对文本的分析,都能从较高的理论角度切入,既肯定成就,又指出缺失,还对六盘水文学在新世纪的发展提出了许多有益的建议,充分显示了这部专著的科学性和系统性。

"为什么我眼里常含泪水,因为我对这土地爱得深沉。"吴学良是水城人,他爱用艾青的这两句诗来表述自己对故土的爱恋。我在六盘水访问期间结识了很多年轻的文友,他们不但思想活跃,具有较强的创作实力,而且对文学虔诚的程度使我非常感动。粗略统计,这些年他们出版的各种著作已经达到六七十部,我认为六盘水文学的近况是:"一马领先(金永福),二马紧随(吴学良、高守亚),众马齐奔(许雯丽、余漫江、王鹏翔、祝发能、何思鸣、刘毅、郑健强、刘春雷、何诗诲、胡嘉沛)……"

我真诚地期待六盘水土地上的这一群文学黑马,能够在新世纪奋蹄扬威,日行千里。

人民和生活是艺术之母

——《王亚新摄影展览》观后

看了亚新的摄影作品展览，心情久久不能平静。不知为什么。脑际总是萦绕着《牡丹亭》中的两句唱词："三分春色描来易，一段伤心画出难。"

亚新向广大观众剖白："我的镜头更多地寄情予贫民，关注生活在他们身上烙下的不幸和艰辛。"

"贫民"这个词，有些刺耳，但谁也无法否认，在我们这片高原，还有为数不少的父老乡亲尚待解决温饱问题，他们最需支持和帮助。

展品中有一幅人物特写，题名《中国啊中国……》，画面是一位饱经沧桑的老农妇，用围腰作头巾，顶着烈日的炙烤，岁月在她脸上留下风霜的沟壑。老人像在观望什么，又像在期待什么，眼里显露出疲乏和艰辛，但却没有悲戚和无助的神情。可以想象，在我们民族的车辕里，就有无数这样辛勤劳碌的母亲在拉轭，她虽然步履维艰，但却不推卸重负。这幅作品，和罗中立的油画《父亲》相似，唤起人们对历史、对民族、对"根"的深切反思，它的分量，和那些"描来易"的"三分春色"自难比拟。

十年来，亚新一直在默默地耕耘，摄影作品硕果累累，他的组照《春与秋》曾获《香港摄影画报》金牌奖，《窗外趣事》等三幅获优异奖。《岁月与风霜》等三幅作品被选入第一届国际影展。另有四幅作品被选入全国影展。十多篇摄影新理论文章分别发表于全国和地方性报刊，最近他被列入《中国摄影家辞典》。

亚新是一位有追求的青年摄影家，近年来更注重"严肃题材"的开掘。他不愿搞光怪陆离的形式,力求用纯朴的艺术形式去反映农民和市民的生活,有一些作品反映了我们生活中的落后面,但绝不是单纯的揭露,而是满含深情和责任感的展现,以期引起社会的关注和疗救。《国民性格》是一幅内涵深邃的作品,画面上散布着八个农民,他们各自朝不同的方向张望,眼神迟钝,表情木讷,形体呆滞,说不清他们是在干什么或想干什么?把麻木和愚昧说成"国民性格"似乎有点以偏概全,但亚新的本意却是呼吁人们在呼唤治"穷"的同时,不要忘了治"愚"。和《国民性格》异曲同工的《民众"科研"》,也使人为之动容,画面中的一群市民,或蹲或站,或喜或愁,东张西望,无所事事,仿佛是沸腾生活中的一群"多余的人",他们的"科研"是什么内容,不言自明。这个带有杂文笔调的标题,和那一群碌碌无为的芸芸众生,像一个无法摆脱的悬念,逼人思索,逼人解答。使人感悟到,这一种历史遗留的"国民性格"和民众"科研"亟待改变,革命的事业任重而道远。这,就是艺术的魅力所在,

亚新宣称"人民和生活是艺术之母"。多少年来,他不论冬寒夏暑,总是背着沉重的摄影包,骑着他那辆"除了铃铛不响到处都响"的自行车,终日奔波于城乡。他用自己的辛劳,默默地为我国的摄影艺术奉献自己的一片热忱。

淬火之风

——残疾作家朱仕明

　　不久前的一个中午,我和家人正在吃中饭,电话突然响了,传来好友欧阳黔森的声音:"有个侗族作家写了部长篇,明天在玉屏召开作品研讨会,请你务必参加!"

　　我因要去外省出差,所以便婉言谢绝了。谁知黔森缠住不放:"一定要去一定要去!只占你两天时间,作者是个传奇人物,不会让你失望的!一小时后我来接你!"

　　黔森平时乐于助人,颇有点侠义风范。几年来,他已经向我推荐了好几位作家了,有的是他直接带来我家,有的是他鼓动我以"贵州省中国现当代文学学会"的名义召开作品讨论会,那份热情,那份真诚,使我不忍拒绝,而且事后都证明他的推荐极有眼力。但这一次我毫无思想准备,而且要远行,实在过于仓促。

　　一小时后,黔森的电话又响了,说他的车在我家大门外等候,并且告诉我,《当代》杂志副主编汪兆骞刚下飞机,也在车上。这哪里是邀请,这简直是变相绑架嘛!兆骞和我是同龄人,我们有很多共同的朋友和话题,他为人热情谦和,我猜测,这一次肯定也是被黔森这小子"变相绑架"来的。事情都到了这个地步,我已无法推辞,只好匆匆出门上车。

　　黔森和一个精干壮实、留着小平头的年轻人站在车旁迎候。黔森给我介绍:"这位朋友叫朱仕明,是玉屏县文化广电局局长,最近刚获得郭沫若散文奖,长篇小说《淬火》就是他写的。"我连忙上前和朱仕明握手,不意我抓到的竟然是一只断臂，我的心顿时"咯噔"了一下，心想此人必有一番来历。

上车之后，我和汪兆骞互通近况后，才和朱仕明攀谈起来。在攀谈中，我得知朱仕明十八岁参军到云南，而且他的经历与我的经历有许多结合点，例如他最初军训的营地，我当年也曾住过，他后来所在的团队我也熟悉，五十年代我曾随这个团的六连在滇西北剿匪平叛，他后来参加了对越自卫反击战，并在火线立功入党，对于那场战争的前前后后，我都以记者和作家的身份介入过。我们前后两代军人，打消了年龄界线，越谈越热烈。后来朱仕明考上了东北的军事学院，提升成连长，军事演习中，在一枚哑弹即将爆炸时他奋身扑救两名战士，自己却被炸断右臂，最后带着一张二等甲级残废证复员回玉屏老家。

作为军人，朱仕明的形象是值得敬仰的，他的经历不但充满英雄气概而且也充满传奇色彩。复员后，他带着伤残依旧奋斗不息，他领导的文广局，被评为"全国广播电视先进单位"，他个人被评为"全国文化先进工作者"，所获的二十万元奖金，也全部用在玉屏的广播电视发展上。

作为文人，他不但发表了数百篇新闻和散文作品，还获得了贵州作家从未获得过的"郭沫若散文奖"，还有我刚刚拿到手的这部二十七万字的长篇小说《淬火》。然而《淬火》到底写得怎么样，我心中完全无底。

欧阳黔森是以省作家协会副主席的身份到玉屏组织《淬火》讨论会的，而我和汪兆骞则是以"外来和尚"的身份去参加念经的。令我尴尬的是这部长篇小说我一个字未读，而研讨会的日期就在次日下午。这一切都是欧阳森导演的，我见他在旁边看着我和汪兆骞，就像抓到两条干鱼的猫一样得意地微笑着，心里的怨气就直往上冒。

当晚，我们八点多才到玉屏，吃完夜饭已近十点。这时，我才有暇打开《淬火》细细阅读。在《淬火》的封面，朱仕明写了两句话："岂能尽如人意，但求无愧我心。"全书分十章，基本上都是他的人生经历的真实写照，该书责任编辑刘磊给这本书的定位是"自传体小说"。由于写的都是真人真事，而且书中提到的人就生活在作者身边，如果运用小说技法去任意添加情节和细节，在亲友、战友和同事中就通不过，而且还会产生若干负面影响。依据事实娓娓叙来的手法是十分束缚手脚的，但它同时也给人带来质朴亲切和真实感人的艺术效果。

《淬火》的第一章"金色梦幻"，是作者写自己的童年。他首先设置了一个诗意的叙事氛围："童年的真，是梦；童年的梦，是真，回忆时，总是面带微笑的泪。"

朱仕明的童年是在玉屏一个贫瘠的侗族山寨度过的。因为牧养生产队刚买来的大水牛可以多得工分，全寨人争执不休，最后只得以抓阄的方式定案。于是队长、民兵排长、族中长辈三堂公、毛大叔各色人等都在抓阄场景中一一亮相。朱仕明家侥幸抓到大水牛的编号后，他在放牛时如何被马蜂叮咬，又如何同小伙伴去偷队上的茶果等一系列极富儿童情趣的生动描述紧紧抓住我，使我不得不一章又一章地读下去。接着写的是他的军旅生涯，他所在的侦察班如何深入越方指挥所侦察兵力部署，笑对死亡，火线入党，一排长李忠民血染沙场的高大形象，战友小赵牺牲前的殷殷嘱记，燃烧的树干、被炮火炸得伤痕累累的山头，敌我双方士兵的尸体横陈竖卧……这一切描写，若非亲历，哪里会写得如此真切感人。

当我读到朱仕明因掩护战友而受伤致残以及复员时与首长和战友们难分难舍的情景时，我的眼睛湿了。二十年后，他带着妻子和女儿重回中越边境去祭奠昔日的女友时，仕明是这样写的："我们来到一座荒凉的山坡上，找到了秀娟的坟墓，坟堆上荒草萋萋，墓的对面就是异国的荒山林莽，我和善良的妻子、天真活泼的女儿把一束金黄色的菊花，轻轻放在墓前……"

谈到此处，我再也控制不住自己的泪闸。

在枪林弹雨前，作者是一名铁打的战士；

在内心世界中，作者又是一个情深义重的男人。

我一页又一页读下去，黎明前，终于把这部二十七万字的《淬火》读完。我虽然十分疲惫，但却难以入睡，脑海里依然浮动着作品中的许多情景。

第二天上午，我见汪兆骞也是双眼微肿，一问，他也是读到深夜，而且也和我一样边看边擦眼泪。兆骞是国内著名的文学编辑，看作品十分理性和准确；我涉足文苑也有四五十年历史，平时看作品也比较挑剔，想不到竟然被初出茅庐的朱仕明把我们两个老家伙弄得泪流满面，彻夜难眠，实在有点不可思议。这时，我才想到欧阳黔森打的"不会让你失望"的保票是有依据的。

《淬火》的成功，得益于它的真实，真实带来震撼，震撼带来沉思，作品中的英雄主义和时代精神,经过读者沉思之后就会变得更加厚重。如果说当今的时尚小说往往是形式大于内容的话,那么《淬火》似乎可以说是内容大于形式,或者说它的形式并不彰显,它没有宏大叙事,没有故作高深,更没有噱头和玄机,它只是以娓娓的平实叙述,不刻意,不经意,不动声色地拨动读者的心弦,从而取得可喜的认同和共鸣的。如果作者在文本中稍有雕琢借势,稍有邯郸学步,那么《淬火》将失去清纯,艺术效应也将大为减弱。因此,面对形式的双刃剑,我们在出招时不得不慎之又慎。

《淬火》在艺术上并不完善,如果作者能把第二章至第八章和第十章结尾近二十万字的当代军旅生涯部分单独成篇或略加扩展,那它将成为一部填补贵州这一题材领域空白的佳作。

《淬火》是朱仕明的第一部长篇,他初上"拳台"就出手不凡。玉屏县长张泽木和我谈到朱仕明时,说他这个人在玉屏很"牛"。我知道张县长这一个字的评价是对朱仕明的经历、政绩和文学成就综合而言的,它勾起我对这位侗族作家全部身世的联想。像朱仕明这样"牛"的人物,希望我们贵州高原能够多出几个。

朱仕明简介

郭沫若散文奖获得者,二等甲级伤残军人,一九六一年生于玉屏,侗族,一九七八年入伍,在部队入党。后毕业于大连陆军学院。担任连长时为掩护战友被哑弹炸断左臂。转业后坚持文学创作,已发表作品八余篇。现任玉屏县文化广播局局长。曾荣获"全国文化先进作者"称号。《淬火》是他的第一部长篇小说。

郭千里与史话贵阳

我平时很少关注地方史话之类的作品,老实说,不少文章都有相互抄摘之嫌,冷饭即使炒热也未必美味可口。当然"很少关注"并非全然不看,有些文章不但巧用史实,巧妙切入,往往能从史料中翻出新意,让人读后引起新的思索。在《贵阳日报》类似作品中,我常常能从刘学洙、戴明贤、何光渝、史继忠诸先生的大作中深得教益。

近几月,在《贵阳日报》上相继读到郭千里先生的一系列"史话"型文章,颇有新意,欣喜之余,免不了要说几句感佩之语。

今年是贵州建省六百年,《贵阳日报》副刊推出了"纪念贵州建省六百年"的专栏。从二〇一二年十二月十四日的《彼"贵州"非此"贵州"》,到二〇一三年八月二日《一方水土一方人》,郭千里已在《史话贵阳》这个栏目下发文十六篇。

《史话贵阳》当是在将贵阳历史普及化、通俗化、是雅俗共赏方面的新的尝试。(电视里的《百家讲坛》,做的也是这方面的工作。)

作者强调的是《史话贵阳》,而不是《贵阳史话》,这里面就颇有"讲究":作者没有刻意按照史实发生和发展的顺序写作,而是有意识地选取某些历史的片段,通过对这些片段的讲述,特别是通过一些人物的故事的讲述,"编织"出了一部贵阳的"城史"。(以写人来写贵阳的历史,应该是该文的一个特点。)

在结构上,全文以贵阳的城池变迁为总揽,选取公元1279年——这个对"贵州"而言颇有意义的年代作为切入点,讲述了元代"顺元城"的命名和那个时期的几个人物和他们的故事。之后,即"意外"地"穿越"回宋代,讲述了宋太祖赵匡胤和"贵州"的那些事儿。这种时空上的有意"错位",突出的是事件和人物的本身的故事性。

郭文内容上追求"可读性",形式上追求"易读性"。"易读性"本来主要是对新闻作品而言的,是要求我们的报道要充分顾及受众的阅读心理和阅读习惯,不要跟受众渐行渐远,而要贴得越来越近。一句话,就是要做到"方便受众读,受众方便读"。《史话贵阳》的作者,显然也注意到了这一点。

这尤其表现在该系列文章的语言上。作者力求语言的通俗,为了读起来的方便和易于理解,文章基本上不引用史实原文,对确实有必要引用原文的,也是采用在括号里引用,这就让读者阅读起来更加顺畅。对于古文不是很熟悉的读者特别是一些年轻的读者,这无疑是方便之举。

同时,作者很注意语言的活泼自如,如"弄得人家正年富力强的李后主,只好放下皇帝的本职工作""管马的机构可以跟它做邻居,足见马政所很牛",以及对贵阳城的那些屯堡的介绍。文中还不时地插入一些当下时兴的语言,当"给力""打酱油"这些词汇与历史人物和事件结合,幽默的意味也就油然而生——历史原来并不枯燥,甚至有趣。

《史话贵阳》不是编年史类作品,也不是研究性的专著;不是乡土史的教科书,也不是对历史"戏说"。在某种程度上,它很接近"历史演义",但却又比"演义"显得更为严谨——因文中的所有史实,都完全有据可查。如顺元城的儒学教授、第一位来贵州做买卖的外地人、那位建造甲秀楼的巡抚江东之等等,都是史书上确实记载的人物;朱元璋对贡献战马的贵州土司的犒赏、王阳明在贵阳的讲学和游览、贵阳城在明天启年间所遭遇的围城之难等等,也都是历史上的真实事件。

也许,我们可以称之为"历史随笔",或者"历史笔记"。

以随笔体或笔记体来记叙历史,古人也有,如南朝刘义庆的《世说新语》、宋代陆游的《老学庵笔记》、清代纪昀的《阅微草堂笔记》等,都可以视为这样的作品。只是我们现在见得比较少了。

历史本来就很丰富多彩,很有"情"和"趣"的,我们在向人们讲叙历史的本末时,也应该在表述的形式上追求新颖。这方面,我们应该有所探索,有所创新。如果能有更多短隽有味,清新活泼的作品出现在贵阳"城史"的介绍和普及中,相信会引来更多读者的关注,收到更加积极的效果。

期待《史话贵阳》继续下去,希望千里兄不要辍笔,最终能把《史话贵阳》中的文章集成一部书,一部有情趣、有识见、有看点、能收藏的书。

至诚至真出好诗

诗者,性情也。作为性情中人的好友晓春,忽然间从箱底捧出一部诗集。既在我想象之外,又在情理之中。

我认识晓春不到五年,在我的印象中,他是一个大忙人,十处打锣九处在,我常给朋友们介绍他是一位社会活动家。晓春本身,也身兼着许多社会团体的职务,经常成为许多社会活动的组织者。

写诗其实不难,凡事热爱就是最好的老师,晓春便是这其中的一位代表。

"每一次经历/每一个欢乐/每一次发现/都在脑海振起浪花/瞬间浪花的形象便是我的诗……"《印象与感觉》。诗的灵感,来源于形象思维与逻辑思维的互动。其实,每个人都会经常产生这样的瞬间。比喻,看烟花都会发出"好美""漂亮"的感叹!每一个人都是潜在的诗人,只是大都没把这种感觉用文字表述出来罢了。

唯有对生活格外的热爱者,才会用心去仔细琢磨发生在生活中的万象,用文字把它们记录为诗。

生活,从来都不会是一帆风顺的。

人生,必然由酸甜苦辣组成。如晓春"在那个雨天你想起了若干往事/雨中有无数的枝枝楞楞"(《情绪的组合》)。凡人都有自己的喜怒哀乐,"蚊子常毫不客气的打断灵感/使自己暴跳如雷愤怒不已"(《河西十栋五号》)。包括性情中人的晓春自己,连蚊子打扰他写作时他也会对蚊子大发脾气。对生活万象如此较真的人,不成为诗人那才怪呢?

生活,在酸甜苦辣之中又总是丰富多彩的。

"悲瑟使他们走进咖啡厅唱起粗狂的相思曲／空调风将这旋律吹进你花格子的素材集"(《河西十栋五号》)。本来,空调、旋律、笔记本这三者本是不相关的,诗人之所以是诗人,生活中总会因巧遇许多意想不到的细节而产生一瞬间的联想。晓春对生活的热爱已超出一般人对生活的热爱,所以才会对生活中随时可能发生的细节产生联想,让这种瞬间的联想变成如此优雅的诗句,他的诗句再次论证了文学源自生活之说。同时,又通过这些活灵活现的诗句记录了特定的这一代人的生活万象,将这一代因变革而发生的变化记录下来,成为人类的未来可以追溯的历史。因为,《河西十栋五号》这首诗中的"空调"这个概念,不会出现在没有空调机的时代。而今后的空调设备,肯定不是今天的样子。

"奔涌的血液冲击着身体／躁动的情绪／以及世界的表象／在脚步中被双足写成我的诗……"(《印象与感觉》)。活着的生命总是充满了律动,特别是处于青春期的生命,总是充满着创造的冲动。我们热爱生活,但生活万象中有许多的答案是未知的。我们热爱生命,但我们对生命的本身的探索还处在初级阶段。"活着／创造／活着／创造／活着是现实／创造是梦想／诗人说不清／科学道不明／灵感缥缈如轻风／你感受到了吗?"(《梦·现实》)。这就是性情中人的晓春,当他在用直白的文字表述或记录生活万象时,有许多生活万象必然会引导他去深入思考。就像一个人走进森林,除惊奇与恐怖之外,还会产生许多疑问一样。对这个世界的未知与疑问,诗人用诗去追问,哲学家用哲理去追问,科学家用数据去追问……

"让涨满力量的青春之帆／驶向自由的天地"(《愉情悦意》)。本诗集令人愉悦的诗篇、诗句还多。一家之言,我就不在此多舌了。让有心的朋友自己来品尝如何?

记录。描述。赞美。追问。晓春在天命之年推出封存在箱底二十年之久的青春诗选《岁月飞思》,印证了他热爱生活的真性情,使我们更加了解他作为一个社会活动家的热心肠的根源所在。让他在我们心目中的形象变得更加丰富而真实。

青春,本身就是一首诗。而用一首诗或一本诗集记录下青春的人,却是不多的。由此,让我在这里向晓春表示祝福和祝贺。作为同处一个伟大的变革时代的诗友,应将他的诗集视为我们共同的诗集。不知晓春认可否?

因为,想写诗的人多,但要写出好诗却很难。

风雨彩虹

——读莫洪军的纪实文学《拉开大幕》

　　一年前的一个上午，接到莫洪军电话，约我去甲秀楼对面心茶书屋喝茶，从语气感觉到他心情特好。已经有几个月没见了，因为剧团转企改制捅了马窝蜂，麻烦事一桩接一桩，今天他怎么会这么有兴致请我喝茶呢？

　　带着这样的疑问，我如约到了心茶书屋，洪军拿出了一张职工给他的二〇一三年考核情况表，除了一票"弃权"和一票"不称职"，其余全为"优秀"。他说，职工们终于理解他了，认可他了，他现在真正可以提前退休了！也许是轻松了，所以想写两本书：一本撰写贵阳的艺术史志。他说，贵阳几十年的舞台艺术，有许多才艺卓绝的人物和许多优秀的剧目，如今单位改企了，什么也没留下，他要为这些老艺术家们树碑立传。书名为《贵阳艺苑六十年》，并想邀请我和泽恺做顾问。另一本是长篇小说，书名暂定《登场》。他想把剧团改制的情况和形形色色的艺人用小说写出来，他没有写过长篇小说，只有一个构想、一些人物和故事梗概。

　　我大吃一惊，这个闲不住的人又想找麻烦事了。把几十年文艺院团的旧事老人翻出来，势必会带来若干意想不到的矛盾；而一部长篇小说，一陷下去绝非一年两年可以挣脱出来的，更何况两部书。那将是一个庞大的工程，非三五年不可，多半是费力不讨好。

　　他给我递过来两本写得满满的笔记和一叠手写稿，见稿子上已经写好的一些章节，我有些吃惊，某种程度打消了他创作小说和写这本书是为了解气的想法，这种精神令我钦佩。但我实在无心鼓励他写长篇小说，因为在目前的境遇下，要耗费的时日很多。有一位哲人说过一段话："如果你想坑害某人，想断送他的前程，那就请你和他谈艺术，你可以引诱他写诗，特别是写长篇小说，鼓励他去追求细节的真美，一稿又一稿地修改，让他相信这是打造杰作的必经之路。十年八年过去了，终于有一天他发现自己的头发白了，贫病交迫，于是你得了善良的美名，却坑害了一位更善良的人……"

洪军是我的忘年交，好兄弟，我不能让他去冒这个险，走这条险路。但他带来的那些素材又十分精彩，那些故事和细节在当今文坛还鲜有人涉及。沉思片刻，我谈了我的看法，《贵阳艺苑六十年》可以做，但长篇小说稍缓。我建议他先将一些精彩文段写成一些故事小稿，这样聚零为整可组成一个长篇。

两周后，他给我送来了请柬，要求我做《贵阳艺苑六十年》的顾问，并参加他的编委会会议，同时送来了几篇文章，有《偶戏人生》《基辛格的微笑》《白雪般的〈白雪公主〉》《快餐"阿波罗之韵"》等。我一气读完那些篇目，挑不出什么毛病，其中有写他对别人评价的，有写他接待美国前国务卿基辛格的，有写他制作出品大型魔幻卡通童话剧《白雪公主》的，还有写运作演出项目《快餐"阿波罗之韵"》的，这些文章有人物、有故事，文字也很流畅，十分生动感人。我平时只知洪军有很强的工作能力，也有极敏锐的思维，但没想到他的文笔还这么洗练。我预感到大幕即将拉开，定有好戏。

我和洪军已经有三十五年的交情了，那时我在《贵阳晚报》编副刊，他在贵阳市川剧团工作。那时的他做的是些杂活，如为晚报送广告，约请采编人员为川剧团写剧评。他为人谦恭，有礼貌，加之刻苦好学，很讨编辑们的喜欢，我很快和他成了朋友，有了新戏他请我去看，有时也写剧评。他的剧评还获得团里老师们夸赞，但仍是一个在剧团里跑腿打杂的人，我为剧团没有重用这样的人才而感到遗憾。

恰在这时，中共贵州省顾问委员会主办的《晚晴》杂志创刊，主编张毓朗是我的好友，我介绍洪军去当助理编辑。实习一个多月后，编稿、排版、印刷，他全都学会，而且把原来凌乱的编辑部收拾得整整洁洁，《晚晴》的名誉总编和总顾问都是省军级的老干，如申云浦、吕冀峰等，他们送稿到编辑部，洪军毕恭毕敬，有问有答，端茶送水，首长们都喜欢他、信赖他。两个月后，洪军成了《晚晴》主力干将。毓朗跟我说，找机会请求申云浦同志给一个指标，把莫洪军调入。之后不久，新华社办起一张四开大报《大陆桥报》，气派大版面新，他去应聘，人家竟然聘他做起了记者部副主任，不久又当了广告发行部主任。其间，他写了很多稿子，有一定的影响。恰在这时，新华社又要将其调入，贵阳市文化局按照市里面的意见组建了一个旅游公司，把他挖回来给他戴上了一顶副经理的帽子，留住了他。在旅游公司，他策划了贵阳阳明祠爱国主义教育，通过丰富多彩的活动，引来了十万学生，把鲜有人知的阳明祠弄得风生水起。三年后，又调他到贵阳市演出公司任总经理。洪军如鱼得水，成就突出，策划运作了很多国家的优秀演出团队和节目到贵州来巡演，还编了几台戏，一演就是几百场，创了贵州童话剧演出的最高纪录。省里几个单位要将其调入委以重任，但他仍坚持留在贵阳。这次却站在了文化体制改革的最前列，组建贵阳演艺集团，当起了老总，随即投入到文化体制改革的工作中。这一次改革，前所未有的艰难，几百人要砸去铁饭碗，等同祖坟被挖。演艺集团本是由八家文艺单位组成，体制不同，人员身份不同，各单位资产不同。作为改制的关键性人物，他要根据上面的"时间表、路线图"大刀阔斧地进行人财物的重组。也就是说，人员要打散，资产要盘活。于是，他出台了一系列改制措施和制度，给演职员们签定了企业合同。演员们普遍抵抗，有些人认为，这一切"坏事"都是莫洪军干的，因此只有赶走莫洪军日子才安稳。于是，就有人上访、编起打油诗攻击谩骂，有的还把老戏词都写了进去。如："未开言不由得我牙根咬恨，骂一声莫洪军你祸国的奸臣，食君禄你本该把忠来尽，为什么投番邦你坏透了良心……"太多的告状信都是匿名，看了后令人啼笑皆非。检举信不停地飞到中央、省、市的很多部门，告状的演员们其中不少人都见过世面，有胆子，有面子，有身份，下面不停地告，上面就不停地批下来严查。

洪军不停地被查，却又不停地工作，即便被人跟踪、被人打伤住院，他仍对工作充满了热情。由于人数众多，有关领导也不敢掉以轻心，几十次对他轮番进行调查。尽管查不出什么，可组织部门(主管部门评定为称职)还是给他年终考核评定为"基本称职"，"基本职称"也就是"不称职"，他也只能忍气吞声。

在艰难岁月中，他排了明贤创作的《水寨龙珠》在成都国际木偶节大赛中荣获大奖。当他载誉归来,我第一时间就赶去祝贺,谁知到了他的办公室,却发现气氛不对,他才从纪委"喝茶"回来,脸上充满委屈,眼眶含满泪水。他随手把奖状递给我,那奖状沉甸甸的,有几分冰凉。我不知是安慰他还是祝贺他,只得顺手在一张辱骂他的匿名信上写道:"能受天磨真铁汉,不遭人嫉是庸才。"他看后低声抽泣起来,一个男子汉的抽泣声,有点像猛兽中箭后的呻吟。我抽了张纸巾给他,他擦干眼泪说:"不干了,一定要办理提前退休,越快越好!"

我说:"如果不干,所有的黑锅都会扣在你头上,只有继续干下去,到了水落石出,那时,你才可以以清白之身走出这间办公室,现在要像什么事都未发生过!"

如此查了三年,折腾了三年,总也查不出他违法违纪的问题。告的人偃息旗鼓,查的人鸣锣收兵。就这样,这件轰动贵州文艺界的"大案"就不软不硬、不明不白地放下了,即便是我这个旁观者都感受到很大的屈辱。

在心茶书屋喝茶之后,我作为顾问应邀参加了《贵阳艺苑六十年》编委会的几次会议,参加会议的有宣传部和文广局相关负责人,也有很多专家,更有原剧团团长和部分老艺人代表,大家认为是功德无量的大好事。洪军担心自己退休后此事半路夭折,事先把这本书的出版费安排妥当,这样,即使第二天离职,也不会影响书的出版。这种有担当重承诺的行为,感动了许多老同志。

而今,不到一年,四十万字的《贵阳艺苑六十年》初稿已出,一些曾经反对过他的退休老艺人,读后称赞不已。

《拉开大幕》在四个章节中给我不同的感受:《艺苑履痕》的《小词典》和《白边蓝网鞋》有一种励志的精神,不由令我联想到高尔基的《童年》《在人间》和《我的大学》;《艺苑物语》通过一个个的故事,折射出了在特定时期艺术圈内的众生相,不仅写出了艺人们精彩的故事,同时,也留下了自己的故事;《倾斜的舞台》给我的是心酸和纠结,更给人们留下了这个城市在特定时间里艺人的真实印记;《演出联盟"走一个!"》则是让我感受到了一群快乐的苦行僧们在中国演出市场的坚守与执著,是他们搭起了中国和世界文艺的桥梁,促进了文化市场的发展;《聚光灯外》通过不同的项目,如在演唱会、音乐会、歌舞晚会中,以自己的经历,将每一个项目的策划、运作、执行过程的成功和失败与读者共享,鲜为人知的业界内幕推着你不得不往下看，看后给人启示，让我感到每出戏在大幕未拉开时，真正的"戏"就已经精彩地上演了；《大幕拉开》的五篇文章是一个划时代文艺团体的缩影，文章以在演艺集团改制前后生产的五个剧目串起改制中所发生的故事，把改制中错综复杂的矛盾，以及职员们在这特殊时期里的心态、表现、反应，真实地、大胆地再现出来，揭示出业内看似正常却荒诞不经的个案。

　　总之，《拉开大幕》是一部不可多得的作品，传递给我的是多方面感受。加之独特的题材，独到的视觉，以及有新意的文风，嚼之有味，令人难以忘怀。

　　在心茶书屋，我原本是不赞成他写小说的，认为他在贵州的演出运作上就是一部很好的小说作品，若再花三五年的时间去写长篇小说《登场》，等到出版又不知要耗费多少精力，他表示了赞同。《拉开大幕》无疑是他人生小说中的一个动人章节，是他真正为自己书写的一部精彩而完整的作品。而且，这部作品还具有较高的现实意义和历史价值。对此，我想用六个字来概括："真实，生动，感人。"

对巴金大师的心灵追寻

　　中国当代文学的最后一位大师巴金走了,他留给我们的悲痛和思索几乎相等。山中难找千年树,世上少见百岁人,巴金得享天年,是中国当代文学的福祉,他把中国当代文学的大旗支撑到二〇〇五年才嘣然倒下,留给中国文苑无限的感惜和无限的尴尬。人们在思索、在观望、在等待,不知还要再过多少时日,才会出现鲁、茅、巴、老、曹……诸多巨星再度云集的时代。

　　我虽然没有机缘会见巴金,但却能通过一些渠道了解巴金的生活和心态,其中最重要的渠道便是我的恩师冯牧。上世纪八十年代初,冯牧担任中国作协常务副主席时,巴金担任中国作协主席,巴金远居上海,具体工作都是由冯牧去做,但冯牧却常常要到上海去向巴金汇报工作,征求意见,由于巴金的身体原因,有时冯牧还要代巴金出国领奖,一来二去,两人成了挚友。

　　我每次去看冯牧,都要长谈三四小时,天南海北,其乐融融。冯牧说巴金的书桌上十分凌乱,但书桌的左角总是端正地放着夫人萧珊的遗照。巴金的床边有一个五斗橱,上边就放着萧珊的骨灰盒,有位老友为照顾巴金的生活,想给他介绍一老伴,巴金指着骨灰盒回答:"蕴珍还在,我不找老伴!"(萧珊原名陈蕴珍)

　　就这样,巴金一直伴着妻子的骨灰生活。

　　冯牧还告诉我,巴金很感激贵州人民出版社,上世纪七十年代末,在他处境还艰难的时候,贵州人民出版社曾给他去信,要求把萧珊的几篇译文收入该社出版的《普希金小说选》中,此事笔者在写这篇短文前才进一步得到证实。据说贵州人民出版社文艺编辑室想出版一本《普希金小说选》,便派两位女编辑去当时的贵阳师范学院找外国文学教授谭绍凯推荐篇目,谭教授便向她们推荐了萧珊译的《射击》《大风雪》《棺材商人》等五个普希金的短篇小说。文艺编辑室给巴金去信征求意见,巴金欣然同意出版。此事虽然已经过去二十五年,但也可显示巴金和贵州的一份文化情缘。

还有一件事,使笔者几乎走进巴金的一段历史生活。

二○○四年,巴金百岁华诞在即,当时的贵州省戏剧家协会主席张玉龙感悟到这是一个可以大做文章的机遇,玉龙立刻策划了一部可以让巴金和贵州联系的大型歌剧,剧名叫《花溪之恋》,内容就写巴金和萧珊在花溪小憩结婚这段生活,同时介绍花溪的山水园林,一箭双雕。玉龙多谋善断,写了详尽的实施方案,其中还有到上海北京演出的计划。对于资金来源,赞助单位都有了一些设想。玉龙和他的助手石佳昱找到我,请我写《花溪之恋》的剧本,承诺了十万元的高额稿酬,我对这个题材十分感兴趣,很快进入了构思阶段。

我设想仅仅写巴金和萧珊两人的蜜月生活不足以构成一台戏,于是便在人物关系上作了一些构想,例如蹇先艾和徐悲鸿前去拜访。当时是长沙会战之后,安排一个受伤致残的军官退伍后到小憩当账房,使巴金通过他和抗日前线的战事有所连接。晚上巴金夫妇推开后窗,花溪河对面是几对布依男女在唱情歌,于是巴金和萧珊也相互唱起了自己家乡的歌谣。还设想服务员是一位当地的苗族姑娘,她把巴金夫妇带到当地的苗家山寨参观,顺势展现花溪的山水民俗……总之,一切都在按计划进行。

不料一个意外的情况打破了我们的如意算盘。当时正逢中法文化年,张玉龙被派到法国去访问,在法国逗留的时间是三四个月。蛇无头不能行,我深知等他回国之后,《花溪之恋》的运作已失去了最佳的时效性,我的创作激情顿时大为减退,最后因有其他创作任务,而使《花溪之恋》成了半拉子工程。

如今,巴金已经驾鹤西归,《花溪之恋》的残稿还留存在我的抽屉里,每忆及此事,心里充满遗憾和愧疚,总觉得我欠巴金夫妇和欠花溪一笔债,我不知何时能还,也不知怎么还,但我又总是想去还。

哭冯牧

冯牧走了。带着他的未竟之业，带着亲友们对他的深切思念，走了。

接连几个晚上，我坐在书桌前，时而发呆，时而沉思。泪水，湿透了我的稿纸，湿透了我的衣襟，湿透了我的记忆……

解放初期，冯牧在云南驻军中领导文化工作，在他手下有一批颇具才华的年轻人，他们当中有公刘、白桦、林予、季康、彭荆风等人。冯牧以慈父和长兄的风范，为他们创造深入生活的条件，并在政治和生活上为他们排忧解难，帮他们规划题材和修改作品，为推荐他们的作品，他到处写信打电话。在他这位总教练的指导下，这些人写出了若干反映具有南疆特色的作品，有的人还成为全国知名的作家，这就是后来文学史家们津津乐道的"冯牧效应"。

以后，他在《新观察》主编、《文艺报》主编和中国作协副主席的位子上，仍然把扶持文学青年当成他重要的工作内容，受益者数不胜数。解放初期我在云南边防服役时，曾多次得到冯老的扶持，并在他的指引下，开始学习文学创作。虽然我一直没有向我的恩师交出一份满意的答卷，但对他的舐犊深情却永志难忘。一九五四年秋，在冯老安排下，我从边防回到昆明完成一组散文，到了初冬作品尚未写完，冯老见我衣衫单薄，便将他的军大衣送给了我。我一再推辞，他笑道："岂曰无衣，与子同袍!"后来，这个情节和《诗经》中的这两句诗，我搬来用在《黄齐生与王若飞》中，这就是蔡锷向黄齐生等赠袍那段戏。

为了使我扩大视野，冯老安排我担任随军记者，好让我有机会收集创作素材。更使我感动的是冯老请诗人公刘将我发表的散文编辑成册，不久，我的散文集《边疆纪事》竟然在我毫无思想准备的情况下出版了。四十年来，无论我处于何种境遇,我始终得到冯老直接和间接的鼓励,也许正是这种鼓励,才使我有毅力在坎坷的文学之路上不停地跋涉。

我在写电视剧《黄齐生与王若飞》时,冯老给我提供了许多材料,他在延安和黄王都有接触,他说黄齐生飘飘然有李太白风,并给我模仿黄齐生讲话的口音、姿势和特殊用语。例如黄齐生在有毛主席参加的大会上把日本投降说成日本人递了"降表",引得大家哄堂大笑,这些细节对我掌握黄齐生的语言特色颇有启发。

当我就长诗《邓小平之歌》的总体艺术构思向他请教时,他说:"政治抒情诗最讲究'我行我素',你放开手写,意见听多了便成'混血儿'了!"今年三月,当我把已经发表的全诗送给他时,他正在首都友谊医院住院,他翻阅着诗稿并风趣地说:"不管别人怎样评价,这都是你王蔚桦的亲生子。等出院后我来写评论!"

接着,冯老拿出两本刚出版的《冯牧散文选萃》,用颤抖的手签了名,一本送我一本送我的朋友方瑞祥。最后,我与他在病榻前合了影,才依依不舍地告别。

在过道上,我低声问冯老的女儿小玲:"老爷子到底确诊是什么病?"小玲眼中含泪悄声说道:"白血病。我们不敢告诉老爷子!"一听到"白血病"三个字,我五内俱焚,泪水顿时涌出了眼眶。好心的方瑞祥直在旁边宽慰我们:"现在医学发达了,一定会有奇迹出现!"

几个月来,我一直在等待奇迹,但等来的却是噩耗,是令人痛彻肺腑的噩耗。

冯牧走了,但在我心里他并没有死,因为有一位诗人说过:"有的人虽然活着,但他已经死去;有的人虽然死了,但他还活着……"

大哉！公刘

公刘离去的当天，合肥的朋友就挂电话把噩耗通知我了，我除了请友人代我在公刘的灵前献上一束鲜花外，别无他法。当夜，我把书架上所存的公刘的作品找出来，细细研读，读着读着，泪水迷蒙了我的双眼，往事一一浮现出来。

公刘长我十一岁，解放初期，我们都在云南部队服役。他先在《国防战士》报社当编辑，后调到军区文化部当助理员并编辑《部队文艺读物》。而我则在滇西部队先后当文工团员和侦察员。解放初期的云南边疆，部队生活简直太丰富了，剿匪、戍边、挺进阿佤山、围歼李弥残匪，与敌人在界碑旁界河边斗智斗勇，具有传奇色彩的故事简直举不胜举。由于受到这些生活的激励，我学会了写作，十四五岁我就已经在军内外报刊上发表了几十篇诗文。这些幼稚的作品不知怎么被军区文化部领导冯牧同志看到了，便把我召到军区文化部来集中时间写作和学习必要的创作技巧，并指定公刘辅导我。

当时的公刘尚未大红大紫，他性格内向，平时极少言笑，在我这个少年战士眼中，觉得他待人冷淡，架子不小，又听说他是从香港回来的，更觉得他城府太深，难于接近。我把这些看法毫无保留地告诉了另一位助理员郭国辅，老郭很快报告了冯牧同志，结果害得公刘受了批评。第三天，公刘笑容可掬地找我谈心，还拿出一包香蕉干招待我。他一句也不提我打他小报告的事，从抽屉里拿出几篇我发表在《新观察》和《中国青年报》上的文章来点评，指出这些作品的得失。令我吃惊的是，我发表的作品，他竟然读过一大半，公刘告诫我，千万不要满足眼下的成绩，今后要走的路还很长，要认真看别人的作品，特别要认真读经典作品，有些名篇名段，甚至要背下来，将来会大大受益。临了，公刘拿出一本开明书店出版的《艾青诗选》送给我。那一包没吃完的香蕉干,也以我能够接受的方式让我带走:"这玩意太甜,你帮我消灭掉!"

我含着热泪,走出公刘的房间,我为此前对他的误解而感到愧疚。

一九五五年初,我突然接到通俗文艺出版社寄来的六百元稿费和十二本样书,原来是我的一本散文集已由该社出版了。这事把我搞懵了,书里的文章确实是我写的,但我从来没想到要把这些散逸在各报刊的作品结集出版,更没有给出版社寄过稿子呀。带着这个疑问,我找到冯牧同志,冯牧平静地说:"人家出版社来组稿,当时你下部队了,是我叫公刘编的!"

散文集印得很精美,我又高兴又激,可那六百元稿费怎么办呢?上世纪五十年代,那可不是一笔小数字。我请示冯牧如何处置,冯牧说:"作品是你的,稿费当然要归你,公刘费了很大工夫,你可适当表示表示!"

第二天,我用大信封装上三百元钱去找公刘,谁知他竟然大发脾气,说我庸俗。我硬把钱放在他床头,回身就走,谁知他竟追出门把信封向我掷来,信封落在地上,钱滑出来撒了一地。面对眼前的情景,我委屈万分,说他欺辱人,不禁伤心地哭了起来。这一下公刘才慌了手脚,迅速把散落在地上的钱拾起来,小心翼翼地装进信封,把我拉进屋里,像一个和善的兄长,又是倒水,又是递毛巾,又是好言抚慰。等我情绪稳定后,公刘才轻言细语地说:"作品是你辛辛苦苦写的,我怎么能分你的稿费呢?给你编书的事,不但是冯部长交待的任务,而且也是我本职工作应尽的职责嘛!"

那天,我们谁也没有说服谁。当时,军区机关正在开展扶持高级农业合作社活动,最后,我们把信封里的钱买了一部双轮双铧犁捐献给了昆明郊区的马村农业社,我和公刘的事才算"和平解决"。

此后不久,公刘和白桦都调到北京总政创作组当专业作家。此时的公刘风光无限,这是他一生中写诗最多也是佳作最多的时期,昆明师院中文系的一位女生因为慕才和公刘结了婚,接着便是那场席卷全国的"反右"斗争,冯牧麾下的几位才子,如白桦、公刘、彭荆风、蓝芒、周良沛全都成了"反党反社会主义"的"右派分子"。公刘的妻子在生下女儿刘粹三天后便离他而去,以便划清阶级界线。从此,公刘又当爹又当娘,和女儿相依为命,被送到晋北某地劳动改造。"四人帮"被粉碎后,公刘的命运依然未得到改善。冯牧告诉我,一九七七年公刘去北京办事借住他家,突患胃部大出血,生命垂危。北京的任何医院都不收治像公刘这样的"五类分子",最后还是冯牧的女儿小玲找熟人走后门才把公刘送到公安医院抢救。以后每当谈起这件事,公刘都说冯牧父女于他有救命之恩。

一直到十一届三中全会后,公刘的冤案才得到彻底平反。此时的公刘虽然伤病缠身,但在艺术上又重新焕发了青春,相继写出了大量诗文。刘郎再度,悲喜交集,他的诗风更加冷峻浑厚,对国家民族的命运有更为深沉的思考。

一九八〇年,公刘又回到了他魂牵梦绕的云南。他的头发更加稀疏了,而且出现了隐隐的白霜,经过了漫长的熬煎,我又和这位严厉而又真挚的兄长见面了。他依旧形单影只,几位热心的老友张罗着要给他介绍对象,对方是一位舞蹈演员,他们见面后还未及深谈,公刘便得了脑血栓,差点送了命。此后,他灾祸不断,一九八九年中风,一九九四年患脑梗塞,一九九九年脑梗塞并脑积水。他多次病危,每次都是他的女儿刘粹守候在身旁,然而每次病情稍减,他又拿起笔来,人们很难想象,他复出后近二百万字的诗文,竟是在多次重病的间歇中写出的。

上世纪九十年代初,有一次我去看冯牧,正好荒煤在座,不知怎么谈起了公刘。冯牧说他去合肥开会,公刘成天陪伴,但当他提出要去公刘家看看时,公刘却一再推辞,后来才听人说公刘的住宿条件很差,楼道上堆满了杂物,上下很不方便,他是怕冯牧去看了心里难过。想到公刘今年走前住院,医药费竟然没有着落,最后还是中国作协的领导金炳华出面与安徽省委反复协商才得以解决。这一切,都让人感到莫名的悲凉。

在中国当代诗歌史上,公刘的诗有着显著的席位,艾青认为公刘的诗是"通身都是健康的一种新的歌唱"。如果没有那一场从天而降的横祸,夺去了他生命中最具风华的二十多载岁月,不知他还会为我们留下多少绚丽的诗章。上世纪五十年代公刘从云南调北京前,写过一首短诗,题名《鲜血与诗歌》:

假如我要死去,
我的每一滴血,
都将渗透到地下,

227

鲜血和诗歌一样，

能营养我的国家。

如今公刘走了，带着他的梦想，带着他的未竟之业，离开他爱的和爱他的人们走了，正如他诗中写的，他的每一滴血(那时他还没有想到泪)都已渗透到我们的国土下，而他的诗，确已成为我们祖国所需的一种长效营养品。

大哉!公刘。

如夏花绚烂　如秋叶静美

——悼钟华

人们生活在世间,都有着自己灵魂的星座,有的远,有的近,有的明,有的暗,闪闪烁烁,错错落落,组成时代的银河。人的躯体可以羽化,但灵魂却长存,留存在亲人的梦里,留存在友人的记忆里……

关于钟华,这些天人们已经说得够多了,说他宽厚忠耿,说他谦逊热情,说他博才多识,说他推诚待人这些,都是有目共睹的。

然而,一千个朋友心目中,可能有一千个钟华,每个人所感受到的也只是他多棱体中的一个棱面。

和钟华相识,始于五十年代初期,那时,他风华正茂,诗才横溢,高高的个子,一身绿军衣,英气勃勃而又儒雅大方,是贵州高原诗坛上的"第一提琴手"。他的《战士的爱情》和《手风琴与歌》等佳作,在西南军区第一次文艺比赛中获奖,至今,我还能背诵《战士的爱情》中的名句:"在战士激战过的山冈／在洒过战友鲜血的地方／每一寸土地都载着战士的记忆／每一株草木都爱在战士的心上／我们爱美妙的花溪／正像爱秀丽的苏杭／我们爱富饶的贵州／正像爱遥远的家乡。"后来,军队内部把他的几首诗与公刘、白桦、顾工等同志的诗合成了一集,代表着当时军旅诗中的最高层次。

那时,我还是个穿小号军衣的少年战士,对于钟华崇敬备至,曾向他讨教过"作诗的秘诀"之类的问题,他赠了我一个"三多"要领:多读,多写,多比较。

此后不久,钟华的声音便消失了,直到一九八〇年我们才重新见面,那时,他才刚刚落实政策,可以"出来工作"了。然而昔日的翩翩诗客,却已满头华发,使人想起高适的两句诗:"一卧东山三十春,岂知书剑老风尘。"

后来我才得知,钟华的书剑,并未老于风尘,就在他处境最艰难的那些岁月,他一直在辅导贵州的若干诗作者成长,他和三百多位诗作者有书信联系,诗人李发模受他的教益最深。他曾把少年女诗人董佳佳从外县接到他家里来住着,专门为她办了一个"诗歌讲习班",使董佳佳诗艺大进。他宣称自己愿作一块"磨刀石",虽然自己日渐销蚀,却磨砺了若干诗人的利刃。李发模在全国获奖后说道:"没有钟老师的细心教导,就没有我李发模的今天!"

当时,我在一家报纸任副刊编辑,我决定为钟华写一篇专访,标题就叫《愿作磨刀石》。我记得,我去采访那天,我们谈得很夜深,告别出来,街上已无行人,我走了很远,回过头,还见他的窗口亮着灯光。我知道,他的案头还有一大沓青年诗作者的手稿,那一夜,不知又在为哪一位诗作者磨砺锋刃。

去年夏天,冯牧同志来贵州,我们几个曾在冯牧同志直接领导下工作过的人要请他吃一餐便饭,便约钟华作陪。钟华提议,我们大家凑份子吧! 一齐当东。那天,冯牧同志很激动,提议在进餐前合个影,冯老拉着钟华和鸿安的手说:"我们年纪大点,坐在正中"。这张合影,如今就在我书桌的玻璃板下,钟华和冯老坦诚地笑着,冯长钟华五岁,最近还在老山前线奔波,不料钟华竟先冯老而去。睹物伤情。使人不胜感伤。

钟华虽然从四十年代就开始诗歌创作,但重要的作品都是到贵州后写的,而且是写贵州的,他的诗集《乌江歌》便是见证。他还把他生命的最后岁月,耗费在电影《可爱的贵州》的创作上,可以说他一生都在为贵州而歌唱。他迎着战争的硝烟,从山东来到贵州,如今他静静地躺在他热爱过的这片高原上。

安息吧!诗人! 每当想到你,我就想起泰戈尔的两句诗:

生如夏花之绚烂,
死如秋叶之静美。

战鼓号管春风甘泉

——重读钟华的两本诗集

据说,人一过了知天命的年华,在心理上便会产生较大的变化,最明显的标志,便是回忆多于憧憬。我不知别人是否如此,对于我,确是很真切的事。

回忆,就是反刍,把往昔匆匆塞进脑海的千头万绪重新加以摩挲,哪些该继续珍藏,哪些当置于脑后。经过一番检点,于是远的可能拉近,浅的可能加深,淡忘的可能警醒,模糊的可能清晰。

人,不能靠回忆生活,但生活,却不能缺少回忆。

几年来,贵州诗坛先后倒下几员大将,钟华、朱曦、黄邦君……几位都是我的挚友,他们虽然已经远去,但他们的音容却使我难以忘怀。每当想到他们,就会想到杜甫的两句诗:"独步诗名在,只令故旧伤。"

几位早逝的诗人中,钟华与我订交最早,解放初期,我们同在刘邓麾下服役。当时,我只是一个初习诗艺的娃娃兵,而钟华则已是声名远播的军旅诗人。那时的钟华,英俊潇洒,儒雅大方,他的《手风琴之歌》经罗宗贤谱曲,全国传唱,他的《战士的爱情》,我至今可以一字不漏地背诵下来:"在战士激战过的山冈/在洒过战友鲜血的地方/每一寸土地都载着战士的记忆/每一株草都爱在战士的心上/我们爱美妙的花溪/正像爱秀丽的苏杭/我们爱富饶的贵州/正像爱遥远的家乡。"

廖公弦同志曾公正地评价钟华:"新中国成立,在贵州高原上引吭高歌的第一位诗人是钟华!"

231

钟华虽然在抗战期间就发表诗歌，但他的才华真正大放光彩的时间和地点，却是解放后的贵州高原。他虽曾饱受磨难，但为了讴歌贵州，他殚精竭虑，耗尽了赤子的心血。七年前的今天，他是抱病完成了大型彩色风光纪录片《贵州风光》的全部解说词后，才告别他热爱的这片土地的。

钟华生前，出版了诗集《乌江歌》，虽然诗集中也有若干战争岁月留下的篇章，但整本诗集中最突出的却是乌江的形象。钟华对乌江激情的声调、湍急的节拍、大无畏的气概、不屈服的性格大加赞颂，进而赞颂与乌江共存的红军和乌江流过的贵州高原，诗中充满了崇敬与祝福。充沛的激情，华美的诗句，是我读到的歌颂乌江作品中的上乘之作。

钟华故世后，他的夫人张实同志在各方协助下，又将他的遗作编成了诗集《一片杜鹃红》。

三年前，一个初秋的夜晚，张实大姐拿着《一片杜鹃红》的复印稿来到我家，这些诗，虽然我已读过多次，但再一次翻阅亡友的遗作，依然使我激动而又酸辛。我当即就给中国作协副主席、著名评论家冯牧同志挂了长话，请他为《一片杜鹃红》写一篇序言。冯牧同志当时虽然也卧病在床，听说是为钟华遗作写序，便满口应承，我和张实大姐都大为感动。

不久，冯牧同志的序言寄来了，冯牧同志在序言中写道："……读着这些作品，使我不禁又想起那些战火硝烟的年代，想起钟华的瘦弱伤残的身躯，想起他的自然迸发出来的战士的激情——这种神采飞扬、意气风发的激情，即使是他在身处困境、英雄难有用武之地的年月里，也是从未熄灭甚至减退过的。"

钟华是从战争年代成长起来的诗人。对于诗，他有着自己独特的审美视角，在《诗与诗人》这首诗中，他毫不隐讳地宣称：诗是战鼓、是号管、是匕首、是利剑、是火把、是灯盏、是春风、是甘泉……而诗人，就是战士，应当作欢呼革命风暴的海燕。

在贵州新诗发展史上，钟华理应占据光辉的一页。为了悼念钟华逝世七周年，贵州电视台今晚特地重映他的遗作《贵州风光》，从那些热烈而又华美的解说词中，我们可以感受到钟华对贵州高原的深情厚爱。

我特别偏爱臧克家的短诗《有的人》：

　　　有的人活着，

　　　　他已死了；

　　　有的人死了，

　　　　他还活着。

　　每当我诵读这首短诗时,我总是情不自禁地想到钟华,想到朱曦,想到邦君,想到那些曾为我们今天的生活默默作过奉献而悄然归去的人。

一度思君一怆然

——顾汶光逝世三周年有感

　　我常常觉得,汶光并没有死,他只是去远方游历,也许在某一个清晨,某一个黄昏,某一个雨雪纷飞的寒夜,他就会来叩击你的门环,向你叙说异乡的许多见闻,给你带来惊讶,带来启迪,带来欢悦和沉思……

　　在贵州作家中,汶光的人生遭际也许是最坎坷的。四十岁前,极"左"的政治冲击一次接一次,每一次他都是重点批斗对象,但他却在批斗的空隙中读书和写作。四十岁后,天开云破,他终于迎来了生命的春天,然而病魔又赶来加害,他住院的次数和收到病危通知书的次数,亲友们都难以记清了。满打满算,汶光这一生中,真正过上的舒心日子也就是十来年,然而就在这短短的十多年间,他为贵州文学作出了不可磨灭的贡献。

　　汶光与其弟朴光合作的近七十万字的历史长篇小说《天国恨》,是新时期贵州长篇小说的扛鼎之作,曾在国内引起强烈反响,被视为与获过大奖的《李自成》《戊戌喋血记》《金瓯缺》等是同一层次的杰作。汶光稍后出版的长篇佳构《大渡魂》《百年沉冤》也引起了评论界和广大读者的关注。在这些作品里,他既重视传统史传文学的故事化,也吸收现代小说常用的心理独白和心理幻觉等叙述手法,大大丰富了历史小说的表现空间,加之扎实的历史文化修养和精当简洁的文字功力,使得他的作品波澜起伏、满纸风云,具有较高的美学品位,在贵州文学史上留下光彩照人的一页。

　　汶光为人极为率真,在他身上,无论是优点还是缺点都很透明,有人说汶光童心未泯。特别是三杯酒下肚之后,简直憨态可掬。一九八八年,贵州地矿部门邀请汶光、光渝、叶辛和我到贵州若干勘探黄金的地质队访问,在十多天的行程中,汶光写了好几篇散文和报告文学。在我们四人中他和年轻的地质队员们相处得最融洽,汶光酒量大,外号"顾八斗",有一次在紫木凼金矿,他和地质队的一群小青年从中午喝到晚上,空酒瓶子摆满一地,欢声笑语传遍山野。掌灯时,汶光已经喝得差不多了,他宣称洗个澡再接着喝,结果他没脱衣服就打开了淋浴的水龙头,片刻就成了"落汤鸡",大家为此笑得前仰后合。

告别金矿那天,许多地质队员都拉着汶光依依难舍,有人还流下了惜别的眼泪。仅此一端,即可折射出汶光的性格特征。

汶光才华横溢,中国古典文学的功底很深厚,他通晓诗词歌赋,还擅长丹青之术,他非常注重国画"六法"中的气韵生动和骨法笔力,他学画远取青藤八大,近师缶老伯年,虽未自成体派,但他业余的一些小件,是可以和某些专业画家相颉颃的。

在文学上汶光自律甚严,不轻易将未修改好的作品拿出来。他已写完待修改的作品有一百多万字,已动笔但未写完的作品也有好几部。汶光的艺术生涯是短暂的,他的经历与生活都充满了传奇色彩,充满了令人惋惜的悲剧情节,如果天假以年,不知他还会给读者奉献多少精美的作品。

有人说,一个作家,只要有一部精品即所谓"代表作"传世,他就会被定格在历史的某一时段,任何人也无法将它抹去。汶光的"代表作"似乎还不止一部,因此,他不但会久久地活在亲人的梦魂中,活在朋友和读者的记忆里,也会在重门深掩的文学碑林中,留下一块属于他的大小适中的碑石。

世事匆匆,寂兮寥兮,汶光一去,不觉三载,人虽已走,茶却不凉,李白说:"生者为过客,死者为归人。"归路迢迢,难觅始终,君若有意,梦中再见……

无限哀思无限情

——悼文艺理论家艾筑生

虽然说男儿有泪不轻弹，但站在筑生的灵前，我依然忍不住泪如泉涌。

我多么盼望眼前这一切只是一个梦，一个噩梦。噩梦醒来是早晨，我躺在床上，一身冷汗，连忙拨通筑生的电话，把昨夜梦中的情景告诉他，然后两人哈哈大笑，又相约傍晚驱车去四方河吃狗肉，席间尽情地谈天说地，竟至乐不思归……

然而，这毕竟不是梦，这是无情的现实，由于这噩耗来得太突然，才使人对它的真实性产生怀疑。

去年十二月二十六日，我要到北京参加我的一部电视作品的开机仪式，临行的前一夜，筑生来电话向我祝贺。二十六日开机仪式在人民大会堂如期举行。之后，我还有一些事情要和导演及摄制单位的负责人商谈，准备在京盘桓几日。不意二十七日下午，我的女儿突然给我挂长话，说："快点回来，艾叔叔病危住院，晚了可能就见不到了！"听后我大吃一惊，立刻买了次日的机票。到贵阳后，我从机场直接赶到筑生的病榻前，然而此时的筑生已经昏迷，呼吸十分急促，医生们一直在紧张地进行抢救。我虽然不停地呼叫，但却得不到任何回应。此后，我和筑生的亲属及好友们便轮换着守护，省文联的几位领导也参加到守护者的行列中，希望能有奇迹出现。筑生得的是急性胰腺炎，从发病入院到病危，仅仅两天时间。十二月二十九日下午五时，终因抢救无效，筑生遽然离开了生他养他的故土，离开了爱他敬他的亲朋好友。

筑生是我省的知名文艺评论家,他的学术专著《20世纪贵州散文史》出版后,得到专家和读者的一致好评;他主编的论文集《燃烧的希望——中国现当代文学新探》,极具学术价值;在社科理论研究中,他的论文多次获得西南地区和贵州省的多项大奖。他撰写的评介我省当代文学创作和文学现象的文章,数不胜数,这些文章见地真切,热情洋溢,具有很高的现实意义和美学价值。

近十来年,特别是筑生担任省文联文艺理论研究室的负责人以来,可以说凡是贵州的重大文艺活动和重要作品的编纂出版,几乎都得到筑生的热忱支持和认真参与。他除了担任文艺理论刊物《今日文坛》的副主编外,还先后被选为贵州省现当代文学学会副会长和贵州文艺理论家协会秘书长。筑生不但有极高的学术素养,而且还有极强的组织协调能力,至于他的襟怀坦正、治学严谨、任劳任怨、乐于助人等美德,在文艺圈内是有口皆碑的。在筑生的灵堂前,朋友们给他送了一幅挽联:"一代椽笔遽然去,世纪黔文谁评说?"当然,筑生的未竟之业,他的同事和朋友们还会承担下来,但筑生走后在贵州文艺界留下的空白,恐怕不是短期内能填补得起来的。

我认识筑生,始于二十年前,那时《贵阳晚报》刚刚创刊,我在副刊部任编辑,经常收到本市北郊小学一位名叫艾筑生的小学教师的杂文。我记得那些文章不但立意新奇、文笔犀利,而且每一篇都抄写得端端正正,几乎不用加工就能发表。以后,为了向他约稿和加强联系,我还专门到北郊小学去拜访过他。那时,筑生风华正茂,刚刚步入而立之年,我们一见如故,谈得十分投契,还相约到学校隔壁一家小饭馆吃了一餐饭。后来,筑生调到省文联工作,我们的接触就更加密切了。在短短的十多年间,筑生由一个只具中学学历的小学教师,通过刻苦自学和勤奋写作,逐渐成长为我省知名的文艺评论家,并取得了研究员的职称。用一句套话来形容,真是一步一个脚印,这其中,不知要付出多少心血和汗水。

二○○○年的下半年,实在是流年不利,天公先后夺去我的几位好友的生命,秋天才送走了小说家顾汶光和油画家黄键,如今又来送文艺理论家艾筑生。贵州文苑本来就不丰饶,如今又在短期内流失了一片又一片沃土。失去亲密的朋友,这是我的悲哀;失去了文苑精英,则是贵州的悲哀。

筑生走得匆忙,没有留下一句遗言,但他的上百万字的著述,把他要说的都说了。

筑生入殓的那天,贵阳的天气由连日快晴变成了凄风苦雨。窗外零零落落的雨珠,仿佛是心中无尽的泪滴,冷风穿堂,寒气逼人,此时此地,此情此景,令人倍感辛酸。守护筑生时,为了打发漫漫长夜,我准备了一份报纸,然而心乱如麻,我一行也看不进去,却不经意地在报纸的天头写下了四句小诗:

人生祸福本无凭,多问耕耘少问名。
今夜凄风兼苦雨,思君独叹到天明。

呜呼筑生,纸短意长,遥望西天,愿你安息!

又到红梅初放时

——文艺理论家艾筑生溘逝周年祭

去岁筑生走时，正值朔风拂面、红梅始开，当时，哀恸更增寒意，泪眼无以看花。如今又到红梅初放时，睹物伤情，悲从中来，筑生竟然离开我们一周年了。

古往今来，人情冷暖，世态炎凉，总是围绕人在和人去变化着的。但有的生者老是抹不掉死者的音容，有的死者也总是让人难以忘怀，而筑生就是这样一位让人久久难以忘怀的远行者。

不久前，省政府为我省首届文艺奖的获奖人员颁奖，这是贵州近几年的一次规模较大的文艺盛举。筑生前年出版的长篇专著《20世纪贵州散文史》荣获文学理论二等奖。这部洋洋三十余万言的理论大作，对贵州近百年来散文发展的轨迹、时代脉络、作家心态、艺术成就以及在全国散文创作园地中的地位作了整体的考察和论述，显示了作为一个边远省区散文作家群落的散文创作实力。这部著作材料翔实、论证客观、结构严谨、文笔流畅，是贵州解放以来长篇论著中的博雅之作。可惜筑生已经不能前去领奖了，他的奖状和奖金由友人代领，然后交给筑生的夫人嘉丽。

去年此时，我曾在一篇文章中说过这样的话："筑生走后在贵州文艺界留下的空白，恐怕不是短期内能填补得起来的。"现在看来，此话信然！因为筑生既是文艺理论家，又是社会活动家，他不但能容纳各种意见，而且能结交各方朋友。他除了担任我省文联文研室的负责人外，还担任中国现当代文学学会的秘书长，这个学会这些年在条件极为困难的情况下，为贵州的现当代文学研究者和爱好者做了一些事情,为贵州作家召开了多次作品研讨会,还出版了现当代文学的研究专著,这些事大都由筑生出面操办。如今筑生走了,这些大大小小的事情,一时间竟然找不到恰当的人去接替。

筑生走后,他的夫人宋嘉丽悲痛欲绝,那间赖以谋生的小书店几乎难以维持下去。于是筑生的胞姐筑玲便尽心帮助弟媳去进货和销售,其他亲友也都伸出了热忱的手,支援嘉丽搞好经营。这从另一个侧面说明了筑生生前为人的笃诚,所以才能够:人虽走,茶不凉。

筑生的女儿艾嘉,在父亲逝世后逐渐成长起来,她目前正在攻读硕士学位,不但学业优秀,还先后发表了数十篇散文和文论,其中论述西部开发与西部文艺理论发展的长文被《文艺报》用头条位置刊出。这种殊荣,是贵州文艺理论界包括筑生本人多年来都不曾得到过的。老友们看在眼里,喜在心上,果然后继有人。筑生有知,亦应笑慰于九泉之下。

如今又到红梅初放时,恰值筑生离去一年。也许今后的年年岁岁,每到此时都会让我们伤感一通。筑生是位值得思念的人,他的作品和音容,会在他的同事和老友们心中久久驻存。

悼志远

　　志远满怀热望来到红尘,留下爱心离开人间,即使在那些人妖颠倒的岁月,他对生活依然充满希望。在乡间的牛棚里,他写完无穷无尽的检查之后,便玩味着心中谁也无法封存的遐想。他写小说,也写诗,并且用乳名阿阳来做笔名。日出时,太阳是光明的实体;日落后,太阳是光明的象征。阿阳追求的,就是这单纯而又深远的寓意。

　　志远是技艺高超的外科医生,又是颇具才华的作家。我不但读过他未发表和已发表的所有诗文,而且还到手术室看他动过几次手术,给我留下的印象是:他操刀像他运笔一样流畅;他运笔又像他操刀一样准确。

　　志远的母亲和我的父亲是同胞兄妹,我和志远都是少年时代就参加中国人民解放军的,后来都因家庭出身而路途坎坷,可谓经历相似。粉碎"四人帮"后,我带着满身伤痕从异乡回到故土,我的父母相继在那一场浩劫中去世,真正是人亡家破,无处栖身。此时,志远和必义接我到安顺小住,并激励我继续写作。志远全家对我无微不至的关怀,使我很快就找到了失去的感觉,一时诗兴大发,竟然每天晚上都要写一首诗,然后请他们夫妻俩品评,然后再作修改。如此一个多月,我写下三十多首诗,当时,我虽然已是出版过五六本著作的军旅作家,但家乡的读者对我还十分陌生,这三十多首诗发表之后,便得到贵州文坛的认可,后来又接编《贵阳晚报》副刊版,我才又回到告别多年的"文艺圈"。我的大型电视剧《黄齐生与王若飞》中的若干资料,就是志远和必义代我收集的,我的六千三百行的长篇抒情诗《邓小平之歌》,也吸收了志远和必义的若干宝贵意见。

　　志远不但医术高明,医德高尚,而且待人诚恳热情,经他治好的病人不计其数，这些人进城办事或者赶场，都要来看看志远，所以一到赶场天，志远家就宾客盈门。

志远走了，他带着未竟之业，带着亲人们刻骨铭心的思念走了。这些年，我和志远苦乐与共，相依相扶，情同手足，每一忆及，我就泪眼模糊。我知道，有一天我们或迟或早都会和志远在九泉下相聚，但愿我们走时都能像志远那样，给这个世界多留一点情，多留几分爱……